화산질풍검 6
한백림 新무협 판타지 소설

초판 1쇄 찍은 날 § 2005년 11월 3일
초판 1쇄 펴낸 날 § 2005년 11월 13일

지은이 § 한백림
펴낸이 § 서경석

편집장 § 문혜영
편집책임 § 김율
편집 § 장상수 · 서지현 · 최하나
펴낸곳 § 도서출판 청어람
등록번호 § 제1081-1-89호
등록일자 § 1999. 5. 31
어람번호 § 제2-0736호

주소 § 경기도 부천시 원미구 심곡1동 350-1 남성B/D 3F (우) 420-011
전화 § 032-656-4452 팩스 § 032-656-4453
http://www.chungeoram.com
E-mail § eoram99@chollian.net

ⓒ 한백림, 2004

ISBN 89-5831-805-8 04810
ISBN 89-5831-364-1 (세트)

화산질풍검
華山疾風劍
FANTASTIC ORIENTAL HEROES
6
◆ 사신(四神)
한백림 新무협 판타지 소설
도서출판
청어람

|목차|

장강에서 청홍무적검의 이름이 전설처럼 이야기되고 있을 때.

강호의 저편에서는 또 하나의 전설 같은 싸움이 그 끝을 바라보고 있었다.

그토록 끈질기게 버티던 철기맹이 결국 폐문을 선언하였고, 무림맹의 상대는 결국 성혈교 한곳으로 압축되었던 것이다. 철기맹의 폐문과 탁무양의 비사에 관한 것은 강호난세사 이(二)장 무당마검 편(篇)과 미완의 강호난세사 육(六)장에 기술되어 있다.

철기맹이 떨어져 나가고 기세를 탄 화산파와 무당파는 무림맹의 본격적인 지원을 받으며 귀양 진격을 서두른다.

무당파보다 늦게 당도했던 화산파였지만 화산의 공격력은 무당의 그것에 결코 뒤지지 않았다.

정예를 전부 투입한 화산이다.

그들의 진격은 철저하고 광범위했으며, 거세기 짝이 없었다.

귀주성 북동부 전역, 성혈교의 분타들과 성혈교를 지원하던 모든 세력들이 화산의 검날을 피해가지 못했다. 이십 개가 넘는 군소문파들이 폐문을 당했으며, 적지 않은 상권이 화산파가 운영하는 세력 내로 편입되어 갔다.

결국 귀양까지 진격한 화산과 무당이다.

귀양 남서, 청운곡이 성혈교의 최대 거점이라는 정보가 알려졌고, 화산과 무당을 비롯한 무림맹의 무인들은 전열을 가다듬으며 최후의 싸움을 준비했다. 성혈교와의 드러난 싸움이 마침내 종국을 향하여 치닫고 있었던 것이다.

한백무림서 무림편.
강호난세사 中에서.

공명(共鳴)

청풍은 정신을 차린 후에도 며칠 동안이나 몸을 일으키지 못했다.
외상도 외상이지만, 내상이 워낙에 심했던 까닭이었다.
들끓던 진기들은 날뛸 힘조차 없을 만큼 죽은 듯 가라앉아 있었으며
진기가 모이는 기해(氣海)는 더 이상 기(氣)의 바다라 불리지도 못할 만
큼 허해져 있었다.
내력을 되살리기 위해 안간힘을 썼지만 마음대로 되지 않았다.
모든 기(氣)를 관장하고 있던 자하진기가 바닥나 버렸기 때문이다.
근본적인 이유는 역시나 그것이다.
자하진기.
운기의 핵인 자하진기가 뿌리부터 흔들리게 됨에 따라 애초부터 상
극이었던 백호기와 청룡기가 서로를 잡아먹을 듯 싸우기 시작했다. 서
로 부딪치며 치닫는 진기가 온몸의 기혈을 엉망으로 만들어놓았던 것

이다.

외상을 치료하고 자리에서 일어났지만 이미 그의 내부는 그처럼 망가져 버린 상태였다. 백호기와 청룡기는 발동 자체가 어려웠고, 실낱같이 남아 있던 자하진기도 언제 끊어져 버릴지 모를 만큼 미약한 수준이었다.

이제는 어떻게 해야 하는가.

어떻게 회복할 수 있을까.

청풍은 한참을 고민했다. 그리고 결론을 내렸다.

'백호기와 청룡기는 우선 포기한다. 자하진기도 억지로 도인하지 않겠어.'

지금의 기(氣)로는 아무것도 할 수 없다는 판단이었다.

대신 청풍은 다른 곳에 승부를 걸었다.

'주작기, 상단전이다. 지금 할 수 있는 것은 그것밖에 없어.'

그렇다.

중단전(中丹田)과 하단전(下丹田)은 초토화된 상황이라 해도 과언이 아니었다.

그럼에도 상단전만큼은 멀쩡하다.

주작기, 공명결.

제대로 살아 있는 것이 상단전밖에 없어서 그런지, 멀쩡한 정도가 아니라 전보다 더욱더 활성화되고 있는 느낌이었다.

"이렇게 잠을 안 자도 괜찮은 거예요?"

서영령이 백의신녀에게 물었다. 대답은 뻔했다.

"물론 안 되죠. 안정을 좀 더 취해야 돼요. 무척 잠이 줄었어요. 억지로라도 눈을 붙여요."

깨어 있는 시간이 길어졌다.

가장 먼저 생긴 현상이었다. 하루가 다르게 정신이 명료해진다. 상단전의 개방이 급속도로 일어나고 있었다.

"흐르는 진기가 특이해요. 상단전, 뇌력(腦力)을 끌어내고 있는 것 같은데, 좋은 생각 같지 않아요. 의가(醫家)에서는 금기시하는 것이니… 되도록이면 자제하는 것이 나을 법해요."

자의 반, 타의 반으로 이곳에 눌어앉은 백의신녀였다.

상단전을 일깨우는 청풍의 시도에 위험을 경고하면서도 한편으로는 그러한 것에 크나큰 흥미를 느낀 듯한 모습이었다. 딱히 상세가 좋아지고 있지는 않지만, 뭔가가 달라지고 있었다. 의술로 설명할 수 없는 신비로운 일, 그것이 그녀를 놀랍게 만들고 있었던 것이다.

"또 필요한 약재(藥材)는 없소?"

"지금으로서는 괜찮아요. 있는 것만으로도 충분할 듯해요."

"그기 다행이로군. 한시름 놓았어."

백의신녀가 서영령과 함께 청풍의 상세를 돌보고 있는 동안, 생활과 치료에 필요한 물품을 구해오는 것은 다름 아닌 매한옥이었다. 오늘도 산 아래를 내려갔다 온 매한옥이 한쪽을 돌아보며 물었다.

"별일은 없었습니까?"

"없었지."

카랑카랑한 목소리.

그렇다.

또 한 명이 있었다. 만일의 사태에 대비하여 이곳을 지키는 이다.

참도회주였다.

도갑에 담긴 그의 흑철도가 이곳을 지키는 한 자루의 칼이었다.

생각해 보면 쟁쟁한 인물들, 불편함이 없는 나날이다.

상단전의 축기에 골몰하던 청풍.

그가 문득 참도회주에게 물었다.

"이렇게까지 계실 필요는 없지 않습니까?"

청풍을 돌아보는 참도회주다. 그의 노안에 도리어 의아하다는 표정이 깃들었다. 그가 당연하다는 어투로 대답했다.

"오해에 대한 보상이다. 죽이자고 칼까지 휘둘렀으니 이 정도는 해야지. 게다가 내가 지키는 것은 자네뿐이 아니야."

단순하다고 표현해도 될 만큼 명쾌한 말이었다.

청풍, 그리고 누구보다 서영령을 지키기 위해 이곳에 있다.

사람이 나이를 먹으면 생각이 깊어지고 복잡해지기 마련인데, 이 참도회주는 별반 그런 느낌이 들지 않았다. 젊은이의 혈기왕성함을 그대로 지니고 그 외모만을 세월의 흐름에 맡겨 버린 듯하다. 그러면서도 믿음직스럽기는 그 누구 못지않았다.

상단전이 살아나면서 서서히 몸 내부의 기감(氣感)까지도 깨어나던 시점이다.

사단이 일어난 것은 그때쯤이었다.

"산 아래 쪽을 수색하고 있는 무리들이 있더군요. 관가(官家)입니다."

산 아래에 내려갔다 온 매한옥의 말이었다.

제복을 입은 남자들이 산기슭을 배회하고 있는 중.

무림인이 아니라 관군들이다. 그냥 배회하는 것이 아니라 무엇인가를 찾으려는 모양새라 하였다

"관가라… 생각보다 빠르군. 가장 먼저라니 예상 밖이야."

"글쎄요. 관가가 가장 빠르다는 것, 어찌 보면 그리 이상한 일이 아닐지 모릅니다. 이 근처에는 특별히 세를 이루고 있는 무파(武派)들이 없으니까요."

"그런가."

"개방의 거지들도 이 인근에는 거의 보이지를 않습니다. 혹 누군가의 눈에 띄었다면 산을 오가는 민초들의 눈밖에 없는데, 그 민초들이 낯선 사람을 보았다 이야기할 곳은 관아(官衙)밖에 없습니다. 무엇보다 이곳에는 임 소저가 있지요. 안 그래도 촉각을 곤두세우고 있었을 것이니 다른 어디보다 관아가 빨랐다는 것도 이해 못할 바는 아닙니다."

"…맞는 말이군."

매한옥의 분석은 정확했다.

이곳에서 생활한 지도 벌써 보름을 훌쩍 넘긴 상황이다. 아무리 조심스럽게 움직였다고 한들 완전히 흔적을 없애기는 쉬운 일이 아닐 수밖에 없었다.

생사가 오락가락하던 환자가 있는 판국에, 약재(藥材)들을 구해오는 것만으로도 종적이 드러날 요건은 충분했다. 그나마 매한옥이 이런 저런 수를 쓰면서 흔적을 감추었기에 망정이지, 어지간했으면 이미 예전에 그들의 거처가 알려져 버렸을 것이었다.

"여하튼 상황을 봐서 이동할 준비를 해야 하겠습니다."

"그러도록 하지."

환신이란 기인(奇人)이 말했던 '악운(惡運)'도 마음에 걸렸다.

악운이란 애매한 말에 휘둘리기엔 내키지 않는 일이었지만, 어찌 되었든 지금으로선 누가 들이닥쳐도 곤란한 상황이었다.

더군다나 관군이라면 말할 것도 없었다.

비검맹이나 성혈교 등의 적들이라면 베어버리고 도망치면 그만이라 할 수 있다. 그러나 관군들을 그렇게 처리해서는 안 된다.

관에서 정식으로 수배자가 되면 큰일이다.

게다가 무공도 익히지 못한 이들을 함부로 죽이는 것은 악독한 무뢰배나 할 짓이다.

근본적으로 다른 자들, 관아의 비위를 거스르는 것은 어떤 면에선 한 문파를 적으로 돌리는 것보다 골치 아픈 일일 수 있었다.

"움직일 수 있겠나?"

"어느 정도까지는 괜찮습니다."

"거처를 옮겨야겠는데, 가능하겠냐는 말이다."

"예. 갈 수 있을 겁니다."

청풍의 대답은 예상했던 그대로였다.

못 미더운 눈으로 청풍을 바라보던 매한옥이 이내 고개를 돌리며 백의신녀에게 확인하듯이 되물었다.

"임 소저, 가능하겠습니까?"

"본인이 그렇다는데요."

"이 녀석은 항상 그런 식입니다. 곧이곧대로 들으면 안 되지요."

"호호. 괜찮을 거예요. 격하게 움직이는 것만 아니라면."

백의신녀는 그의 걱정이 과하다는 어조로 말했다. 하지만 매한옥은 그녀의 말을 가볍게 받을 수가 없었다. 마지막 한마디 때문에 더 더욱 그랬다.

'그게 문제란 말이지, 격하게 움직이면 안 된다는 것.'

격한 움직임을 피해야 한다는 것은 곧, 싸움을 겪어서는 안 된다는 뜻이다.

용케 관군들을 피한다 해도, 그들을 노리는 다른 이들을 배제할 수 없다. 이 상태에서 장소를 옮기는 것, 위험한 일이 아닐 수 없었다.

'일단은 어쩔 수가 없다. 가만히 있는 것보다는 움직이는 것이 좋아.'

이동을 결정했다지만 문제는 어디로 가냐는 것이다.

그 해답은 뜻밖에도 서영령이 가지고 있었다.

"이곳처럼 만들어둔 은신처가 하나 더 있어요. 단지 조금 멀다는 것이 흠인데……."

은신처.

그러고 보면 이곳도 서영령이 마련해 두었던 곳이다.

매한옥은 다소의 의아함을 느꼈으나 굳이 더 묻지는 않았다. 강호를 살아가는 사람들 중에 각자의 사연을 갖지 않은 자, 그 누가 있을까.

"그럼 목적지는 그곳으로 하지요. 당장 준비에 들어가겠습니다."

매한옥은 지체하지 않았다.

반나절도 걸리지 않아 이동할 채비를 마치고 밤을 기다렸다. 눈에 띄지 않고 움직이려면 역시 야음을 틈타는 것이 좋기 때문이었다.

그러나.

밤은 그들을 기다려 주지 않았다. 결정에서 행동에 옮기기까지 거의 시간 낭비가 없었음에도 관군의 움직임이 그보다 조금 더 빨랐던 것이다.

"무인(武人)이다. 그것도 상당한 놈이야."

가장 먼저 기척을 알아챈 것은 다름 아닌 참도회주였다.

도를 비껴들고 밖으로 나가는 모양새가 마치 이런 것을 기대하고 있었다는 기색이다. 매한옥이 고개를 내저으며 그를 따라 바깥으로 나섰다.

"다섯 명… 관군들이 함께 오고 있는데요. 골치 아프게 되었습니다."

"글쎄, 골치 아플 것이 있을까."

참도회주의 대답.

매한옥은 관군들 때문보다 참도회주의 말에 더욱 긴장했다. 관군들, 그리고 정체를 알 수 없는 무인들은 사실 별반 두려울 것이 없다. 그보다는 참도회주가 그들을 모조리 베어버리는 것이 더 큰 문제인 것이다. 그런 일만큼은 무슨 일이 있어도 막아야만 한다.

사사삭. 터벅.

이윽고 풀숲이 열리며 여섯 명의 관인들이 모습을 드러냈다.

다섯 명은 어디에서나 볼 수 있는 관병들이었지만 그들의 선두에 한 명은 조금 달랐다. 관인은 관인이되, 신분이 다르다.

가슴에 수놓아진 금(錦)이라는 한 글자. 황실 직속 금의위의 상징이다.

'금의위? 그렇다면 목적은 임 소저겠군!'

"이봐! 이 근처에서 수상한 사람들 보지 못했나?"

관병들 중 한 명이 대뜸 참도회주와 매한옥을 가리키며 기세 좋게 물어왔다.

어설프기 짝이 없는 모습이다.

이런 관군으로 어떻게 대명 제국의 치안이 유지되고 있는지 궁금할 지경이었다.

"어이! 대답이 없어? 물어보았으면 대답을 해야 할 것 아닌가!"

숫제 화를 내는 관군이다. 참도회주의 흑철도가 흔들렸다.

하지만 그 흑철도가 뛰쳐나가는 불상사는 일어나지 않았다. 금의위 제복을 입은 남자가 나직한 목소리로 관군들을 제지한 덕분이었다.

"조용히 하라."

금의위 위사(衛士)는 선이 굵은 얼굴을 지녔다. 참도회주를 보며 그 무위를 감지한 듯, 잘 다듬어진 신체를 팽팽하게 긴장시키고 있었다.

그가 손을 들며 관병들을 향해 말했다.

"뒤로 물러서!"

그제야 심상치 않은 분위기를 느낀 관병들이 얼굴들을 굳히며 주춤 주춤 뒤로 물러나기 시작했다. 금의위 위사가 참도회주를 직시하며 침중한 목소리로 입을 열었다.

"사람을 찾고 있소. 백의신녀, 의원이오."

짐작은 틀리지 않았다. 그의 질문이 이어졌다.

"그녀를 본 적이 있소?"

말을 하고 있는 자도, 말을 듣는 자도 이것이 형식뿐인 일임을 잘 알고 있었다.

금의위 위사는 단숨에 알아챘을 것이다. 참도회주와 매한옥이 바로 그가 찾고 있는 사람들임을.

내력을 끌어올리는 금의위 위사, 참도회주의 즉각적인 반문이 이어졌다.

"본 적이 있다면?"

긴장감이 고조되었다. 그가 정중하지만 당당한 목소리로 말했다.

"그녀가 어디에 있는지 알려주시오."

"알려달라… 직접 찾아보든지."

강렬한 기파는 덤이었다.

그럼에도 금의위 위사는 흔들림이 없었다. 참도회주가 발하는 압력을 온몸으로 받고 있을 텐데도 물러나지 않고 있었다.

"노인장, 나는 예의를 다하려 했소. 하지만 너무하는군."

도리어 강한 기세를 일으키며 한 발 다가오니, 놀라울 따름이다. 참도회주가 감탄 어린 웃음을 흘리며 매한옥을 돌아보았다.

"금의위에 이런 놈이 있었나? 북위 위금화 이후로 인재가 없는 줄 알았더니만."

참도회주가 흑철도를 들어올렸다.

당장이라도 한바탕 붙을 분위기였다.

금의위 위사가 손을 들어올리며 조그만 원을 그렸다. 두 주먹에 어리는 기운, 그것을 본 참도회주의 표정이 일순간 묘하게 변했다.

"잠깐, 그 권법……! 설마, 원공권인가?"

금의위 위사는 말없이 고개를 끄덕였다.

급변하는 공기다.

참도회주가 들어올리던 도를 딱 멈추었다.

"원공권…… 일맥전수라더니, 제자를 찾기는 찾았구나. 어떻게 할까, 이놈을 죽여도 될까?"

마치 그 사부가 눈앞에 있기라도 한 듯한 말투였다. 금의위 위사가 미간을 좁히며 의아한 목소리로 물었다.

"사부님을 아시오?"

"자기 제자가 길바닥에서 죽어도 코웃음을 칠 놈이라면, 잘 알고 있지."

친우에게나 쓸 법한 말투였다.

자기 제자가 죽어도 웃음으로 넘긴다?

실제로 그렇기는 한가 보다.

사부와 친분이 있는 이에게 함부로 손을 쓸 수는 없는 일. 금의위 위사가 몸을 굳히며 두 주먹의 기운을 거두어들였다.

"사부님을 아시는 분께 무례를 범할 수는 없소. 꼭 손을 쓰셔야 하시겠소?"

참도회주도 마찬가지다.

흑철도를 비껴 내리는 그의 얼굴이 차분하게 가라앉았다.

"그만두자. 모처럼의 흥이 깨졌다. 인연이란 참으로 묘한 것이로구나."

참도회주의 목소리에서는 그동안 좀처럼 찾아볼 수 없었던 긴 세월의 흐름이 묻어나고 있었다.

인연의 얽힘은 그렇듯 언제나 오묘하고도 기이한 법.

오묘한 인연이 불러오는 것은 또 다른 인연의 얽힘이라.

그 얽히고설킨 인연의 실타래는 그것으로 끝이 아니었다. 또 다른 인연의 끈이 그곳에 있었던 것이다.

끼이익.

청풍이었다.

문을 열고 나온 청풍을 발견한 금의위 위사다. 그의 두 눈이 놀라움으로 물들었다.

"자네는……!"

놀랍기로는 청풍으로서도 마찬가지였다.

들어본 목소리라 생각했더니 역시나 본 적이 있는 자였다.

스쳐 지나가듯 부딪쳤을 뿐이지만 손속까지도 나누어보았다. 형양 땅에서 귀도를 탈출시킬 때 마주쳤던 금의위 위사, 원태가 바로 그 위사의 이름이었다.

"그래, 그랬어. 백의신녀를 데려갔던 것이 자네였다니 상상도 못했지 뭔가."

원태의 시선이 청풍의 전신을 훑었다. 정(淨)하지 못한 기운, 균형이 깨진 청풍의 내공을 알아보았다. 가슴에서 목에 이르도록 두터운 붕대까지 감겨 있으니 그것만으로도 심각한 부상을 엿볼 수 있었다.

"오랜만이오."

"오랜만이지. 비검맹의 검존과 마존들을 단신으로 돌파하며 수로맹주를 구해낸 무적의 검사. 장강 만 리를 위진시킨 청홍무적검의 얼굴을 이렇게 보게 되는군."

청풍의 명성이 그렇게까지나 알려지고 있었던가.

원태의 목소리에 담겨 있는 것은 반가움이었다.

형양 땅에서도 그랬다. 서로 대적해야 할 상황이었음에도 호감을 느꼈던 자다.

관군들에게 둘러싸이고 슬그머니 길을 터주던 때.

문득 그때의 일이 생각났는지, 원태가 뒤쪽에 서 있는 관병들을 돌아보며 말했다.

"산 밑으로 내려가라. 병력을 모으고 대기하도록 한다. 내 별도의 명령을 내리겠다."

"예? 이들은 어찌하고 그냥 내려갑니까?"

"이들은 악적들이 아닙니까?"

무엇이 어떻게 돌아가고 있는지조차 파악하지 못한다. 원태가 얼굴을 찌푸리며 나직한 목소리로 말했다.

"명령대로 행하라."

짐짓 화를 내는 듯한 기색이었다. 아니, 어쩌면 진실로 화를 낸 것인지도 몰랐다.

성가시기만 한 관병들이다. 그들이 도망치듯 몸을 돌려 산 아래 쪽을 향했다.

"덕분에… 많은 일들을 겪었지."

밑도 끝도 없이 시작하는 말이었다.

원태의 이야기에 청풍이 되물었다.

"무슨 일을 말이오?"

"단심맹이라는 놈들 때문에 말이다."

갑작스레 튀어나온 단심맹의 이름에 참도회주의 얼굴이 미미하게 굳었다.

미처 눈치채지 못하고 말을 이어가는 원태다.

원태가 하고픈 말.

사실 그것은 단심맹에 관한 것들만이 아니었다.

청풍에 대한 오해와 그 오해의 끝.

낭인들의 몰살, 청풍을 추격하던 지난 일이 원태의 혀끝에서 맴돌고 있었다.

"단심맹을 캐기 시작하면서 죽을 고비를 몇 번이나 넘겼지. 이제 와서 그때의 일에 대한 사과를 하는 것도 우스울 것이고, 다만 피차 고생한 김에 과거의 일들은 없었던 것으로 해줄 수 없을까?"

단심맹.

청풍은 가장 먼저 그때 싸웠던 냉심마유를 떠올렸다. 마환필의 사나움이야 차치하고라도, 그 지독한 음험함은 아직까지도 기억이 생생하다.

그런 자들이 소속된 단심맹인 바, 굳이 큰 그림을 그려보지 않더라도 만만치 않은 곳임을 능히 짐작할 수 있었다.

"그 일이라면 어차피 마음에 두고 있지도 않았소."

"그런가. 그렇다면 다행이고."

원태의 말에는 전에 없던 여유가 깃들어 있었다.

짧다면 짧고, 길다면 긴 시간.

청풍이 강해진 것처럼 원태도 강해져 있었던 것이다.

한층 더 뛰어나진 기도, 한층 더 강인해진 인상이 그가 겪었던 험난함을 잘 말해 주고 있었다. 싸움을 통하여 성장하는 무인의 기질, 음모를 물리치며 성숙하는 협사의 풍모가 달라진 모습 안에 있었다.

"그나저나, 내가 이곳에 온 이유는 다른 것이 아니라네. 그 상처, 백의신녀께 치료를 받은 것인가?"

"그렇소."

"치료가 끝났다면, 모셔가도 될까?"

"글쎄… 그것은 직접 여쭈어보시는 것이 좋겠소."

청풍이 암자 쪽을 가리켰다.

다가드는 원태. 암자의 문이 열리며 두 여인들이 걸어 나왔다.

"백의신녀… 임… 소저?"

백의신녀를 본 원태가 기묘한 표정을 지었다. 놀라움과 반가움이 섞여 있는 얼굴, 방금 전 청풍을 보았을 때 지었던 바로 그 표정이었다.

"당신은……?!"

"임 소저? 임 소저가 백의신녀였소? 나 원태요. 알아보겠소?"

"원 공자? 강원 백부님께 배우던?"

"맞소, 맞아! 이럴 수가! 내 전혀 모르고 있었소!"

남아 있던 기이한 인연, 그 마지막이다.

놀랍고도 놀라운 일. 서영령이 두 눈을 크게 뜨며 백의신녀에게 속삭였다.

"원래 알던 사이인가요?"

"알던 사이고말고! 같은 곳에서 꽤나 오랫동안 함께 컸소. 그나저나 실로 놀라울 뿐이오. 백의신녀라니, 그 임 소저가!"

대답은 원태에게서 먼저 나왔다. 마지못한 듯 고개를 끄덕이는 백의신녀. 그녀가 고운 눈썹을 슬쩍 치켜 올리며 말을 더했다.

"동향 사람일 뿐이야. 함께 컸을 정도는 아니고……."

"무슨 소릴 하는 거요, 임 소저! 다 잊어버린 게요?"

"잊어버린 것이 아니니까 그렇지요. 여하튼 그 성격은 여전하군요."

백의신녀의 미소는 여전히 마뜩잖아 보였다.

웃어넘기는 원태, 청풍을 보았을 때보다 배는 더 반가워하는 것 같다. 본연의 임무마저도 망각한 듯 얼굴 전체에 환한 표정만이 가득했다.

"그럼… 언니는 어쩔 건가요?"

"글쎄다. 일단은 가야겠지. 황실에서 그토록 찾는 것을 보면 보통 일은 아닐 거거든. 그리고 사실 이제는 내가 해줄 일도 별로 없는 마당이야. 지금부터는 스스로 극복해야 할 문제니까."

백의신녀의 시선을 받은 청풍이 알겠다는 듯 고개를 끄덕였다.

그녀의 말처럼 이제는 청풍 홀로 넘어서야 할 벽이었다.

뒤엉킨 내력, 부상으로 무뎌진 몸, 전부 다 완벽하게 되찾으려면 얼마만큼의 시간이 걸릴지 짐작조차 하기 어려웠다.

"내 아까도 이야기했지만 자네의 이름은 지금 전 중원으로 퍼져 나가고 있는 중이라네. 청홍무적검, 그것이 자네가 얻은 이름이야. 그 이름을 지키려면 어서 회복하는 것이 좋을 것일세. 관병의 추격은 걱정하지 않아도 될 테지만, 다른 놈들이 쫓는 것은 책임지지 못하니까."

원태는 또 한 번의 호의를 보여주었다.

백의신녀를 데려갈 수 있다면 그것으로 되었다는 투다.

원칙만을 고집하는 보통 관인들과는 판이하게 달랐다.

이어지고 또는 마무리되는 만남이다.

청풍 일행은 그렇게 백의신녀와 작별을 고하고 산을 내려가게 되었다.

*　　　*　　　*

안휘성의 성도(省都) 합비.

합비는 역사가 오랜 고도(古都)였다.

하지만 힘을 잃은 장현걸은 그러한 세월의 정취를 감상할 여유가 없었다. 시급을 다투는 중요한 만남이 있었기 때문이다.

'암행 중랑장이라……'

그렇다.

사부. 용두방주가 건네주었던 쪽지에 있었던 바로 그 남자를 만나는 것이다.

장현걸은 그 누구도 대동하지 않았다, 고봉산조차도.

항상 입고 있던 누더기까지 벗었다.

단정한 무복을 차려입었고, 언제나 맨발이던 발에는 어울리지도 않는 짚신을 신었다.

죽립을 눌러써서 얼굴을 가렸을 뿐 아니라 타구봉마저도 놓고 왔다. 그 누구도 개방의 후개임을 알 수가 없는 모습이었다.

　'그만큼 궁지에 몰렸다는 말이지.'

　장현걸은 자조에 가까운 웃음을 배어 물었다. 개방 제자가, 그것도 후개쯤이나 되는 자가 누더기를 벗었다는 것은 보통 일이 아닌 까닭이었다.

　말하자면 방규(幫規)를 어긴 것이다.

　개방의 법도로 보자면 중죄(重罪)에 가까운 행태였다.

　그렇게 해서라도 움직임을 드러내서는 안 된다는 뜻. 다 찢어진 한 벌 누더기라도 온 천하에 부끄러울 것이 없었던 개방 후개에게 이것이 어인 일인지 새삼 스스로의 처지가 혹독하게 느껴질 따름이었다.

　'저곳이로군.'

　번화한 건물들 사이로 고풍스러운 객잔 하나가 보였다.

　어렵게 만든 자리.

　어떤 이야기가 오갈 것인지는 장현걸로서도 짐작키가 어려웠다.

　심지어는 그것이 그에게 득이 될지 실이 될지조차도 알 수가 없었다. 그렇지만 어쩔 수가 없다. 어떤 것이든 지금보다 나쁠 수는 없기 때문이었다. 죽음에 가까이 다가서든, 아니면 살길이 보이든 부딪쳐 보는 방법밖에는 없었다.

　촤르르륵.

　주렴을 걷어내고 들어선 객잔은 무척이나 한산했다. 아니, 한산한 정도가 아니었다. 단 한 명의 손님도 없었다.

　적어도 민초들은.

　'고수들……!'

그 이유를 알아채는 데는 촌각의 시간도 걸리지 않았다.

객잔 한쪽, 흑색 제복을 차려입은 무인 네 명이 보였다. 삼엄한 예기(銳氣), 보통 사람이라면 누구라도 발길을 돌릴 만한 기파가 전해지고 있었다. 어지간히 용기있는 사람들이 아니고는 들어서는 것 자체를 용납하지 않는 모습들이었다.

'검은색 제복… 동창(東廠)!!'

장현걸은 대번에 무인들의 정체를 파악했다.

흑의를 입고 다니는 무인들이야 중원천지에 헤아릴 수 없도록 많다고는 해도, 뻣뻣한 제복에 흑사(黑絲) 비호(飛虎) 문양이라면 황실 직속 감찰 기관인 동창 흑호대(黑虎隊)밖에는 생각할 수가 없었던 것이다.

언제라도 땅을 박찰 준비가 되어 있는 자들이었다.

피부로 느껴지는 고강한 무공들이 거기에 있었다.

'흑호대가 이렇게 강했었던가… 게다가 이만한 자들이 아래층을 지킨다니……'

장현걸은 다시 한 번 경각심을 더했다.

동창의 전력도 상상 이상이지만 그런 자들이 지키고 있는 이라면 역시나 보통 인물이 아닐 것이었다. 가볍게 생각했다가는 부지하고 있던 목숨까지 날아갈지 몰랐다.

"어쩐 일이신지……."

한 발 더 안쪽으로 들어서자, 창백한 낯빛의 점소이가 어쩔 줄 모르는 목소리로 물어왔다.

곤란한 기색이 역력한 얼굴이었다. 점소이가 머뭇거리며 말을 이었다.

"죄송하지만… 오늘은 저희 객잔이 손님을 받기가 곤란한지라……."

그때였다. 고저없는 목소리가 들려온 것은.

"위층으로 모셔라."

동창 무인의 한마디였다.

장현걸이 동창 무인들을 알아본 것처럼 장현걸이 후개임을 단숨에 알아보았다는 뜻이다. 장현걸의 두 눈에서 기광이 번쩍였다.

'대단해. 목숨을 걸어야겠군.'

"이쪽으로 오십시오."

안절부절못하던 점소이의 얼굴이 다시없을 정도로 밝아져 있었다. 드디어 곤란한 일을 면했다는 표정이었다.

삐걱. 삐걱.

적막한 층계에 나무 계단 소리가 요란했다.

이층으로 올라온 장현걸이다.

그 층 전체에서 단 하나의 인기척도 읽을 수가 없었다.

그렇다고 사람이 없는 것은 아니다. 그가 만나기로 한 암행 중랑장 조홍이 있을 것이고, 다른 무인들도 있을 것이다.

그럼에도 그 위치를 잡지 못한다는 것.

그것이 의미하는 바는 다른 것이 아니었다. 암행 중랑장은 고수라는 이야기다. 방문 하나 사이로도 기척을 감출 수 있는 절정고수라는 뜻이었다.

"기다리시던 손님이 오셨습니다, 대인."

가장 내측의 문을 두드리는 점소이다.

공손함이 가득한 목소리가 정적이 휩싸인 복도를 가득 메웠다.

눈앞의 문.

그저 닫혀 있을 뿐인 객잔의 나무 문일진대, 마치 천 겹의 빗장을 두른 철문처럼 보였다. 잠시의 침묵, 이내 그 안으로부터 차분한 대답이 돌아왔다.

"문은 열려 있소, 들어오시오."

절제되고 절제된 가운데 무서운 힘이 깃든 목소리였다. 등줄기를 타고 오르는 느낌이 오싹함에 가까웠다.

'만일 이것이 함정이라면?'

장현걸은 불현듯 치밀어 오르는 의문을 억눌렀다.

언제부터 그렇게 소심한 소인배가 되었을까.

문을 열어젖히는 손이 자신의 손 같지가 않았다. 개방 후개, 혈혈단신으로도 세상 두려울 것 없이 자유분방하던 때가 있었던 그일진대, 어떻게 이렇게까지 변할 수 있는지 도통 모를 일이었다.

성큼 들어선 장현걸이다.

그의 눈에 의자에 앉아 있는 남자와 한쪽 창가에 등을 지고 있는 남자 두 사람이 비쳐들었다.

외모나 인상보다 먼저 다가온 것은 충만하게 응축되어 있는 막강한 기파들이었다. 아래층에 있던 자들도 고수들이었지만, 이들은 그들과 또 격이 다른 자들이었다.

"개방 후개라더니, 이리도 단정한 차림일 줄은 몰랐소. 후후후."

먼저 말을 걸어온 사람은 의자에 앉아 있던 남자였다.

그 남자를 한눈에 살핀 장현걸.

날카로운 눈매에 번뜩이는 지모(智謀), 무공의 수준은 추측키가 힘들었다.

수염을 길렀지만 불혹(不惑)의 문턱을 넘은 것 같지는 않아 보인다.

왼쪽 가슴에 흑화(黑花) 문양, 전체적으로 강퍅한 인상이다. 장현걸은 그를 보며 한 사람의 이름을 절로 떠올리게 만들고 있었다.

'흑화대 대주, 심화량……!'

사람의 기파라는 것은 무공으로만 드러나는 것이 아니다.

동창 삼(三) 개 대대 중 첩보 활동과 정보 분석을 주 임무로 하는 곳이 바로 흑화대인 바.

흑화대 대주 심화량이라면 황실에서도 세 손가락 안에 꼽히는 지략가라 알려져 있다. 황실 대무림정책의 핵심 인물이며, 흑호대와 흑살대를 암중 지원하고 있는 자, 이른바 동창의 두뇌라 할 수 있었다.

"황실의 실세를 만나뵙는 자리일진대 대명 제국의 백성으로서 어찌 예(禮)를 차리지 않을 수가 있겠소, 심 대주."

"역시나 단번에 알아보는군. 대방과 개방의 후개(後丐)라더니, 과연 그에 걸맞는 안목을 지니셨소. 그렇소, 내가 동창 흑화대 대주 심화량이오."

심화량은 엷은 미소를 지었다.

하지만 그 입은 웃고 있을지라도 그 눈에는 일말의 웃음기조차 깃들어 있지 않다. 냉혹하게 번뜩이는 눈빛, 이자는 위험한 자다. 백번 조심해도 모자람이 없을 것이다. 동창의 행사는 은밀하고도 과격하며, 또한 잔인하다고 알려져 있으니까.

"개방의 장현걸이오. 일단은 후개라는 신분을 가지고 있소. 언제 사라질지 모르는 지위지만."

장현걸은 스스로의 처지를 감추지 않았다.

심화량 같은 자 앞에서 허세를 부리는 것은 바보짓이다. 장현걸은 활로를 구하기 위해 온 자, 모든 열쇠는 저쪽이 쥐고 있다. 엉뚱한 수

작을 부릴 생각 따윈 추호도 없었다.

"의외로 솔직하군. 이야기가 빠르겠어."

심화량이 의자에 등을 기댔다. 잠시 말을 멈춘 심화량, 그가 장현걸을 직시하며 단도직입적으로 물었다.

"개방 후개… 사면초가에 몰린 상황, 지금 그곳에서 살아남을 확률이 얼마나 된다고 보시오?"

생사를 가르는 질문이다.

사방에서 조여오는 위협들, 장현걸은 오래 생각하지 않았다.

"오 할."

"오 할이라… 너무 높게 잡았다 생각하지 않소?"

"아니, 오 할도 적소. 그저 죽지 않으려고만 한다면."

심화량과 장현걸의 눈이 허공에서 부딪쳤다.

미간을 좁히는 심화량, 그가 일순간 눈빛을 거두며 창가에 선 남자 쪽으로 고개를 돌렸다.

"오 할… 조 공자는 어떻게 생각하시오."

조 공자.

창가에 선 남자는 심화량의 물음에도 대답이 없었다.

심화량에 집중되어 있던 장현걸의 시선이 창가에 선 남자 쪽으로 움직였다. 장현걸이 이 방에 들어온 처음부터 미동조차 하지 않은 채, 먼 하늘만을 바라보고 있던 남자다.

아무런 반응이 없는 그를 보며 심화량이 고개를 내저었다.

"조 공자!"

"……."

"창밖을 아무리 본다 한들, 북풍에 이르지 못함을 잘 알고 있지 않소. 스스로의 위치를 알고 다음을 기하시오."

심화량의 어투는 질책에 가까웠다.

창가에 서 있던 남자가 나직한 어조로 그의 말을 받았다.

"그렇지. 지금은 이럴 때가 아니었지."

햇살을 받으며 몸을 돌린다.

놀랍도록 젊은 얼굴이다. 초원을 달리는 거친 기상이 깃들어 있었다.

이런 자는 없다.

중원 천하 어디에서도 찾기 힘든 독특한 기도였다. 장현걸이 겪어보지 못한 무언가가 그 남자에게 있었다.

"죽은 사람들이 있었지만 그 복수에 나서지도 못했다. 사람의 도리가 아니지."

조용한 목소리에 무섭도록 강한 기운이 숨겨져 있었다.

영락제의 북벌 전후를 기하여 혜성처럼 나타난 자, 수라장을 헤쳐 온 장수의 안광(眼光)이 장현걸의 전신으로 쏟아졌다.

"개방의 후개라 했나? 죽는 것은 순간이다. 누구도 그것을 벗어날 수 없어. 오 할을 말했다. 풍대해 밑으로 들어가면 당장 죽지는 않겠지만, 그것도 지금 이야기일 뿐이야. 언젠가는 죽게 되어 있는 법이니까."

그의 입에서 발해지는 하대는 자연스럽기 그지없었다.

사람을 압도하는 기상이 저절로 우러나오니 거부감조차 가질 수 없다.

그뿐인가.

그는 장현걸이 말한 오 할의 의미도 단번에 알아챘다.

죽지 않기로만 한다면 단심맹에 잠식당한 개방 안에서 풍대해의 수족처럼 살아가면 된다. 그래서 오 할이다. 그 밖의 방법을 고집한다면 살 수 있는 확률이 일 할도 되지 않았다.

"내 이름은 조홍이다. 북로 원정에서 폐하를 모셨고, 지금은 단심맹을 쫓고 있지."

조홍.

그렇다. 사부님, 용두방주가 건네준 이름이다.

북로군에 종군하기 직전까지는 종사품 국자감 제주로서 주목받던 문인(文人)이었을 뿐인 자가 어느새 이런 모습으로 변하여 무림의 일에 관여하고 있다니, 조사해 온 자료만 가지고는 도저히 상상조차 하지 못할 모습이다.

"단심맹의 음모는 넓고도 깊다. 꾸미는 짓도 대담하기 그지없지. 대응하기가 쉽지 않아."

조홍이 심화량을 돌아보았다.

고개를 끄덕이는 심화량. 분명한 상하 관계가 드러난다. 그것을 본 장현걸은 불현듯 한 가지 사실을 깨달을 수 있었다.

'이 남자……!'

동창 흑화대 대주라 하여 온 신경을 집중했었지만, 그가 상대할 자는 심화량이 아니었음을 말이다.

심화량보다 더 무섭고 더 강한 자다.

황실 대(對)무림 정책의 진정한 핵(核)이 바로 이 남자인 것이다. 황궁이야말로 또 다른 강호의 복마전(伏魔殿)이란 말이 실감나는 순간이었다.

"그것을."

조홍의 말에 심화량이 납작한 철제 상자 하나를 꺼내어 올렸다. 조홍의 목소리가 이어졌다.

　"이 안에는 그 단심맹에 가담한 무림 인사들과 그 증거들이 담겨 있다. 개방 풍대해에 관한 것도 물론 이 안에 있지. 단심맹을 단죄하기 위한 철함. 우리는 이것을 단심궤(丹心櫃)라 부른다."

　단심궤.

　칙칙하게 빛나는 철제 상자 위, 핏빛과도 같은 붉은 주사로 단심(丹心)이란 글자가 새겨져 있었다.

　뇌리를 스쳐 가는 느낌.

　장현걸은 그 철궤를 보며 생사의 갈림길을 느꼈다.

　"어떤가. 열어볼 용의가 있나?"

　열어본다는 것.

　그것은 열어보는 것만으로 끝이 아니다.

　그것을 여는 것은 돌아오지 못할 강을 건너는 것과 같다.

　열고 나면 그 안에 발을 들여놔야 하고, 발을 들여놓게 되면 단심맹의 집요한 공격을 받게 되리라.

　죽음으로 돌진하는 길. 그래서 장현걸은 되물었다.

　"내가 이곳에 온 이유가 무엇인지 아시오?"

　그의 눈에서 불꽃이 튀었다.

　이 방에 들어올 때 위축되었던 것과는 사뭇 다른 모습이다. 미망에 빠져 허우적대던 장현걸. 그가 예전의 영명했던 모습을 찾아가고 있었다.

　"나는 거지요. 가진 것이 아무것도 없으니, 거지는 오직 구걸을 해야지만 살아갈 수 있는 법이오."

"무슨 뜻인가."

"나는 구걸을 하기 위해 이곳에 왔다는 말이오. 생명을 구걸하기 위해서."

장현걸의 말을 듣는 조홍의 두 눈에 이채가 떠올랐다.

구걸을 이야기하면서도 당당했다.

개방 후개라더니, 강호의 흔한 무인들과는 확실히 다른 데가 있었다.

"그래서, 구걸할 상대가 아닌 것으로 보인다?"

"그렇소. 기껏 구걸해 얻은 것이 이 철궤라면, 생명을 구걸하려 했던 것과는 거리가 멀지 않겠소. 오 할… 그 철궤에 연관되면 그 오 할은 십분지 일인, 오 푼도 채 안 되게 될 것이오."

"오 푼이라… 오 푼이나 될까?"

오 푼도 높게 잡았다. 조홍의 반문에 장현걸이 난감한 웃음을 떠올렸다.

"좋소. 오 푼이 아니라 삼 푼이라 해두겠소. 조 공자라 했소? 허면, 조 공자는 오 할과 삼 푼 중 어느 쪽에 걸겠소?"

"내 판단은 중요하지 않아. 자네가 어떻게 느끼는지가 문제일 뿐."

"그렇다면 말이오. 만일 내가 오 할을 택해서 이대로 돌아가기로 한다면… 그렇다고 곱게 돌려보내 주긴 할 생각이었소?"

"아니, 그럴 수야 없었겠지."

조홍의 대답은 거침이 없었다.

살기(殺氣)를 드러내지 않으면서도 그 어떤 사나운 살의(殺意)보다 무섭다.

단심궤를 본 이상, 그리고 그 안에 무엇이 있는지 알아버린 이상 이미 장현걸을 거기에 얽혀든 것이나 다름없는 것이다. 다른 생각을 품는다면 그대로 둘 수 없는 것이 당연한 일이다. 본심을 숨기지 않는 조홍의 대답에 장현걸의 웃음이 더욱더 짙어졌다.

"좋소. 내가 그 철궤를 가지고 할 일이 무엇이오?"

"열어볼 용의가 생겼다는 말인가?"

"선택의 여지란 처음부터 없었지 않소?"

"……."

"열어보는 것이 당연한 일이오. 그저 목숨을 부지하는 것과 생명을 얻는 것은 다르니까."

"그것은 또 무슨 말인가. 목숨을 부지하는 것과 생명을 얻는 것이 다르다?"

"그렇소. 오 할로 죽지 않는 것과 삼 푼으로 삶을 얻는 것, 제아무리 구질구질한 거지일지라도 일단 후개의 이름을 달았으면 삼 푼을 택할 수밖에 없는 것 아니겠소."

"말은 좋군."

조홍이 고개를 끄덕였다.

단심궤에 손을 올리는 조홍.

장현걸이 그의 손을, 단심궤를 보며 진중한 목소리로 물었다.

"그것을 가지고 대체 내가 무엇을 하길 바라오?"

"생각해 봐, 자네가 할 수 있는 일이 무엇인지."

"모르겠소. 내게는 힘이 없소."

"의외로 솔직해. 듣던 것과 확실히 달라."

조홍이 이번에는 심화량을 돌아보았다. 심화량이 건네주는 몇 장의 종이들. 조홍이 그 종이들을 훑어보며 말을 이었다.

"늦어도 여섯 달, 이르면 그전에 전 중원을 아우르는 무림맹이 열리지. 팔황의 존재는 이미 덮어두기엔 너무나도 커져 버렸어. 그때 무림맹에서는 팔황의 재림에 대한 공식적인 논의가 있을 것이다. 무슨 말인지 알겠나?"

"그때… 터뜨리리는 것이오?"

"그렇다. 물론 그전까지 터뜨릴 만한 충분한 준비를 갖춰야 할 것이다. 지금 단심궤에 있는 자료만으로는 부족해."

장현걸이 눈살을 찌푸렸다.

그가 물었다.

"…그것이 전부요? 그럴 리가 없을 텐데."

"잘 아는군."

빠르게 읽어낸다. 장현걸, 그 지모만큼은 확실히 알아줄 만했다.

장현걸이 씁쓸한 미소를 지어냈다.

"언제까지요? 내 목숨의 기한은?"

"세 달."

역시나 그렇다.

세 달, 세 달이면 죽는다. 장현걸이 고개를 저었다.

"세 달이라… 너무 짧은데."

"그 이상은 곤란하다. 그 이후에는 자네가 단심궤를 지녔다는 정보를 팔황에 흘릴 것이다. 그 이후로도 살아남으려면 준비를 단단히 해야 할 거야."

"미끼가 되라는 말이오?"

"미끼라기보다는 낚싯바늘이겠지."

"차라리 죽으라고 말하는 것이 낫겠군."

"대개방의 후개가 단심맹에 죽어준다면 그것도 나름대로 큰 구실이
되지 않겠나?"

농담이 아니다.

장현걸은 간담이 서늘해짐을 느꼈다.

장현걸이 정말로 죽는다 해도 조홍은 눈 하나 깜짝하지 않을 것이
다. 그의 죽음을 구실 삼아서라도 단심맹을 칠 생각이 틀림없었다.

"…지원은 없소?"

"무엇에 대한 지원?"

"이대로라면 한 달도 채 못 버틸 것 같은데."

"바랄 것을 바라야지. 그 지경에 이른 것도 따지고 보면 자네 잘못
아니었던가?"

"……!"

놀랄 것도 없다.

역시나 조홍은 알고 있었다.

사면초가에 몰린 상황, 장현걸 자신이 자초한 일이라고 해도 과언이
아니다. 하지만 어쩔 텐가. 지금은 자존심 따위를 생각할 때가 아니다.
장현걸은 끝까지 포기하지 않았다.

"그렇다 해도… 내가 그토록 빨리 죽는다면 조 공자 계획에도 차질
이 생기지 않겠소?"

"뭘 모르는군."

"……?"

"단심궤를 넘긴 것은 자네 하나뿐이 아니야."

"……!!"

장현걸의 눈이 커졌다.

완전히 잘못 짚었다.

이들은 장현걸에게 그리 큰 희망을 걸고 있지 않았다.

죽어도 그만이라는 말은 그래서 할 수 있는 게다.

당연하다면 당연할 수 있는 일. 이런 중대한 일을 그처럼 궁지에 몰린 한 사람에게 맡긴다는 것은 어불성설이다.

장현걸은 스스로의 어리석음을 자책하며 고개를 내저었다.

"그렇다면 왜 나요?"

"우문(愚問)이다. 팽가의 망나니는 그런 이유 따위 상관하지도 않았어."

"내 말은 왜 당신들이 직접 나서지 않느냐는 것이오."

"왜 직접 나서지 않냐라……."

조홍은 눈을 감으며 고개를 끄덕였다.

그때였다. 아래층으로부터 소란스러운 소리가 들려오기 시작한 것은.

"직접 나서지 않는 것은 바로 이래서지."

챙! 채애앵!

조홍의 말이 끝나기 무섭게 병장기 소리가 들려왔다.

"장군! 심 대주님! 적습입니다! 조심하십시오!"

우렁찬 경호성이 밑에서부터 올라온다. 갑작스럽기 그지없는 변화였다.

우당탕! 채애앵!

조홍이 눈을 뜨며 문 쪽으로 걸음을 옮겼다.

조금도 서두르지 않은 발걸음이다. 그가 한쪽 벽에 세워져 있는 창한 자루를 비껴들었다. 그가 문 앞에 섰을 때였다.

우지끈! 콰광!

문짝이 산산조각으로 부서지며, 백색 문사복에 하얀 가면을 쓴 괴인들이 뛰쳐들었다.

"어딜!!"

조홍의 손에서 군용(軍用) 철창(鐵槍)이 불을 뿜은 것은 순간이었다.

콰직! 퍼어억!

엄청난 창술이다. 순식간에 휘몰아치는데, 실로 보기 드문 위력을 지녔다.

세 명의 괴인들이 문지방을 제대로 넘어보지도 못한 채 피를 뿌리며 튕겨져 나갔다.

"이놈들! 신마맹(神魔盟)입니다. 숫자가 많아요!"

"여기서 다 막지 못하겠습니다. 두 놈 더 올라갑니다!"

아래층으로부터 연신 경호성이 들려왔다. 밑을 지키고 있던 동창 혹 호대 창위들의 목소리였다.

그렇다.

이제야 알겠다.

그만한 고수들이 아래를 지키던 것은 장현걸과의 회합 때문만이 아니었다. 바로 이런 사태를 대비한 조치다. 계속하여 들리는 병장기 소리, 두 명의 백의괴인들이 올라오기가 무섭게 조홍의 창에 막혀 쓰러지고 만다.

그제까지도 의자에 앉아 있던 심화량.

그가 몸을 일으키며 단심궤를 들어올렸다.

태연한 목소리, 그가 장현걸을 직시하며 말했다.

"이렇듯 우리들의 상대는 단심맹 하나가 아니오. 강호의 일은 강호의 협사들이 해결해야지, 우리가 나설 여지가 없소. 용두방주의 기대를 저버리는 일이 없기를 바라겠소."

"후우… 어쩔 수가 없군."

"받으시겠소?"

"물론이오. 어떻게든 해보겠소."

"해보겠소로는 안 되오, 반드시 해내야 하오."

"내게는 큰 기대를 걸지 않은 것으로 아는데."

"말장난할 여유가 없소. 서두르시오!"

재촉하는 심화량이다.

단심궤를 건네받는 손에 목숨의 무게가 실렸다. 그것을 만들기 위하여 죽어간 동창 창위들의 목숨과 금의위 위사들의 목숨, 그리고 장현걸 자신의 목숨이 크지 않은 철궤 속에 있었다.

"그럼, 무운들을 빌겠소."

장현걸이 창틀을 박차고 뛰어내리기 직전이다.

갑작스레 느껴지는 기운이 그의 고개를 돌렸다.

새로운 강적이다.

황미(黃眉)가 그려진 검은 가면을 쓰고, 고풍스런 전포를 입은 남자가 부서진 방문 앞에 나타나 있었다. 그에 맞서는 조홍의 입에서 차가운 목소리가 흘러나왔다.

"황미대왕의 가면. 이젠 마군들까지 나오는가."

깊이 감추어진 힘.

함께 싸워야 할 것인가.

장현걸은 일순 망설였다.

나타난 황미흑면의 무력은 굉장하다. 손속을 나눠보지 않아도 절로 알 수 있다. 조홍과 심화량이 제아무리 고수라도 벅차 보일 정도였다.

"어서 가시오! 이곳은 걱정 말고!"

심화량의 외침은 고함에 가까웠다.

흑면의 남자에게 창을 겨눈 조홍의 뒷모습, 강한 기파가 절로 느껴지는 데에도 흔들림이라고는 찾아볼 수가 없다. 강력한 대적(大敵)을 여러 번 상대해 본 듯한 모습이다.

장현걸이 이를 악물고 창틀을 박찼다.

텅!

땅에 착지한 직후다.

장현걸은 뒤쪽으로부터 짓쳐드는 예리한 기운들을 느낄 수가 있었다. 그의 몸이 하늘로 솟구치며 곡예에 가까운 움직임을 보였다.

'이놈들은……!'

아수라장이 된 길거리와 객잔이 눈에 들어왔다.

어느새 몰려들어 있는 괴인들.

눈에 띄는 모습들이다.

하얀 가면을 쓴 백의괴인들의 숫자가 이십 명을 헤아렸다. 마치 하얀색 꼭두각시들이 제멋대로 움직이는 것 같다. 기괴하기 짝이 없는 광경, 장현걸은 그들을 보며 수십 년 전 잊혀진 이름들을 떠올릴 수가 있었다.

'백면뢰(白面儡), 백뢰단(白儡團)! 신마맹의 주력 부대!'

쒜엑! 파바박!

도주로가 마땅치 않았다.

본신 무공을 쓴다면 빠져나가기가 어렵지 않을 테지만 개방 신법을 보여주어서는 안 되는 상황이다. 그의 눈이 활로를 찾아 빠르게 움직였다.

'이쪽인가!'

채앵! 채챙!

연신 터져 나오는 병장기 소리가 어지러운 골목길을 더욱더 혼란스럽게 만들었다.

백주 대낮에 이 정도 규모의 싸움이라니, 기가 막힐 노릇이었다.

불과 몇 년 전만 해도 이런 일은 드물었던 바, 이제는 전 중원에서 이런 일이 심심찮게 발생하고 있다. 관가와 황실의 힘이 강해지고 있음에도 정작 강호의 싸움이 통제가 되지 않는 기현상이다. 장현걸은 세 자루 협도(狹刀)를 아슬아슬하게 피해내며 스스로가 난세의 한복판에 있음을 그 어느 때보다 실감할 수가 있었다.

장현걸이 백면뢰들을 뿌리치며 대로 한복판으로 나왔을 때였다.

그의 시야 한쪽으로 강력한 기도를 뿜어내는 한 남자가 비쳐들었다.

흉악한 인상, 허름한 마의(麻衣)를 걸친 봉두난발의 괴인이었다.

파파파파!

'제기랄!'

괴인이 장현걸을 향해 달려오기 시작했다.

위기였다.

대단한 기세, 본신 실력을 드러내지 않고서는 상대할 수 없는 자다.

장현걸이 미간을 좁히며 내력을 끌어올렸다. 타구봉이 없으니 강룡십팔장이다. 어쩔 수가 없었다.

취리리릭!

괴인의 팔에서부터 녹색의 빛줄기가 뻗어 나왔다. 일 장에 이르는 거리, 채찍이다. 보기 드문 기병으로부터 무서운 내력이 느껴지고 있었다.

"엇!"

옆으로 몸을 돌리며 장력을 쳐내려 했던 장현걸이다. 그러나 채찍의 끝은 장현걸을 향하고 있지 않았다. 살아 있는 듯 움직이며 빠르게 장현걸을 비껴간다. 도리어 놀란 장현걸이 헛바람을 들이켰다.

퍼억! 퍼버벅!

녹색의 빛줄기가 절묘하게 움직이며 백면뢰 두 놈의 몸을 쳐냈다. 채찍에 맞았을 뿐인데 마치 커다란 곤봉에라도 얻어맞은 것처럼 뒤쪽으로 날아간다. 대단한 위력이었다.

의외의 상황에 장현걸의 발이 일순간 멈추었다.

봉두난발의 괴인은 그런 그를 아랑곳하지도 않은 채, 옆을 지나쳐 백면뢰들 한가운데로 뛰어들었다. 난폭하고도 사나운 무공으로 단숨에 놈들을 헤집어놓으니 그 기세가 실로 놀랍다. 백면의 꼭두각시들로서는 감히 그의 기세를 막아낼 도리가 없었다.

'대체……!'

그렇다.

봉두난발의 괴인은 얼굴은 흉악해도, 조홍이나 심화량과 같은 편이었던 모양이다.

점입가경으로 치닫는 싸움.

이것은 기회다.

장현걸의 몸이 빠르게 앞으로 쏘아졌다.

"저것은……!"

얼마 가지도 않았을 때다.

장현걸은 다시 한 번 발을 멈출 수밖에 없었다.

봉두난발의 녹편(綠鞭) 고수가 나타난 방향, 그쪽으로부터 달려오고 있는 또 한 명의 고수를 발견한 까닭이었다.

'황산대협 채정광!'

장현걸은 그 고수의 얼굴을 단번에 알아봤다.

황산대협, 그는 그야말로 대단한 명성을 지녔다.

속가십대권법 중 하나라는 대력호왕권을 연마한 권사(拳士), 무엇보다 장현걸은 삼 년 전 직접 그의 모습을 본 적이 있었다. 그 뛰어난 무공까지도…….

텅! 터어엉!

언제나처럼 힘이 넘치는 신법이다.

녹편의 고수가 흩어놓은 백면괴들 사이로 거침없이 돌진하더니, 객잔의 벽을 박차고 이층의 난간을 향해 몸을 날린다. 조홍과 심화랑을 도와주기 위해서라는 것은 바보가 아닌 이상 간단히 짐작할 수 있는 일이었다.

'황산대협, 그렇다면 저 남자는……!'

순식간에 열 명이 넘는 백면괴들을 쓰러뜨린 녹편의 괴인을 바라보았다.

바로 알아보지 못한 것이 이상할 정도다.

저토록 특징있는 기병을 사용하는데.

'녹사신편!! 왜 당장 알아보지 못했을까.'

장현걸은 그제야 몸을 돌렸다.

황산대협까지 뛰어든 객잔 이층으로부터 굉장한 충돌음이 들려오기 시작했지만 이제는 정말 이곳을 벗어나야 했다.

'북경의 동인회까지 나서다니……!'

이 싸움이 얼마나 복잡하고 다난한 것인지 다시 한 번 깨달을 수 있었다.

황산대협과 녹사신편.

두 사람 모두 동인회라는 특수한 문파의 일원이었다.

북경을 근거지로 하며 쟁쟁한 속가 무인들이 그곳에 속해 있다.

뛰어난 사람이 많다지만 그 백미는 역시나 동인회의 회주다.

귀제갈(鬼諸葛) 유준(劉俊), 그가 바로 그곳의 회주였다.

강호 최고의 지략가. 북경에 틀어박혀 은자(隱者)를 자처하고 있기에 그럴 뿐, 강호에 나선다면 언제든 풍운을 일으킬 수 있는 인재였다.

'황실도 총력을 기울이는 이 상황. 이제는 사선(死線)에 섰다. 한 달 안에 목숨이 날아가지 않으려면… 서둘러야겠어!'

걸음을 빨리하는 장현걸이다.

죽음이 담겨 있는 상자.

단심궤.

철궤를 들고 있는 그의 손으로 차가운 금속의 감촉이 시리도록 전해지고 있었다.

$*$ $*$ $*$

관군과의 일은 뜻밖의 인연으로 간단하게 마무리가 되었다지만, 그 다음에도 순탄하라는 법은 없었다.

행적이 노출되었다는 것이 문제였다.

관병들을 모조리 베어버렸다면 모르되, 청홍무적검의 이름을 들은 이들이 있기 때문이다.

다시 돌아가서 입을 막을 수도 없는 상황, 원태가 입단속을 해주길 바랄 수밖에 없었다.

"마차를 구해야겠습니다."

"드러날 구실이 될 텐데."

"그래도 어쩔 수 없습니다. 이동 속도가 너무 느리니까요."

움직일 수 있다고는 했지만 청풍의 상태는 그리 좋은 편이 아니었다.

매한옥이 들쳐 메고 달리는 경우도 있었으나, 노상 그럴 수도 없는 노릇이었다. 결국은 다른 이동 수단이 필요할 수밖에 없었다.

말과 마차를 구하는 데에는 반나절이 소모되었다.

여비가 충분치 않았기에 허름한 마차밖에 못 구했지만 그래도 없을 때보다는 훨씬 나았다. 속도를 내며 달려가는 그들의 옆으로 어느새 변해가는 계절의 풍경이 비쳐들고 있었다.

이동을 시작한 지 닷새째.

다른 낌새는 없었다.

참도회주는 그것이 도리어 따분하다는 듯 불만 어린 음성을 내뱉었다.

"추격은 없는 것인가?"

"글쎄요. 아직은 안심할 수 없겠지요."

"안심할 수 없다라……."

말이 씨가 된다고 했던가.

두 사람의 짧은 대화에서 반나절도 되지 않았을 때다. 마차 안에서 종일토록 공명결을 연마하던 청풍의 눈이 번뜩이는 빛을 발했다.

"뭔가 오는군."

육체는 정상이 아니었지만 정신만은 날이 갈수록 맑아지고 있다. 난데없는 한마디에 옆에 앉은 서영령이 두 눈을 동그랗게 떴다.

"예?"

"이야기를 좀 해주겠어? 적이 오고 있다고."

흔들리는 마차다.

말발굽 소리가 청풍의 목소리를 잡아먹고 있었다.

그녀가 긴장한 얼굴로 되물었다.

"적이요?"

"그래."

"저쪽, 살기(殺氣)가 느껴지고 있거든."

청풍의 손이 창밖, 한쪽을 가리켰다.

그들이 달리고 있는 방향에서 대각선으로 비껴간 방향, 서쪽이었다.

"아무것도 보이지 않는데요?"

"아직 멀어. 하지만 곧 가까이 올 거야."

눈에 보이지 않더라도 알 수 있다.

위협적인 무언가가 감지된다. 게다가 서쪽, 환신 월현이 악운을 이야기한 바로 그 방향이었다.

"숙부님! 적이 오고 있대요!"

서영령의 낭랑한 목소리가 말발굽 소리를 헤치고 울려 퍼졌다. 그녀의 말을 들은 참도회주가 눈살을 찌푸리며 뒤쪽을 돌아보았다.

"적이라고?"

"예! 아직 보이지는 않지만 곧 접근할 것이라는데요!"

매한옥의 얼굴이 미미하게 굳어졌지만 참도회주의 표정은 달랐다. 기다리고 있었다는 얼굴이다. 연신 뒤쪽을 돌아보던 그가 한순간 고개를 끄덕이며 흑철도의 도병을 감아쥐었다.

"확실히… 뭔가 오긴 오는군."

그의 눈이 흑철도의 날카로움을 담았다.

서쪽 저편, 뿌옇게 흙먼지가 일어난다. 건조한 대지 위에 다가오는 말발굽 소리, 마차를 끌고 있는 이쪽보다 훨씬 더 빨랐다.

"싸울 겁니까?"

"물론이다!"

마차의 속도도 이미 한계에 이른 상황이다.

싸움을 바라는 참도회주가 아닐지라도 싸움을 피해 가기는 글렀다. 드러내 놓고 관도를 달린 것이 잘못이라면 잘못이랄까. 어차피 다른 선택도 없었지만.

"소저! 고삐를 좀 맡아주시오!"

서영령의 움직임은 빨랐다.

창문을 박차고 어자석으로 넘어오는 몸놀림이 절묘했다. 그녀가 고삐를 건네받은 직후다. 참도회주와 매한옥의 몸이 마차 지붕 위로 솟구쳤다.

마차 지붕 위에서 서쪽을 바라보는 두 사람이다.

매한옥의 경호성이 이어졌다.

"빠르다! 군마(軍馬)인가!!"

말 그대로다. 적들의 속도는 대단히 빨랐다.

순식간에 거리를 좁혀오고 있다.

적들의 면면(面面)이 육안으로 식별 가능한 정도까지 왔을 때, 이번에는 참도회주, 참도회주의 입에서 놀라움의 외침이 터져 나왔다.

"저놈은! 저놈이 어떻게……!"

달려오는 기마들은 꽤나 많았다.

보이는 것만으로도 열 기가 넘는다.

그러나 그 숫자는 무의미했다.

기마들의 가운데에 있는 단 한 사람 때문이었다.

그에게 이른 시선, 매한옥의 안색이 급변했다.

"성혈교!!"

성혈교다. 그것도 그냥 문도가 아니었다.

사제의 복장, 오른팔 소매가 헐렁했다.

한 팔을 잃어버린 자, 두 눈에는 무시무시한 광망이 이글거리고 있었다.

"성혈교 사도가 왜 여기에 있는 것인가!"

대답을 해줄 사람은 그 어디에도 없었다.

성혈교 사도.

그것도 오사도다. 석가장의 혈전, 청풍에게 한 팔을 잃은 바로 그자였다.

두두두두두.

놀라움에 휩싸여 있을 겨를이 없었다.

양쪽으로 산개하는 적들이다.

두 개의 열로 나뉘어 마차의 측면으로 따라붙는데 그 움직임이 물 흐르듯 자연스러웠다. 기마전(騎馬戰)에 능숙한 놈들이었다.

'이놈들, 설마!'

매한옥의 눈이 번뜩이는 빛을 발했다.

이런 놈들을 본 적이 있다. 기동성을 위해 철갑을 두르지 않았다 뿐이지, 일전에 싸워본 철갑기마병들과 똑같은 몸놀림이었다.

'철기맹······!'

거기까지다. 더 이상 생각할 여유가 없었다.

두두두두두!

적들의 쇄도가 대단히 빨랐다.

옆으로 접근하는 놈들, 장창과 같은 장병(長兵)들을 장비하고 있다. 그들이 말을 달리며 병장기를 아래쪽으로 겨눈다. 그 끝에 먼지를 일으키며 굴러가고 있는 마차의 바퀴가 있었다.

"이놈들! 바퀴를 노려옵니다!"

다급한 상황이다.

매한옥이 검을 뽑아 들며 마차의 측면으로 몸을 날렸다.

콱!

지붕 끝을 붙잡고 한 발은 마차의 창문에 걸쳤다.

손을 놓는 것과 동시에 매한옥의 몸이 절묘하게 휘어졌다. 창문에 걸려 있는 발을 축으로 매한옥의 몸이 회전했다. 그의 검이 바퀴를 향해 찔러오는 장창을 노렸다.

쉬각!

장창의 창봉이 토막나며 날아갔다.

그것으로 끝이 아니다.

몸을 잡아당겨 마차 측면에 딱 매달리는가 싶더니 순식간에 마차 문을 박차고 달려오는 기마를 향해 몸을 날렸다.

쒜에엑! 푸슛!

얕았다.

핏물이 하늘을 수놓았지만 상대는 기마에서 떨어지지 않았다. 공중에서 몸을 돌린 매한옥이다. 암향표의 신묘함으로 위치를 바꾸며 다시금 일검을 내질렀다.

푸욱!

이번에는 제대로 들어갔다.

기마 위에 늘어지는 놈을 발로 차 떨어뜨리고 말안장 위에 올라탔다. .

"으랏!"

고삐를 잡아채며 기마의 방향을 꺾었다.

뒤따라오며 짓쳐 오는 창날이 어느새 눈앞에 이르러 있었다. 매한옥의 검이 빛살처럼 움직였다.

채애앵!

창날을 튕겨내고 마차 쪽을 돌아보았다.

지붕 반대편, 참도회주는 그 위에 그대로 서 있다.

아래쪽을 향하여 흑철도를 휘두르는데, 거기서 쏘아내는 도압(刀壓)만으로 적들을 막아내고 있었다.

놀라운 광경.

역시나 대단한 무위였다.

'문제는……!'

매한옥의 눈이 뒤따라오는 적들의 중심을 향했다.

당장 마차가 어떻게 되지는 않을 것 같다.

문제는 성혈교 오사도였다.

참도회주를 바라보는 오사도의 두 눈, 거기에서 발해지는 광망이 더욱더 짙어졌다.

'온다……!'

성혈교 오사도의 왼손이 하늘로 치켜 올라갔다.

안색이 변하는 참도회주다.

지붕 끝에 버텨 서는 참도회주, 흑철도를 쥔 손에 꿈틀거리는 혈관이 불거졌다.

파아아아!

달려오는 말 위에서 내려치는 수도(手刀), 일참이다.

아래로 휘둘러지는 사도의 손을 따라 흙먼지가 무섭게 갈라졌다.

다가오는 경력.

참도회주가 흑철도를 벼락처럼 휘둘렀다.

쩌어어엉!

아무것도 없는 허공에서 맹렬한 충돌음이 터져 나왔다.

비산하는 경력.

그 여파는 실로 엄청났다.

마차의 뒤쪽 나무 벽이 우지끈 소리를 내며 터져 나간다. 경기의 소용돌이가 믿을 수 없이 강렬했다.

"혈영마참! 진짜로 할 생각로구나!"

참도회주의 노호성이 사위를 울렸다.

말이 없는 오사도다.

그가 다시금 그 손을 하늘로 치켜 올렸다.

"치잇!"

참도회주가 다음 일격에 대비하며 흑철도를 비껴들었다.

요동치는 마차 위다. 아까 받은 단 한 번의 충격으로 인하여, 발밑의 나무 지붕까지도 부서져 내리기 일보 직전이었다. 쏘아내는 대포에 흔들리는 조각배로 맞서는 느낌이다. 위태로운 신형에 또 한 번의 혈영마참을 막아낼 수 있을지 걱정이 앞섰다.

오사도의 손에 모여드는 기력이 멀리서도 느껴질 때였다.

적들을 막던 매한옥의 얼굴이 크게 굳었다.

그가 반대편을 바라보며 커다란 경호성을 울렸다.

"조심!"

늦었다.

늦어버렸다.

참도회주가 성혈교 오사도에게 온 정신을 집중하고 있던 사이.

매한옥이 적들을 막는 반대편으로 적 기병들이 완전하게 자리를 잡은 것이다.

그들의 장창이 마차의 바퀴로 박혀든다.

덜컥, 크게 흔들리는 마차.

콰쾅! 콰지지직!

험악한 소리와 함께 마차 전체가 미친 듯 요동치며 한쪽으로 기울었다.

"큭!"

설상가상이 따로 없었다.

균형이 무너져 버린 참도회주.

오사도의 손이 쏟아져 내리는 것이 보였다. 참도회주의 흑철도가 불안하게 허공을 갈랐다.

쩌어엉! 콰가각!

흙먼지가 폭풍우처럼 일어나고 나뭇조각들이 미친 듯 비산했다.

"회주!"

매한옥의 걱정스런 외침이 요란한 관도 위를 가로질렀다.

걷혀가는 흙먼지다.

그 사이로 끌려가다시피 다 부서진 마차가 드러난다.

피 흘리는 참도회주.

한쪽 바퀴가 없어진 채 덜컹거리는 위에서도 용케 떨어지지 않고 있었다.

흑철도를 비껴들어 오사도를 겨누는 기세가 심상치 않다.

사생결단을 내려는가.

참도회주가 일순간 고개를 돌리며 큰 소리로 외쳤다.

"령아! 가라!"

"알겠어요!"

흙먼지에 휩싸였던 짧은 사이, 무슨 말이 오갔던 것일까. 그 해답은 금세 드러났다.

덩! 콰아아앙!

폭음과도 같은 굉음이 울려 퍼지고 달리던 마차가 일순간 튕겨져 나왔다.

이미 균형을 잃은 마차가 험악하게 튕겨 오르며 터질 듯 부서지고 있었다. 마차를 끌던 말과 마차의 연결을 끊어버린 것이다.

히히히힝! 콰직!

놀란 기마들의 울음소리가 관도 위의 난장판에 어지럽도록 얽혀들었다.

제아무리 뛰어난 기마술을 가지고 있다 하더라도 그 거리가 너무도 가까웠다. 부서지는 마차의 잔해에 휩쓸리며 몇 기의 기마들이 한꺼번에 관도 위를 나뒹굴었다.

쩌어엉!

충돌은 또 있었다.

튕겨 나오며 굴러오는 마차 위.

하늘로 도약한 참도회주가 오사도의 머리 위로 떨어져 내리며 흑철도를 내려치고 있었다.

막아내는 오사도의 수도(手刀)가 흑철도에 부딪치며 금속성과 같은 충돌음을 발했다. 공중에서 몸을 돌린 참도회주, 그의 발이 오사도가 타고 있던 기마의 머리를 강하게 내리찍었다.

뻐어억! 우지끈!

투레질 소리 한 번 내지 못한 채 다리를 꺾는 기마다.

절묘한 한 수로 기마를 제거한 참도회주다.

넘어지는 기마 위로 뛰어오른 오사도가 사제복을 휘날리며 커다란 그림자를 드리웠다.

"제대로 해봐야지! 피의 사도여!"

참도회주의 흑철도가 사도의 앞을 막으며 무시무시한 경기를 내뿜었다.

쩡! 쩌어엉!

"참도회주! 나를 막지 말아라!!"

사도의 입에서 터져 나온 목소리는 마귀의 그것처럼 거칠기 짝이 없었다.

귀기 어린 두 눈이 마차가 떨어져 나간 저편을 향한다. 기마 한 필이 빠른 속도로 내달리고 있는 것이 보였다.

두 사람을 태운 기마였다. 청풍과 서영령이 그 한 필의 기마 위에 있다. 마차가 부서져 터져 나가던 그 순간, 재빨리 청풍을 옮겨 태웠던 것이다.

청풍을 확인한 오사도의 발길이 그쪽으로 향했다.

무서운 속도로 땅을 박찬다.

같은 방향으로 말을 달리고 있는 철기맹 무리, 기마병의 등 뒤쪽을 덮쳤다.

퍼어억!

경악스러운 일이었다.

오사도가 무서운 기세로 손을 뻗어 기마병의 등 뒤를 뚫어버렸다.

그대로 기마병을 떨구고 말안장에 오른다. 제 편까지 죽여가면서 기마를 얻는 잔인함이다. 참도회주가 외쳤다.

"막아!!"

매한옥은 주저없이 말고삐를 틀었다.

재빠르게 검을 휘돌리며 오사도의 측면을 노렸다. 오사도의 광망 어린 눈빛이 매한옥을 향했다.

쩌어엉!

수도를 내질러 부딪친다.

매한옥의 검이 크게 흔들리며 튕겨 나갔다.

어깨까지 타고 올라오는 힘이 굉장했다. 그럼에도 매한옥은 물러나지 않은 채, 말을 달려 오사도의 정면을 막아섰다.

쩌엉! 푸하학!

오사도의 기세는 무지막지했다. 매한옥의 검을 막아내고도 모자라, 휘두르는 팔로 매한옥이 탄 기마의 머리를 터뜨려 버렸다.

바로 앞에서 넘어지는 기마다. 오사도의 기마가 투레질을 하며 앞발을 들어올렸다.

도무지 막기가 어렵다?

그것으로 충분했다.

순식간에 벌어진 일이었지만, 참도회주가 따라붙기에는 충분하고
남는 시간이었다.

"그대로 보내줄 수야 없지!"

참도회주가 흑철도를 휘두르며 외쳤다.

팔을 휘둘러 흑철도를 막는 오사도다. 그의 얼굴이 흉신악살처럼 일
그러졌다.

"끝까지 막겠다는 것인가! 참도회주!!"

"물론이다! 성혈교 사도의 무위가 실제로는 어디까지인지 항상 궁금
했었지. 이번 기회에 한번 부딪쳐 보자꾸나!"

굳이 청풍과 서영령을 위해서가 아니다.

참도회주는 말하자면 싸움 그 자체를 즐기는 이였다. 오사도의 손이
진득한 살기를 품은 채, 참도회주를 향했다.

꽈아아앙!

참도회주의 흑철도가 힐영마잠의 막강한 힘과 마주했다.

얽히고 터져 나오는 충격이 커다란 흙구름을 만들었다.

그것을 보는 매한옥.

매한옥은 지체하지 않았다.

암향표를 최대한으로 펼치며 바로 곁을 스쳐 가는 적들의 기마를 따
라붙었다.

터엉! 스가각!

그의 몸이 하늘로 솟구치며 날카로운 검광을 흩뿌렸다.

기마병의 몸이 떨구어지는 것은 순간이다. 말안장에 오르며 박차를
가했다.

"이럇!!"

오사도를 막고, 참도회주가 나서는 사이.

다섯 기가 넘는 기마들을 앞으로 보냈다.

이미 앞서 나간 기마들은 어차피 따라잡기 어렵다. 그렇다면 더 이상 가지 못하게 막을 뿐이다.

그가 날렵하게 말 머리를 바꾸며 달려오는 기마들의 앞으로 뛰어들었다.

"하압!"

그의 검이 적 기마병 사이를 누볐다.

여기서 추격을 끊겠다는 의지다. 청풍이 곤경에 처하지 않도록.

그를 위해 무공을 전개하는 그였다.

두두두두!

한편, 서영령과 청풍의 뒤로는 매한옥이 놓친 여섯 기의 기마가 빠른 속도로 따라붙고 있었다.

두 사람을 태운 만큼 속도가 떨어지는 기마다.

서영령이 뒤를 돌아보며 외쳤다.

"적들이 따라와요. 풍랑, 고삐를 잡아줄 수 있어요?"

"물론!!"

달리는 말 위에서 안장을 잡고 몸을 일으키는 서영령이다.

묘기에 가까운 기마술.

그녀도 제 한 몸 지키기에 충분한 무공을 지닌 고수였다. 제 한 몸뿐만 아니라 청풍의 안위까지도 책임질 수 있는 실력이 있었다.

피이이잉!

그녀의 손이 품속을 들어갔다 나오니, 섬섬옥수로부터 하이얀 빛줄기가 뻗어나갔다.

오랜만에, 실로 오랜만에 보는 백강환이다.

나선으로 회전하며 날아가는 백강의 탄환이 선두로 달려오는 기마의 머리에 박혀들었다.

히히히잉! 콰직! 콰드득!

휘청이다가 앞으로 꼬꾸라지는 기마다. 달리던 기세를 이기다 못해 부러지는 뼈에서 나는 소리가 험악하기 그지없었다. 추격해 오는 적들의 얼굴에 당황한 표정이 떠올랐다.

피이잉! 피이이잉!

서영령은 그토록 과격한 출수를 하면서도 조금의 망설임조차 보이지 않았다.

청풍을 위해서이기 때문이다.

적들이 다급하게 말 머리를 틀며 산개했지만, 백강환의 속도는 그렇게 쉽게 피할 수 있는 것이 아니었다. 한쪽 다리를 맞은 기마가 옆으로 휘청 넘어진다. 그 충돌에 휩쓸린 기마가 한 기 더 꼬꾸라지고 말았다.

이제 따라오는 기마들은 고작 세 기였다.

개중 한 놈이 도저히 안 되겠다고 생각했는지, 들고 있는 창병을 치켜 올려 힘껏 내던져 왔다. 그러면서 나머지 두 기는 있는 힘껏 속도를 올려냈다.

날아오는 창봉을 보는 서영령이 말안장을 박차고 뛰어올랐다.

촤라라락!

품속에서 뛰쳐나온 것은 예전과 다를 바 없는 철선(鐵扇)이었다.

몸을 회전시키며 짤막한 철선을 휘두르는데, 묵직한 창병이 그대로 튕겨져 나가고 만다.

휘릭!

그녀의 몸이 한 마리 백학과 같은 움직임을 보였다. 그러면서 그대로 짓쳐 오는 두 기의 기마를 향해 뛰어들었다.

꽝! 촤르르르륵!

현란함과 단아함을 동시에 갖춘 무공이었다.

백학선법, 숭무련의 절기가 펼쳐진다.

달리는 기마의 힘을 바탕으로 창과 같은 중병이 쳐들어왔지만, 서영령은 조금도 두려워하는 기색이 없었다.

꺾어서 휘어치는 백학선이 창대를 밀어내고, 그 위를 타고 오른다. 기마병의 손목을 찍으며 음유한 경력을 풀어냈다. 기마 위의 무인이 휘청 몸을 꺾었다.

빠악!

날아오른 서영령의 몸이 우아하게 회전했다.

그녀의 발이 무인의 쇄골을 찍어 부수고, 이어지는 장법이 그의 몸을 말안장 밑으로 밀어내 버렸다.

"이랴!"

말고삐를 움켜쥐며 방향을 바꾸는 그녀다.

숭무(崇武)라는 것은 곧, 무를 숭상하는 마음.

그녀는 기마술에도 일가견이 있는 듯, 주인 잃은 말을 단숨에 휘어잡으며 자유자재로 움직이고 있었다. 그녀가 말을 달려 청풍에게 짓쳐 드는 적 기병을 막아섰다.

촤륵! 따아앙!

기마전에서는 단병의 힘이 현저하게 감소하는 법.

그렇지만 그녀에게 있어 병기의 장단은 전혀 문제가 되는 것 같지 않았다.

찔러오는 오 척 장창을 한 자 길이 철선으로 가볍게 막아낸다.

삼 합을 막아낸 직후.

그녀의 왼손이 고삐를 놓으며 소매를 옷소매를 훑었다.

튕겨내는 손가락.

백강환으로 펼쳐 낸 이지선 지법이다. 적의 가슴에서 핏줄기가 솟았다.

"옆으로!"

남은 것은 하나다.

서영령이 소리치며 청풍의 배후를 방어했다. 백강환 두 발을 쏘아내고, 철선을 휘두른다.

창까지 던져 버린 그 한 명의 기병.

두꺼운 만도(彎刀)를 꺼내 들고 기세 좋게 달려오고 있었지만, 그녀의 무공을 뚫기엔 역부족이었다.

첫 두 발의 백강환 중 한 발에 어깨가 뚫리고, 짓쳐 오는 철선에 균형을 잃었다. 서영령의 손에서 뿜어진 장법은 백결연화장, 일장의 내력이 휩쓸리며 땅 밑으로 떨어진다. 여섯 기병의 추격을 단숨에 차단하는 서영령이었다.

"대단하군, 령매."

"이 정도로 대단하다뇨."

서영령이 웃었다.

그녀 자신도 한 사람의 고수다.

내달리는 남녀.

많은 일들을 겪고 돌아 다시 함께하는 두 사람이다.

예전처럼, 둘이서.

다시금 두 사람만의 동행이 시작된 것이었다.

"그쪽은 안 돼. 적들이 와."

"귀신이 따로 없네요. 그것도 공명결의 효용인가요?"

청풍은 적들의 접근을 미리 예측하고 있었다.

그것을 전적으로 믿고 따르는 서영령이다.

완전한 신뢰 없이는 불가능한 일이었다.

"이쪽 길은 어때요? 흔적을 지우기가 편할 거예요."

"괜찮을 것 같아. 하지만 령매가 고생스러울 텐데."

이렇게 도주하던 경험이 많았던 것은 차치하고서라도, 두 사람의 호흡이 너무도 잘 맞고 있었다.

진즉부터 둘만 따로 움직였더라면 그것이 더 나았을지 모른다고 생각될 정도다.

청풍의 부상이 문제였지만, 그마저도 서로를 배려하며 어렵지 않게 극복하고 있었다.

"몸은 좀 어때요?"

"나쁘지 않아. 도리어 조금씩 좋아지는 것 같기도 해."

"그거 정말 다행이네요. 그래도 조심해요."

"조심은 령매가 해야지."

두 사람의 이동 속도는 그렇게 빠르지 못했다.

적들의 접근을 미리 감지하고 움직이고 있으니 어느 정도까지는 안전하다고 해도, 완전히 적들의 추격을 뿌리친 것은 결코 아니었다.

안심하기엔 이르다는 말이다.

조심스레 나아가는 발걸음.

문득 서영령이 청풍을 돌아보며 물었다.

"그자는 대체 뭐죠? 사도쯤이나 되는 자가……."

"사도? 뭐랄까… 개인적인 원한이겠지."

"개인적인 원한이요?"

"그래."

"풍랑에게 말인가요?"

"응, 나에게."

"무슨 원한이 있길래……."

"그자의 팔은 봤나?"

"한쪽 팔이 없었던 거요?"

"경황 중에도 잘 봤네."

"혈영마참까지 쓰는 성혈교의 사도가 어인 일로 외팔이일까 했을 뿐이에요."

"그것, 사실은 내가 한 거라서……."

"예?"

서영령은 무척이나 놀란 표정을 지었다.

관도에서 그리 멀리 떨어지지 않은 오솔길이다. 키가 큰 풀들이 바람에 쓸리며 시원한 소리를 내고 있었다. 청풍의 차분한 목소리가 이어졌다.

"석가장의 참사 때야. 그자가 방심했든지, 아니면 운이 좋았든지."

"아니, 이봐요, 풍랑. 성혈교 사도의 팔은 운이 좋다고 잘라낼 수 있는 것이 아니랍니다."

"그렇지 않아. 그 당시 그자는 분명 나보다 강했으니까. 사소한 실수가 거기까지 이어졌을 뿐이지. 이쪽에는 신병(神兵)이 있었거든."

청풍이 허리춤에 매달린 청룡검을 가리켰다.

청풍은 그 순간, 용뢰섬을 발동하며 그의 팔을 잘랐던 순간을 기억해 냈다.

죽음의 위기.

그 당시의 싸움을 생각하면 아직도 아찔할 정도다. 실력 이상의 상대로 그만큼의 힘을 보였다는 것이 스스로도 신기할 따름이었다.

"석가장이라고 했죠? 그럼, 그때부터 쫓아온 걸까요?"

"그것이야 알 수가 없지. 석가장 전체가 대폭발에 휩쓸려 무너졌기 때문에 뭐가 어떻게 되었는지는 모르겠어. 확실한 것이 있다면 그가 여기까지 쫓아올 만큼 복수심에 불타고 있다는 사실일 거야."

"에이, 다른 이유가 있을지도 모르죠. 설마 하니 풍랑 하나만을 노리고 왔을까요."

"……"

'령매, 나를 노리고 온 것이 맞아.'

청풍은 마지막 대답을 입 밖으로 내지 않은 채, 마음속에만 담아두었다.

굳이 서영령을 걱정시킬 필요는 없다.

흙먼지 사이로 보았던 성혈교 오사도의 눈빛, 세상을 집어삼킬 듯한 집념과 살기가 그 안에 있지 않았던가. 오직 청풍 하나만을 향한 집념과 살기가.

"여하튼 다시 부딪쳐서는 안 돼. 지금 나에겐 그를 막을 힘이 없어."

"다시 부딪치다니요. 그럴 일은 없어요. 전 숙부님이 계셨잖아요."

"…그것도 그렇군."

하지만 청풍은 확신을 할 수가 없었다.

참도회주가 강하기는 해도, 승부란 것은 장담할 수가 없는 법이었기 때문이다. 청풍이 그때 사도를 물리쳤던 것처럼 그 반대의 일도 충분히 일어날 수 있는 일이었다.

'어서 힘을 되찾아야 해.'

청풍은 다시 한 번 스스로에게 다짐했다.

온전한 몸이었다면 그런 걱정 따위는 하지 않았을 것이다.

제 힘만 되찾으면 아무리 그때보다 강해진 사도일지라도 물리칠 자신이 있었다.

만일, 내상을 입지 않았더라면.

그러나 강호의 일에 '만일'이란 가정은 안 하니만 못한 법이었다. 만일을 찾기에 앞서, 은신처를 구하고 힘을 회복하는 것이 먼저였다.

청풍과 서영령은 그 이후로 용케 적들과 만나지 않았다.

아니, 추격자들이 그들을 찾지 못했다는 것이 옳다.

청풍과 서영령은 예전의 그들이 아니기 때문이었다. 많은 것을 배웠고, 많은 것을 얻었다.

더욱이 청풍에게는 공명결이 있었다.

적들의 살기를 감지하고 피해내는 능력이다.

그전에도 훌륭했지만, 지금은 더 뛰어나다는 말이었다.

열흘이 넘는 시간을 이동하며 마침내 서영령이 청풍을 이끈 곳은 사방이 산으로 둘러싸인 계곡이었다.

길 하나 없는 깊은 산속.

아름다운 산수(山水)가 인상적인 곳이다. 벌써부터 곱게 물들어가는 단풍이 무척이나 고왔다.

계곡 안쪽으로 얼마나 들어왔을까.

갑작스레 느껴지는 인기척들이 있었다.

난데없는 어린아이들의 목소리, 맑고 귀여운 음성이 귓전을 울렸다.

"어! 선녀 누나다!"

"아부지! 선녀 언니가 돌아왔어요!!"

'마을……?!'

계곡을 끼고 도는 작은 분지였다.

크게 놀란 청풍이다.

은신처라기에 당연히 인적이 없는 곳일 것으로만 생각했었는데 그렇지 않았다. 조그만 마을, 자연이 주는 혜택에 먹고사는 것이 걱정없는 산촌(山村)이 자리잡고 있다.

청풍이 눈을 크게 뜨며 서영령을 돌아보았다.

맑은 웃음이 배시시 떠오른다.

그렇다.

그녀는 일부러 말해 주지 않은 것이다. '이럴 줄은 몰랐죠?' 란 표정이 하얀 얼굴에 가득했다.

"아부지, 아부지! 선녀 언니가 남자도 데리고 왔지 뭐예요! 이리로 나와서 좀 보세요!"

호들갑을 떨며 달려가는 꼬맹이 두 명은 굉장히 귀여웠다.

마을 입구 쪽, 정갈하게 다듬어진 초막에서 건장한 체격의 중년 남자가 걸어 나오는 것이 보였다.

"아이쿠, 선녀가 남자를 데리고 왔다고? 그렇다면 그것은 신선(神仙)이거나, 요괴(妖怪)가 둔갑을 한 것이겠구나! 어디 보자!"

두 아이를 번쩍 들어올리며 우렁우렁한 목소리를 울린다. 그를 본 청풍의 두 눈에 이채가 맴돌았다.

'무인? 그것도 고수……!'

느껴지는 내력이 대단했다. 이 정도면 매화검수 이상이다. 화산 장로에 필적하는 무공이었다.

"오랜만이에요, 상 아저씨."

"그렇구나. 이번에도 도망 나온 것이냐?"

"그렇다고 할 수 있죠. 마을에는 별일없어요?"

"별일이 있겠느냐? 오가 영감이 손주를 본 것밖에 없지."

"주 언니가 아이를 낳았어요? 와! 그거 축하해야 할 일이네요. 주 언니는 괜찮죠?"

"순산이었어. 윤 의원이 왔다 갔거든."

"아, 그래요? 윤 의원은 잘 지낸대요?"

"글쎄, 지금은 어디라더라, 무슨 섬에 가 있다던데… 속세를 떠나 있는 기분이라고 그러더군."

친근함이 가득한 대화였다.

사람 사는 냄새가 물씬 느껴지는 이야기들.

어떻게 이런 곳을 알았을지 알 수가 없었다. 모든 것이 들끓고 있는 바깥과는 전혀 다른 곳, 다른 세상에 온 기분이었다.

"그래, 옆에 데리고 온 남자는 누구지? 소개시켜 주지 않을 텐가?"

"아! 풍랑, 인사하세요. 예전에 큰 도움을 주셨던 분이에요."

서영령에게 도움을 주었던 사람이라니, 그것으로 다른 말은 필요없다. 청풍이 포권을 취하며 깊이 고개를 숙였다.

"청풍입니다. 처음 뵙겠습니다."

"청풍? 잠깐, 그 청풍?"

중년 남자의 눈이 크게 뜨여졌다.

그가 서영령을 한 번 쳐다보고는 다시 청풍을 돌아보았다. 청풍의 허리춤에 매달린 청룡검과 주작검, 그 두 개의 신검을 발견한 그가 손뼉을 딱 마주치며 놀라움의 탄성을 발했다.

"청홍무적! 청홍무적검이로구나! 질녀는 대단하군! 확실히 남자 보는 눈이 있어!"

당황스러운 일이었다.

보는 사람마다 청홍무적검이라 하니 어리둥절할 뿐이다. 대체 어떤 식으로 소문이 났기에 그런지 알 수가 없었다.

"청홍무적검이라니, 여기까지도 그런 풍문이 돌았나요?"

중년 남자의 반응에는 서영령도 의아함을 느낀 것 같다.

세상과 동떨어져 있던 마을일진대, 강호의 일이 이렇게 알려지고 있다니 의외라고 아니 말할 수 없다. 중년 남자가 그런 그녀의 마음을 이해한다는 듯 미소를 지으며 말을 이었다.

"풍문이 돈 것은 아니고… 워낙에 강호가 심상치 않다 보니까 오가 영감이 좀 알아보라고 하셨지. 여하튼 당금 강호에서 벌어진 가장 놀라운 사건들 중 하나가 청홍무적검이 벌인 일이니까."

'그것이 그리도 대단한 일이었나?'

청풍은 일이 그렇게까지 될 줄은 조금도 상상하지 못했다.

그저 과거의 은(恩)을 갚았을 뿐이다.

찾고자 하는 사람과 찾고자 하는 물건이 있었을 뿐이다.

강호의 명성 따위는 신경도 쓰지 않았다. 그런데 강호는 어느새 청홍무적검의 이름으로 들끓고 있단다. 낭중지추, 송곳이란 언제든 주머니를 뚫고 나오는 법.

청풍은 그와 같은 강호에 생리에 대해서는 전혀 알지 못했고, 알려고 하지도 않았던 것이다.

"하하. 전혀 모르는 표정이로군. 이거 걸작인데! 그런 경우들이 있지. 본인도 모르는 사이에 높은 곳으로 올라가는 경우 말이야. 질녀, 그런 표정 지을 것 없어. 그것은 좋은 거니까. 그것도 매우!"

중년 남자는 무엇이 좋은지 너털웃음을 짓고 있었다.

묘한 느낌이다. 이런 사람은 처음이었다.

청룡검과 주작검을 보았으면서도 탐내는 느낌이 없었다. 두 검이 어떤 검인지 알아보았을 것이 틀림없음에도.

욕심이 없는 사람이었다. 그러면서도 행복해 보이는 얼굴이다. 강호의 일에 휩쓸려 각자의 사연을 가지고 있는 얼굴이 아니라 그 사연들을 모두 흘려보내고 평온함을 찾은 얼굴이었다.

"후우… 듣기 나쁜 말은 아니네요. 취운암은 그대로죠?"

'취운암?'

"당연하지. 우리 질녀의 거처를 누가 건드렸겠나? 긴 여행을 해온 얼굴인데 가서 좀 쉬도록 해. 영감께 인사는 천천히 드려도 될 거야. 손주 얼굴 보느라 정신이 없거든."

"알겠어요. 아저씨, 또 신세를 지네요."

"신세라니 당치 않아. 아, 그리고 청풍 도우(道友), 막상 인사가 늦었군. 내 이름은 상학이라네. 화안리(和安里)에 잘 왔어. 이곳은 강호의 닿지 않는 곳, 구파든 팔황이든 이곳에서는 상관이 없지. 푹 쉬다 가게나."

십여 가구 남짓 되는 마을을 지나 산 위로 올라가는 오솔길로 접어들었다.

계곡 상류, 자그마한 연못과 아기자기하게 꾸며진 암자 하나가 있었다. 오랫동안 사람 손을 안 탔다고 했지만, 분명히 가끔 들러 치워주는 사람들이 있었을 것이다. 정갈하게 정리된 암자였다.

"취운암?"

청풍이 서영령을 돌아보며 물었다. 호기심 어린 시선에 서영령이 살짝 얼굴을 붉힌다. 그녀가 웃음을 지으며 말했다.

"풍랑이 어린 시절을 지내던 곳이 취운암이라 들었어요. 풍암당으로 쫓겨났다는 이야기도 들었고요."

"별 이야기를 다 들었군."

무척이나 오래된 이야기였다.

사부님과의 추억이 담겨 있던 취운암과 같은 이름이라니 묘한 기분이 들었다. 서영령이 다소 걱정스러운 표정을 지으며 물어왔다.

"혹시, 기분 나쁜 것 아니죠? 떠올리기 싫은 일이라던가……."

머뭇거리는 그녀의 목소리가 가슴을 울린다.

행여나 싫어할까.

언제나 그를 위해주는 그녀의 마음이 고스란히 그의 마음에 전해졌다. 청풍이 웃으며 말했다.

"그럴 리가 있겠어. 취운암… 그저 그리운 이름일 따름이야."

이상한 일이었다.

전혀 다른 곳.

보이는 풍경도 다르고 암자의 생김새도 다르다. 그런데도 취운암이라는 이름이 붙으니 묘하게도 친근한 느낌이 들었다. 사부님이 살아계시던 때, 그때의 따뜻함이 다시금 느껴지는 것 같았다.

"다행이네요. 그나저나 몸은 좀 어때요?"

"피곤하긴 해도 괜찮아. 공기도 맑고, 회복하기엔 좋은 곳이 되겠어."

"그럴 거예요. 게다가 이 마을 사람들은 하나같이 강호의 무인이었던 사람들이라 서로 간의 거처에 대한 예의가 확실해요. 연공실이 따로 필요없을 정도죠. 다들 각자의 집에서 무공들을 단련하곤 하니까요."

확실히 신기한 마을이었다.

은원에서 벗어난 곳이라고 하면서도 아직 무공을 연련하는 사람들이 있다고 한다. 상학이라는 중년 남자도 그렇다.

강호를 떠나온 모습이면서도 아직도 뛰어난 기도를 풍긴다. 무공을 손에서 놓고 있었다면 불가능한 일이었다. 아직까지도 수련을 게을리하지 않는다는 증거였다.

"이런 곳은 어떻게 찾았어?"

"이곳이요? 음… 실은 이 마을엔 무련 출신이 한 명 있어요. 어릴 때 저를 굉장히 아껴주시던 분이었는데, 무련을 탈퇴하고 여기까지 왔죠."

"탈퇴?"

"말하자면 도주고… 또 달리 말하며 배반이죠. 그런 경우엔 그에 따른 대가가 필요해요. 그분은 그 대가를 치렀고, 결국은 무련에서도 탈퇴를 인정받게 되었죠."

"대가라니?"

"대가는 여러 가지가 될 수 있어요. 무련에 대한 공로(功勞)가 될 수도 있고, 또는 다른 것이 될 수도 있겠죠. 보통은 무공(武功)이에요. 숭무련에서 받은 무공을 돌려주거나, 아니면 무공을 증명하거나 둘 중의 하나죠."

"돌려준다는 것은 무공을 폐(閉)한다는 말인가?"

"예, 그렇죠."

"가혹하군."

"가혹하긴 해도 그 정도는 어쩔 수 없죠. 무파(武派)로서 당연한 처사잖아요."

"그럼 이곳에 살고 있다는 그 사람도?"

"아니요. 그분은 달라요. 그분은 무련에 세웠던 공로가 대단했고, 거기에 더해 스스로의 무공을 증명하셨었죠."

"증명이란 또 무슨 말이지?"

"비무(比武)죠. 무련은 무(武)를 숭상하고, 그것이 첫 번째가 되는 곳이에요. 달리 뭐가 있겠어요?"

서영령은 웃었다.

마치 어린아이라도 된 것처럼 이것저것 질문하는 청풍이 재미있다는 얼굴이었다.

"무련에 대해 궁금한 것이 많은가 봐요?"

"많지. 령매가 나고 자란 곳이니까."

"에이, 농담하지 말아요, 풍랑. 그리고 무련 이야기는 이제 그만 해요. 서로 다른 곳에서 자란 이야기를 자꾸 해봤자, 결국은 기분만 상하잖아요."

"……."

"알았어요. 그런 표정 짓지 말아요. 그보다, 청홍무적검이라니… 정말 거창한 칭호 아니에요?"

"응. 과하지."

"그런데요… 생각을 좀 해보니까 그럴 만도 하겠어요."

"그것은 또 무슨 소리야?"

"그거 알아요? 풍랑이 펼치는 무공이 얼마나 대단한지."

"무슨 소릴 하는 거야."

"풍랑은 항상 아직 멀었다고 하죠. 그런데 풍랑이 한 걸 보면 그렇지도 않아요."

서영령이 청풍의 팔을 잡아끌었다.

한 켠에 놓여 있는 통나무 의자에 청풍을 앉혀놓고는 나무 막대기를 들어 땅바닥에 커다란 땅덩어리를 그려냈다.

"비검맹은 말이죠, 비검맹 혈사 이후 장강 줄기의 대부분을 지배하다시피 하고 있었어요. 여기서 여기까지는 황실 수군(水軍)의 영역권이라고 해도 이 정도는 확실히 그들의 영역이었죠. 그 정도면 중원 천하 전체에 영향을 미칠 수 있는 범위예요. 그리고 실제로도 암암리에 굉장한 힘을 행사하고 있었죠."

서영령의 막대기가 움직였다.

중원 땅덩어리 한가운데 꾸불꾸불한 물줄기를 만들어낸다.

원도 그렸다.

비검맹을 상징하는 커다란 원(圓) 한 개. 장강 상류와 중류를 아우르는 광범위한 원이었다.

"그것에 균열을 가져온 것이 부활한 장강수로맹이에요. 예전에는 열여덟 개 수로채의 연합, 장강십팔채라고도 불렸죠. 비검맹에 무너졌거나 흡수당한 그들 수로채를 다시 규합하고 독립시키면서 새롭게 수로맹으로 끌어올린 것이 바로 그 백무한이에요."

물줄기 한가운데, 백무한을 상징하는 작은 원 하나가 더해졌다. 비검맹의 그것에 비하자면 잡아먹힐 듯 작게 그려진 원이었다.

"백무한은 대단했죠. 비검맹을 뒤흔들고, 점점 더 세력을 확장시켜 나갔어요. 결국 정면으로 총공세를 퍼붓기 시작했을 때는 장강 전체가 요동칠 정도였죠. 하지만 수로맹은 비검맹에 이길 수가 없었어요. 비검맹은… 팔황의 일익이니까요."

팔황의 이름. 서영령은 그 이름을 빨리 넘겨 버리고 싶은 듯 말을 빨리했다.

"비검맹의 반격이 시작되면서 수로맹은 엄청난 타격을 입었죠. 맹을 이루던 주축들이 차례로 격파당하고 수로맹주 백무한은 죽음의 위기에 처했어요. 비검맹의 총공세로 인해 빠져나올 수 없는 사지로 몰리게 된 것이죠."

대부분 알고 있던 사실이다, 여기까지는.

"풍랑, 생각해 봐요. 이때 그대로 수로맹주가 죽었더라면 어떻게 되었을까요?"

"…글쎄, 비검맹의 지배가 더 단단해졌겠지."

"그렇죠. 그랬을 거예요. 이미 수로맹은 되돌릴 수 없는 타격을 입었던 상황, 그 우두머리까지 죽었다면 다시는 재기하지 못했겠죠. 하지만 수로맹주는 살아났어요. 풍랑이 그렇게 만들었죠."

마지막 서영령의 목소리에는 청풍에 대한 애틋한 자부심이 깃들어 있었다.

막강한 고수들의 협공을 뚫고 장강을 가로지르며, 꺼져 가던 수로맹의 불씨를 되살려 놓은 것이다.

"풍랑은 결국 장강 전체의 판도를 바꿨다는 말이에요. 장강의 판도가 바뀌었다는 것은 곧, 천하의 형세를 바꾸었다는 말과 같죠. 무슨 말인지 알겠어요? 강호인들이 주목하지 않는다면 그것이 도리어 이상하죠."

청홍무적검이란 칭호는 바로 그래서 나온 이름이다.

무력이 얼마나 강한지, 그 무력이 진실로 무적에 이르렀는지는 중요한 것이 아니다. 무력이 낳은 여파가 얼마나인가. 그의 무력이, 그가 행하는 행동이 세상을 바꾸는 힘을 지녔다면 그것이 곧 천하에 이르는 길인 것이다.

그럼에도 청풍은 거기에 머무르지 않았다.

"그래도 아직은 안 돼. 전의 힘을 되찾는 것만으로는 육극신을 이기지 못하니까 말이야. 내가 강해지고 있는 동안 육극신이라고 하여 그 자리에 머물러 있으리라는 법도 없어. 강호에서 내가 뭐라고 불리고 있는지는 중요한 일이 아니거든."

청풍의 말은 그가 지니고 있는 결심을 그대로 드러내고 있었다.

언제나 위를 보고 있는 마음.

그런 사람에게 무엇이 더 필요할까.

그것이 청풍의 천성이고, 그것이 그가 살아가는 방식인 것을.

세상의 평판은 평판일 뿐이다.

그의 천명은 청홍무적검이란 이름에 얽매여 있지 않았다.

천하에는 신비한 무공들이 많다.

제천의 십익은 모두가 놀라운 무공들을 지니고 있지만, 어검의 묘리(妙理)라고 한다면 역시나 질풍검, 질풍 대협을 꼽을 수밖에 없겠다.

어(御).

그리고 검(劍).

마음으로 검을 다루는 지고한 경지를 의미한다.

무당의 마검이 무적의 마력을 발하고, 파천의 대검이 통천의 위력을 자랑하지만, 화산이 질풍이 보여주는 신비함은 그야말로 발군이라 말할 수밖에 없다.

화산파 최고의 심법 자하신공.

그것을 바탕으로 펼쳐지는 검결은 아름다움 그 자체다.

새롭게 쓴 역사, 새로운 무공.

질풍이 서악에 새긴 바람의 흔적은 그와 같다.

…중략…….

한백무림서 무공편 제삼장
화산파 무공 中에서…….

어검(御劍)

청풍이 부상을 입고, 몸을 회복해 나가는 동안 화산파는 다른 여러 문파들과 함께 성혈교와의 마지막 일전을 치르고 있었다.

무당파, 화산파, 청성파, 아미파 등 구파의 넷이 귀양 땅에 집결했다.

사천당가가 가담하고, 마지막에는 남궁세가까지 더해졌다.

성혈교의 마지막 근거지라 알려진 청운곡이다.

험지일로(險地一路). 청운곡은 방어에 있어서 천혜의 요지였다.

들어가는 길은 하나밖에 없었고, 나오는 길이라고 한다면 날개 달린 새들만이 넘을 수 있는 절벽밖에 없었다.

다른 계책을 써볼 만한 지형이 아니었다.

각파에서 뛰어난 고수를 모아서, 일거에 돌파하는 것이 전략이라면 전략이었다.

첫 돌파조가 성공하느냐에 모든 것이 달려 있는 싸움이었다.

백 명의 병력으로 천 명, 만 명을 막을 수 있는 그러한 요새였다. 하지만 그만큼 무너지기 시작하면 끝없이 몰아칠 수 있는 곳이기도 했다. 버텨 선 고수들만 격퇴한다면 그 다음부터는 문제될 것이 없었다.

성혈교의 괴멸은 기정사실과도 같았다.

첫 공격, 그의 존재가 확인되기 전까지는 확실히 그랬다.

성혈교의 마지막 보루.

청운곡의 진입로에 버텨 선 자는 단 한 명이었다.

무적신병, 금마광륜.

무림의 한편에서 또 다른 무적의 이름을 드높이던 자다.

성혈교 호교 호법. 광마(狂魔), 승뢰가 거기에 있었다.

첫 번째 돌파조는 진입로를 제대로 구경조차 하지 못했다.

절대적이었던 그의 무공 때문이다.

무당파의 자존심을 들고 나온 일권진산 악도군이 삼십 합 만에 제압당했다. 기라성 같은 여타 문파의 절정고수들이 그의 공격을 다섯 합도 제대로 받아내지 못했다.

막중한 내상을 입은 채 빠져나온 악도군은 그의 무위를 또 다른 경지의 무공이라 표현했다.

죽지 않은 채 살아온 악도군.

그런데 놀라웠던 것은 그곳에 뛰어들었던 모든 이들이 죽지 않고 살아왔다는 사실이었다.

싸움에는 졌으되, 죽지는 않았다.

살려주었다는 말이다. 그만한 고수들을 맞이하여 목숨을 빼앗지 않고 제압한다는 것은 실로 굉장한 일이다. 달리 말하자면 죽는 것보다 더 굴욕적인 패배였으니.

그것은 또한 금마륜의 힘이 그만큼 월등하다는 반증이라 할 수 있었다.

"내가 나가겠다. 신병 따위에 겁을 먹는다니 말도 안 되는 이야기다."

그 말투, 그 성정.

화산파에서 나선 것은 무광검(無光劍) 목영 진인이었다.

그러나 그처럼 장담했던 것이 무색하게도, 목영 진인은 그 어떤 신병이기에도 부러지지 않았던 목검을 반 토막 낸 채, 의식 불명 상태로 실려 오고 말았다. 하루가 지나고 이틀이 지났다.

북풍단주 명경 일인에게 철기맹 전체가 꼼짝 못했던 것처럼.

또는 청홍무적검 청풍 일인에게 비검맹 검마들이 속수무책으로 당했던 것처럼.

무림맹 전체가 진격을 멈추고 말았다.

단 한 사람의 힘.

가히 일대 괴사(怪事)라 할 만한 일이었다.

"같은 수준의 고수가 있어야 한다."

모여든 군웅들의 공통된 의견이었다.

천부의 무(武)가 지니는 힘.

군웅들은 숫자와 전황, 모든 것을 초월할 수 있는 그 능력을 그곳에서 목도할 수 있었다.

그것이 바로 절대고수의 위력이었다.

금마륜의 무력은 그처럼 지고(至高)한 경지에 있어, 숱한 무림인들로 하여금 능력의 한계를 실감케 했던 것이다.

금마륜 일인에게 청운곡이 막힌 것도 오 일이 흘렀다. 화산파의 천검 진인이 나서야 된다는 말이 나왔다.

무당 장문인은 왜 움직이지 않는가 하는 의문도 터져 나왔다. 명성을 날리기 위해 겁없이 덤벼든, 주제 모를 무인들만 어김없이 박살나고 있을 뿐이었다.

고착된 전장에 변화를 가져온 것은 북풍단, 북풍마후의 등장과 남궁세가의 검성 남군연신의 출현이었다. 그리고 그들에 이어 죽었다는 소문이 돌았던 북풍단주가 나타났다.

북풍단주 명경.

그가 오고, 마침내 청운곡이 뚫렸다.

성혈교와의 싸움이 끝나는 순간이었다.

대화산파의 장문인.

그때를 떠올리는 천화 진인의 두 눈은 심연의 어두움으로 깊게 가라앉아 있었다.

그 이유는 하나였다.

무당파.

북풍단주 때문이었다.

'무당파에…….'

천화 진인은 짙은 패배감을 느꼈다.

성혈교, 철기맹과 치러냈던 길고 길었던 싸움이 주마등처럼 그의 눈앞을 스쳐 지나갔다.

싸움의 결과는 승리였다.

하지만 천화 진인이 느낀 것은 패배보다 심각한 절망감이었다.

'북풍단주, 북풍단주라…….'

그를 처음 보았던 것은 무림맹, 철기맹의 탁무양과 대치했던 그때였다.

그때는 조금도 알지 못했다.

그가 이리도 큰 패배감을 안겨줄 것이라고는.

삼 일 전에 들었던 종전(終戰) 보고가 자꾸만 귓전을 어지럽히고 있었다.

"성혈교의 마인 금마륜이 북풍단주 명경의 손에 쓰러졌습니다! 마지막 결전지였던 금마륜이 쓰러진 직후 폭발과 불길에 휩싸였고, 그에 따라 청운곡으로 진입하던 군웅들 모두가 몰살의 위험에 처하게 되었습니다. 북풍단주는 여기서도 힘을 발휘하여, 군웅들을 청운곡 바깥까지 이끌고 수많은 인명을 구했다 합니다."

어떤 싸움이 있었는지, 어떻게 이겼는지는 문제가 되지 않는다.

핵심은 그것을 누가 했느냐였다.

북풍단주다.

화산파가 아니었다.

그래서는 안 된다.

성혈교를 끝장내고, 군웅들을 구한 것은 반드시 화산파였어야만 했다. 북풍단주, 북풍단주라는 괴이한 신분을 달았으되, 실상은 무당파나 다름없다. 다른 어디도 아닌 무당파에 그 역할을 맡겨서는 안 되었던 것이다.

'무리를 해서라도 검신(劍神)을 투입했어야만 했다. 원로원을 움직였어야 했는데……!'

성혈교의 근거지, 청운곡.

그곳을 지키고 있었던 것은 금마륜 혼자였다.

그를 쓰러뜨리는 것이 곧, 성혈교를 무너뜨리는 것.

천화 진인은 매화검신, 옥허 진인을 내보내지 않은 것을 못내 아쉬워했다.

그가 나섰더라면 영광의 주인은 무당이 아니라 화산이 될 수도 있었을 것이다.

그러나 천화 진인은 기회를 놓쳤다. 아니, 버렸다.

행여나 질 수 있다는 가능성 때문이었다.

참지 못하고 뛰쳐나간 무광검 목영 진인이 패퇴당했을 때, 천화 진인은 옥허 진인의 투입을 포기했다.

이판사판으로 내보냈어야 했다?

그렇다.

그렇게 했어야 했다.

하지만 천화 진인은 그런 모험을 할 수가 없었다. 천화 진인 자신이 나서든, 옥허 진인이 나서든 만일 그들이 나서서 패하기라도 했다면 그것은 곧 화산파의 몰락으로 이어질 수밖에 없었던 까닭이다.

'하필이면……'

지나간 일을 두고 아무리 후회해도 되돌리는 것은 불가능한 법이었다.

남궁세가의 검성(劍聖), 남궁연신이 나선다고 했을 때, 천화 진인은 그것으로 끝나길 바랐다. 적어도 남궁세가라면 같은 구파는 아니었으니까.

그런데, 마지막 순간 북풍단주가 나섰다.

허울뿐인 파문자, 무당파의 암중살검(暗中殺劍) 북풍단주가 나선 것이다. 상상을 초월하는 무위를 보여주면서.

'현양, 현양 진인이여! 대체 어떻게 그런 고수를 키웠는가!'

천화 진인은 무당 장문인인 현양 진인의 얼굴을 떠올렸다.

검력(劍力)이 아니라 도력(道力)으로 충만해 있던 얼굴이다. 예전에는 나약한 인물이라 생각했는데 지금 생각해 보면 결코 그런 인물이 아니다. 선하기만 한 신선의 모습으로 말도 안 되는 마검(魔劍)을 만들어놓았다. 평범한 노인의 얼굴에 서려 있는 현기(眩氣)… 상상만으로 아찔했다.

'북풍단주의 연배는 불혹에도 못 미친다. 항렬은 허공 진인의 제자로서 장문인과 같다지만 그것으로는 설명할 수 없다. 그 나이에, 그 무위. 지금의 화산파에서는 그런 고수를 만들어내지 못해.'

천화 진인은 화산파의 한계를 실감했다.

운대관, 천화관, 소요관에 이르는 관문들.

보무제자, 선검수, 평검수, 매화검수로 이어지는 일종의 계급화는 화산무공의 진보를 이끌어온 것이 확실하다.

매화검수, 매화권사를 필두로 한 체계가 갖추어지면서 화산파의 전투력은 비약적인 성장을 보였으며, 그것은 현재 이룩한 화산파의 성세가 분명하게 나타내 주고 있었다.

그러나 화산에는 시대를 이끌어갈 젊은 천재가 없었다.

북풍단주와 같은 자가 없다는 말이었다. 그리고 그런 이들을 만들어내는 것은 지금 화산의 체제로는 불가능한 일이라고 할 수 있었다.

'절정고수. 젊은 인재가 필요하다.'

물론 화산파에 절정고수라 불릴 무인은 하나둘이 아니었다.

온 중원에서 적수를 찾기 힘든 무인도 존재한다.

대표적인 인물이 매화검신 옥허 진인이다.

세상에 나오지 않는 원로원의 노고수들까지 다 헤아린다면 그러한 화산의 상징인 매화검신보다 강한 고수도 있을지 몰랐다.

하지만 그처럼 진정한 고수들은 결국 한 시대를 보내 버린 사람들뿐이다.

오랜 수련으로 세월이 쌓아준 무공이라면 강력한 무력을 지니는 것이 당연하겠지만, 그런 무력은 수성(守成)을 위한 무력밖에 되지 않는다.

'쓸 수 없는 검(劍)은, 검이 아니지.'

그런 고수가 세상에 나와서 활개치고 다닌다면 모양새가 좋을 리 없었다.

아니다. 그런 고수들이 세상에 나온다?

우스운 일이다.

화산 심산에 틀어박힌 노선인들은 화산파가 잿더미가 된다 해도 엔간해선 움직이지 않을 게다. 게다가 그런 강자가 강호에 나와서 패하기라도 한다면 그것은 도리어 문파에 커다란 타격으로 돌아오는 법이다.

옥허 진인이 강호에서 누군가에게 패한다면?

생각만 해도 아찔한 일이다.

화산의 검, 매화검의 전설은 그날부로 끝이라고 해도 과언이 아니었다.

'그러나……!'

하지만 젊은 고수라면 이야기가 전혀 달라진다.

젊은 고수는 패배를 당해도 문파의 흠이 되지 않는다.

매화검수를 강호사의 주 전력으로 쓰는 것은 그래서다. 매화검수의 패배는 장로나 원로들의 패배보다 훨씬 가벼운 의미를 지니기 때문이다. 매화검수가 그 명예를 실추시켰을 경우 그에 대한 징계를 내리기는 하지만, 치명적인 실책이 아니라면 일시적인 징벌로 그친다. 젊기 때문에 소모적으로 활용할 수가 있다는 말이었다.

뛰어난 인재를 골라 매화검수로 키워왔다.

매화검수를 통해 부흥을 이루었다. 하지만 거기까지였다.

화산파의 후기지수.

강호에 이름을 떨친 매화검수들 중 그 누구도 금마륜을 이길 수 있는 이는 없었다. 이길 수 없다? 우스운 말이다. 일초지적도 되지 못했다.

북풍단주는 특별하다? 북풍단주만 특별한 것이 아니다.

무당파에는 일권진산 악도군이 있었고, 비천검 석조경이 있었다.

악도군의 연배는 고작 매화검수 정도에 불과했다. 그러나 금마륜과 싸워 삼십 합을 버텼다.

삼십 합. 무광검 목영 진인의 목검이 부러진 것은 고작 이십 합을 넘겼을 때였다.

그것으로 충분하다.

강호인들은 드러난 결과만을 본다. 그 몇 합의 차이로 악도군이란 젊은 고수가 무광검 목영 진인보다 강하다고 말할 수 있는가? 악도군이 어느 정도일지는 몰라도, 싸워보지 않으면 모른다. 무광검 목영 진인은 화산파의 원로, 초절정고수 중 하나다.

그것이 바로 문제였다.

악도군 정도의 연배에서 무광검 목영 진인과 승부를 점칠 수 없다고 한다면, 그 얼마나 대단한 일일까.

무당의 젊은 고수가 화산파의 원로 고수와 동수라는 말이 된다. 그보다 모욕적인 평판도 다시없다는 말이다.

그뿐이 아니다.

석조경이란 젊은이는 또 어떠했나.

그의 지모는 진실로 대단했다.

한발 앞, 아니, 두 발 앞을 내다보고 무인들을 움직였다. 화산에서도 전투와 지략을 가르치지만 그와 같이 살아 움직이는 지략에는 비할 바가 못 되었다.

강호인들은 바보들이 아니다.

겉으로 보이는 것, 실제로 벌어진 일.

모두가 안다.

이 싸움의 주역이 어느 문파였는지를.

화산이 아니라 무당이다. 그것도 이름도 들어본 적 없었던 젊디젊은 고수들. 패배가 조금도 흠이 되지 않는 최고의 전력들이었다.

'과연 어떻게 해야 하는가…….'

머리 속에 상념이 극으로 치닫고 있을 때다.

바깥으로부터 들려온 한줄기 진중한 목소리가 그의 상념을 멈추었다. 상궁의 문을 지키는 지객원의 고수였다.

"장문인, 찾으셨던 제자가 도착했습니다."

기다리고 있던 제자.

잠시, 아주 잠시의 침묵으로 어지럽던 생각을 정리해 낸 천화 진인이다.

그가 대답했다.

"들라 하여라."

못내 아쉽고, 한탄스럽다.

하지만 아무리 그렇다 해도 이미 벌어진 일은 어쩔 수가 없다.

이제는 다음을 기할 때.

그래서 부른 제자다.

그의 눈이 열리고 있는 문 쪽을 향했다.

뚜벅, 뚜벅.

걸어 들어오는 젊은 제자의 발소리가 무겁게 울려 퍼졌다. 근래에 볼 수 없도록 안정된 발걸음이다.

매화 문양이 없는 도포, 평검수의 장검을 들었다.

용맹이 깃든 얼굴, 날카로운 눈빛.

남아 있던 상념마저 단숨에 지워 버리는 인상이다.

천화 진인은 두 눈에 이채를 담으며 이 제자에 대한 보고들을 떠올렸다.

'어디서부터였던가. 그래, 연하(沿河). 연하였지.'

성혈교 연하 분타.

매화검수 두 명이 전사하는 격전에서 신장귀 둘을 베고, 역전의 발판을 마련했다.

그 다음은 동인이다.

연하에서 동인으로 이어졌던 혈전에서는 고작 선검수 다섯 명만을 대동한 채 백 명에 이르는 적 포위망을 돌파했다.

동인에 이르러서는 단신으로 성혈교 주 전력 묵신단 검수들을 삼십 명이나 척살하더니, 바로 다음날에는 평검수 두 명만을 데리고 성혈교

보급 부대를 급습하여 마차 다섯 대와 수레 일곱 대를 대파했다.

전투의 막바지에 혜성처럼 나타나 혁혁한 전공(戰功)을 세운 제자다.

젊은 제자가 고개를 깊이 숙이며 입을 열었다.

"제자, 하운, 장문인을 뵙습니다."

하운.

천화 진인이 고개를 끄덕였다.

어느 매화검수도 하지 못했던 일을 간단하게 해낸 제자였다.

본래 매화검수였으니 그럴 만도 하다?

그렇지 않다.

하운은 매화검수의 능력을 훨씬 상회하고 있다. 그가 공적은 이미 매화검수가 보여줄 수 있는 수준이 아니다. 이미 완성된 화산 장로에 필적한다 해도 과언이 아니었다.

"큰 전공을 세웠다고 들었다. 너와 같은 제자가 화산에 있어서 다행이로다."

"제자로서 할 도리를 했을 뿐입니다."

"겸손이 과하다. 어떤 매화검수보다도 훌륭한 공적을 세웠어."

"매화검수보다 훌륭하다니, 그렇지 않습니다."

천화 진인은 칭찬에 인색하기로 유명하다. 하지만 하운의 표정은 변함이 없었다.

차분히 제 할 말을 할 뿐이다.

천화 진인이 미간을 좁혔다. 예상했던 반응이 전혀 아니기 때문이었다.

"사실이 그러하다. 어떤 매화검수도 하지 못한 일을 했으니, 마땅히 받아야 할 칭찬이 아니더냐. 헌데 그렇지 않다니 네 말을 이해할 수 없도다.”

“매화검수. 매화검수에게는 매화검수로서의 본분이 있는 까닭입니다.”

천화 진인은 상당히 놀랐다.

한번 매화검수 자격을 박탈당했던 하운이다.

이제 와 이만한 공을 세우고 매화검수보다 훌륭하다는 칭찬을 받았다면 응당 그 사실을 기꺼이 받아들여야 함이 지당한 일이다.

그런데 하운은 전혀 그런 모습이 아니었다. 조금도 기뻐하지 않는다. 기뻐하지 않을뿐더러 오히려 이런 칭찬이 부당하다는 기색이었다.

“매화검수의 본분이라… 그렇기에 자네의 공이 더 빛나는 것이 아니겠는가.”

“……”

“왜 대답이 없는 것이냐?”

천화 진인의 물음에 하운의 얼굴이 결연한 빛을 띤다.

젊은이의 망설임은 잠시뿐, 이내 입을 여는 그다. 그의 목소리에 할 말은 해야겠다는 강한 의지가 실렸다.

“한 말씀드려도 되겠습니까.”

“이야기해 보아라.”

“매화검수에게는 그들이 지닌 역량이 있습니다. 그들은 그 안에서 최선을 다했습니다. 다른 검수들도 마찬가지입니다. 그런 그들에게 누가 누구보다 훌륭하다는 평가는 어려운 것이 아닌가 생각됩니다.”

천화 진인은 다시 한 번 놀랐다.

하운은 진심으로 자신의 공이 대수롭지 않다 생각하는 것 같았다. 자신이 세운 공쯤이야 스스로의 능력으로 얼마든지 할 수 있었던 일이라는 느낌이기도 하다.

하지만, 그것은 오만함으로 보기 힘들다.

하운이 하고자 하는 말은 그런 자신감의 표현이 아니다. 그가 하는 말에 담긴 의미는 그처럼 가벼운 것이 결코 아니었다.

"묻겠다. 그 말은, 매화검수의 역량이 떨어진다는 말인가?"

"그런 것은 아닙니다. 배우는 만큼이라고 한다면 오히려 역량은 그 이상이겠지요."

천화 진인의 미간이 좁혀졌다.

심상치 않은 말, 언중유골이 따로 없었다.

배우는 것보다 역량이 뛰어나다.

그러나 부족하다.

그것을 말하고자 함이다.

설마 하니 이처럼 민감한 문제를 마음에 품고 있으리라고는 상상조차 하지 못했다.

이제까지 생각해 왔던 것.

매화검수를 키워내는 방식에 문제가 있다. 그것은 결국 매화검수에게 치명적인 한계가 있다는 말과도 같았다.

"네가 참으로 위험한 말을 하는구나. 내 귀에 네 말은 화산의 가르침이 잘못되었다는 것으로 들릴 뿐이다."

"그럴 리가 있겠습니까. 매화검수만큼 뛰어난 검객들은 어느 문파를 보아도 찾기가 쉽지 않습니다."

틀린 말은 아니다.

그러나 천화 진인도 안다.

그것이 진정 그 뜻이 아님을.

다른 누구도 아닌 하운이 바로 그 증거였기 때문이다.

천화 진인은 과거의 하운을 잘 알고 있다.

욱일승천, 매화검수로서 영광의 길을 걸어온 산 중인이 바로 하운이었지 않았던가.

하운은 그 당시 최고의 매화검수들 중 하나였고, 그것이 그의 최선인 줄 알았다.

그는 매화검수로서 그에 어울리는 공로를 쌓았고, 사람들은 거기에 만족하고 있었다. 여러 장로들뿐 아니라 천화 진인까지도.

하지만 그의 재능이 꽃을 피운 것은 그때가 아닌 지금이다. 매화검수의 자격을 박탈당한 이후에 이르러서란 말이다.

'어디까지나 예외일 뿐이다.'

천화 진인은 그렇게 생각하려 했다.

하운의 경우는 무척이나 이례적인 일이기 때문이다.

매화검수 자격을 박탈당한 제자들은 대부분이 거기서 성장을 멈춘다.

다시 재기하는 경우는 극소수이며, 운 좋게 재기한다 해도 이미 앞서 가 있는 다른 매화검수들을 따라가기 힘들다.

하운은 달랐다. 그는 강해졌다.

그때와는 수준이 다를 정도로.

성혈교와 싸움에서 보여준 공적뿐이 아니라, 실제 눈앞에 서서 보여주는 기량도 상상 이상이라고밖에 표현할 수 없다. 그것은 곧, 매화검수라는 직분이 그에게 도리어 그의 성장을 가로막는 벽이 되었다는 것을 의미하는 것인지도 몰랐다.

'아니다, 그렇지 않다. 매화검수는 최고였지 않았나. 원로원의 경고

가 있었지만… 그때는 매화검수가 필요한 때였다.'

천화 진인은 혼란에 부딪쳤다.

천검(天劍)의 명성, 하늘로부터 심판의 검이라도 받은 양 그 누구보다 강력한 결단력을 보여줬던 그에게 처음으로 닥쳐온 혼란이었다.

원로원은 경고했었다.

매화검수라는 직분이 가진 특수성에 대하여.

'매화검수에게 문제가 있어도, 이제 와서 매화검수를 포기하는 것은 불가능하다. 그랬다가는 화산 무공 전체가 무너진다. 매화 문양은 끝까지 모든 제자들의 목표이어야만 할지니!'

천화 진인이 하운을 직시했다.

"네가 하고자 하는 말이 어떤 것인지 알 수 있다. 과히 듣기 좋은 말은 아니다만, 그 점에 대해서는 나 역시도 생각하고 있던 바다."

"심려를 끼쳐 드린 것이라면 어떠한 처벌이라도 달게 받겠습니다."

"그럴 필요 없다. 한두 번의 직언으로 네가 세운 공로가 가려지지 않을 터. 대신 네게 임무를 한 가지 맡기겠다. 이 임무를 완수하면 매화검수로의 권한과 지위를 원래대로 복구시켜 주마."

"…하명… 하십시오."

천화 진인은 하운의 눈을 보며 또 한 가지 사실을 깨달았다.

하운은 매화검수의 지위에 대한 미련이 없다. 장문인의 명이기에 따르겠다는 것이지, 매화검을 다시 얻기 위하여 임무를 맡겠다는 것이 아니다.

이 또한 당혹스럽다 할 수 있다.

매화검의 의미는 그렇게 가벼운 것이 아닌 까닭이다.

매화 문양을 얻기 위하여 평검수들은 목숨을 건다. 하지만 하운으로서는 한 번 매화검을 얻어보았기 때문일까, 그에게는 매화검을 얻고자 하는 의지가 특별히 없어 보인다. 복권을 이야기하는 데에도 조금도 달가워하는 기색이 없었다.

"이번 임무는 한 사람을 찾는 것이다. 어디로 갔는지 종적이 묘연한 화산 제자다."

"화산 제자, 실종된 매화검수입니까?"

"매화검수… 아니다. 그는 매화검수가 아니야."

매화검수.

그러고 보면 그도 매화검수가 아니다.

천화 진인은 쓴웃음을 지었다. 매화검수가 아닌 자. 마치 매화검수의 자격을 비웃기라도 하듯 강호를 활보하며 놀라운 사건들을 벌인 제자였다.

"제자의 이름은 청풍이다. 네 어린 시절부터 그를 알고 있다고 들었다. 그를 찾아서 화산으로 되돌아오게 만드는 것이 이번 임무다."

그때는 몰랐다.

마지막으로 희망을 걸게 되는 것이 청풍이 될 것이라고는 조금도 생각하지 못했었다.

성혈교와의 종전이 가까워 왔을 때.

장강 줄기를 따라 뻗어나가기 시작한 이름.

청홍무적검.

이 위기를 극복할 수 있는 최후의 전력이다.

한때는 버릴 것을 생각했었지만, 그렇게 되지 않아서 다행이라고밖에 할 수 없다. 이제는 어떻게 해서라도 품에 끌어들여야 할 제자다. 무슨 수를 써서라도 화산의 그늘 아래 잡아두어야만 했다.

'그러기 위해서는……!'

청풍을 끌어들이기 위해서는 먼저 해결해야 할 일이 몇 가지 남아 있었다.

원로원이 청풍을 싸고도는 것도 자칫하면 걸림돌이 될지 모른다.

집법원을 보냈던 것.

개방 후개를 통해 그를 핍박했던 것도 마음에 걸렸다.

다른 무엇보다 가장 문제가 되는 것은 청풍의 사부에 관한 과거사였다. 선현 진인의 죽음에 관한 일이 밝혀지면 곤란했다. 은폐 작업이 절실한 시점이었다.

"하명은… 끝나셨습니까."

"그렇다. 곧바로 출발하도록 하여라."

포권을 취하고 돌아서는 하운의 두 눈에 기이한 빛이 번뜩였다.

하지만 화산 장문인, 천화 진인으로서도 하운의 눈빛이 어떤 것이었는지는 알아챌 수가 없었다.

장문인의 노림수.

하운이 품고 있는 생각.

두 가지가 엇갈리는 순간을, 화산 장문인은 알 수가 없었던 것이다.

*   *   *

"이런 곳까지 올 필요가 있었습니까?"

고봉산의 말에 장현걸이 손가락을 들어 입에 댔다.

조용히 하라는 뜻이다.

"확인해야 할 것이 있어서 그렇다. 싸울 준비를 해둬."

"또 싸움? 후우… 후구당이 아니라 투구당(鬪狗堂)이라 해야 되겠습니다."

"그럼 그렇게 하든지."

강서성 성도의 번화가다.

깊어가는 밤에도 밝은 빛을 흩뿌리고 있는 중이다.

장현걸의 시선이 고루거각 가득한 거리를 훑어내다가 한곳의 장원에 이르렀다.

강서성 전직 위지휘사의 가택이었다.

단심궤에 들어 있던 수많은 정보들.

그것을 토대로 얻어낸 실마리 중, 풍대해와 관련된 비밀이 그 가택과 연결되고 있었다.

"오결제자는 몇 명 와 있지?"

"다섯 명이요."

"불러 모아. 자시(子時)에 실행한다."

"직접 들어가게요? 저기를?"

"그래."

장현걸의 대답은 단호했다.

그것을 보는 고봉산이 고개를 설레설레 내저었다.

무모한 짓이다.

단심맹의 단서들이 모여드는 곳이라면 위험천만의 복마전일 가능성이 높다. 기껏 오결제자 다섯 명과 들어가기엔 너무도 위험한 곳이다. 불길함만이 가득했다.

"한 가지만 묻죠. 살아 나오는 게 가능하긴 한 겁니까?"

"모른다."

"그럴 줄 알았습니다. 미치겠군요."

"언제는 안 그랬나. 받아들여."

툴툴대면서도 재빨리 몸을 돌려 제자들을 불러 모으러 가는 고봉산이었다.

생사를 같이하게 된 이상, 누가 뭐래도 어쩔 수 없다.

죽어도 할 수 없는 일이다.

더 나은 개방, 지금과 다른 개방.

개방이 예전처럼 돌아갈 수만 있다면 모든 것을 다 바쳐도 좋다. 그 마음이 아니었다면 장현걸을 따르는 것이야 한참 전에 포기했으리라.

한 시진이 지나고.

인적없는 어둑한 골목길에 일곱 사람이 모였다.

장현걸과 고봉산.

그리고 오결제자 다섯 명이었다.

"잘 알고들 있겠지만, 이 담장을 넘으면 그때부턴 목숨을 장담할 수 없다. 우리가 내원에 들어갔다 나올 때까지, 일각만 버텨라. 그 다음에는 무조건 철수다. 손발만 잘 맞으면 모두 살아 나올 수 있을 것이다."

장현걸의 말이다. 다섯 제자의 눈에 결의의 빛이 반짝였다.

하나같이 젊은 제자들, 앞길이 창창한 이들이다. 그 때문에 장현걸은 해야만 했던 말을 마음속으로 삼킬 수밖에 없었다.

'살아남을 확률은 무척이나 적다. 미안하다.'

담장을 넘기 직전이다.

장현걸은 차마 그들을 이대로 사지에 몰아넣을 수가 없었다. 그가 덧붙였다.

"행여나 잡히게 되면, 자결 따위는 절대로 하지 말아라. 알고 있는 것을 다 불고, 목숨을 구걸해서라도 어떻게든 살아남는다. 우리는 거지다. 그런 것을 창피해 해서는 안 돼."

다섯 제자들이 서로를 돌아본다. 그들이 웃으며 말했다.

"걱정 마십시오. 잘 알고 있습니다."

"별의별 걱정을 다 하십니다."

"언제부터 그런 것을 챙기셨다고 그러십니까. 오히려 그러니까 잡히더라도 절대 불지 말고, 기꺼이 목숨을 버리라는 말로 들립니다요."

비슷비슷한 이야기들을 하는 다섯 명이다.

장현걸은 더 이상 어떤 말도 할 수가 없었다.

이들은 모른다.

지금까지와는 다른 양상이 될 것이라는 것을.

단심궤를 받은 이상, 이전처럼 정보만 빼오는 일은 할 수가 없는 것이다. 사지(死地)를 마다하지 않고 뛰어들어야만 훗날의 살길을 도모할 수 있었다. 어지간한 각오로는 죽기 십상이었다.

타탁!

마음의 부담을 다시 한 번 느끼며, 땅을 박찼다.

벽공장을 쓰면서 담벼락을 타고 올라 높디높은 처마에 매달렸다.

고봉산과 함께 같은 동작으로 올라오는 다섯 제자.

장현걸이 가장 먼저 처마를 뛰어넘었다.

휘리릭!

경미한 파공성만 남았다.

담벼락 저편을 타 넘은 장현걸의 눈에 어둑한 외원의 전경이 비쳐들었다.

'여기까지는 경비가 삼엄하지 않다. 하지만, 금세 달라지겠지.'

외원의 정원은 넓고도 화려했다.

제아무리 전직 위지휘사라지만, 그런 관직으로 이만한 가택을 꾸미기엔 그 화려함이 지나쳤다. 달리 축재를 해놓지 않고서야 절대로 누릴 수 없는 사치였다.

사삭! 사사삭!

장현걸을 비롯한 칠 인이 움직이기 시작했다.

정원의 나무 그늘을 이용하면서 조심스럽게 안쪽으로 향했다.

스슥.

외원의 한가운데가 가깝다. 내원으로 향할수록 돌아다니고 있는 무인들이 하나둘 늘어나고 있었다.

장현걸의 손짓.

세 사람의 오결제자가 밝혀진 횃불 앞쪽으로 불쑥 걸어나갔다.

화들짝 놀란 무인들이다. 그들이 창검을 꺼내 들며 소리쳤다.

"웬 놈들이냐!!"

"배가 주린 거지들이오!"

이구동성으로 외치는 세 명의 오결제자들이다.

순식간에 주의를 끌어 모은 그들 뒤로, 장현걸과 고봉산이 신법을 펼쳤다. 세 명의 제자들이 목소리를 높이며 무인들을 향해 성큼성큼 발을 옮겼다.

"무슨 잔치가 있다는 소문을 듣고 찾아왔소이다. 고대광실 좋고도 좋은 집이요, 산해진미가 지천에 널렸으니, 배가 주린 거지들에게도 한 몫 나눠주는 것이 어떻겠습니까?"

삐쭉 솟은 머리를 벅벅 긁으며 정신을 산란하게 만든다.

장원을 지키던 무인들이 몰려든다. 가운데 있던 무인 하나가 노성을 내질렀다.

"여기가 어딘 줄 알고 허튼수작을 부리는가! 이곳은 거지들이 들어올 곳이 아니다. 썩 꺼지거라!"

틈이 보이는 순간이다.

장현걸과 고봉산이 내원의 담장을 타 넘었다. 사라지는 두 사람의 신형이다. 눈짓을 주고받은 오결제자들이 고래고래 소리를 질렀다.

"인심도 야박한 집안이요! 불쌍한 거지들에게 던져 줄 쌀 한 톨 없단 말이오!!"

참다못한 무인들이 제자들의 목 밑으로 창검을 겨누었다.

싸늘하게 식은 눈빛.

가운데 있던 무인이 나직한 목소리로 말했다.

"더 이상 난동을 피운다면 이곳에서 즉참하겠다."

세 제자가 뚝 말을 멈추었다.

희극적인 표정이다.

무인들이 눈살을 찌푸리는 순간.

외원 한쪽에서 세 사람과 다를 바 없는 이구동성이 터져 나왔다.

"어이쿠, 고대광실 으리으리한 대궐이로세. 세상 천국이 따로 없다. 이런 곳에서 평생을 산들, 세월이 무상하겠구나!"

그제야 심상치 않은 기색을 느낀 무인들이다.

개중의 한 무인이 경호성을 내질렀다.

"이놈들, 개방이다!"

"개방?"

개방이 왜 여기 왔을까.

안색이 굳어지는 무인들이다.

그들이 일제히 창검을 뽑아 들며 두 눈에 살기(殺氣)를 품었다. 그냥 흘러든 거지들이라면 모르되, 이들은 강호를 사는 무림인들이다. 조금 전과 같이 위협으로만 창검을 꺼내 든 것이 아니었다.

타탁!

한편, 장현걸과 고봉산은 외원의 소란을 틈타, 내원 깊숙이 몸을 날리고 있었다.

경계가 무척이나 삼엄하리라고 생각했었는데, 묘하게도 조용했다. 그림자와 그림자를 뛰어넘으며 안쪽으로 들어간다. 그들 앞에 화려하게 치장된 전각들이 나타났다.

장현걸이 손짓으로 그중의 내측의 한 전각을 가리켰다.

달리는 두 사람이다.

외원보다 훨씬 더 고급스럽게 꾸며진 정원들이 그들 옆을 스쳐 갔다. 고고한 달빛 아래, 아름다운 정원들이 외원의 소란까지도 조용하게 삼켜 버리는 것 같았다.

휘익! 저벅!

두 사람이 한 전각의 창문에 매달리기까지는 촌각의 시간도 걸리지 않았다.

창문 안으로 빨려들 듯 들어가 어둑어둑한 전각 안을 소리없이 움직였다. 어떠한 첩보 집단 이상의 침투 능력이었다.

팔락, 팔락.

두 사람이 다다른 곳은 촛불이 은은하게 밝혀 있는 일종의 서재였다. 누군가 책을 읽고 있는 듯, 종이를 넘기는 소리가 복도까지 들려오고 있었다.

장현걸과 고봉산이 불 켜진 서재 앞에 섰다.

고개를 끄덕이고 들어서는 장현걸이다. 탁자 앞에 밝혀진 유등(油燈), 큰 체격의 노인 하나가 있다.

늘어진 살, 산처럼 나온 배가 먼저 눈에 띈다. 기름진 생활이 그 얼굴에서부터 보이는 노인이었다.

"황진동(黃珍棟)?"

"내가 황진동이네만. 누군가? 이 야심한 밤에?"

황진동이라는 노인은 조금도 당황한 것 같지 않았다.

관군 오천육백을 통괄하는 위지휘사 출신이라더니, 어지간한 일에는 놀라지 않을 정도로 간담이 충실한 모양이다.

"황진동, 황진동. 전직 위지휘사라."

"알고도 예까지 들어왔다니, 그냥 도적들은 아니로군."

이 정도로 태연한 모습이라면 장현걸로서도 놀랄 만한 일이었지만, 그는 조금도 흔들리지 않았다. 고개를 끄덕이며 묻는데, 처음부터 핵심적인 본론을 품고 있었다.

"위지휘사, 철광과 철기, 염상(鹽商)에 손을 뻗치고, 그것으로 축적한 자금을 단심맹에 대고 있었던 그 황진동 맞나?"

황진동의 얼굴이 미미하게 굳었다. 그가 느릿느릿한 어조로 되물었다.

"허허. 대단해. 그것을 어찌 알고 오셨을까?"

"길게 말하지 않겠다. 자금의 내역이 담긴 장부를 넘겨라."

장현걸의 말은 단도직입 그 자체였다.

황진동이 주름진 얼굴에 미소를 머금었다.

"그것이야 이 노인네의 목숨과도 같은 것인데, 이렇게 쉽게 달라고 해서야 안 되지. 그래, 차림새를 보아하니 개방이 틀림없는데, 개방 정도로 이래서는 곤란해. 실수하는 거야."

"실수? 뭘 잘못 알고 있군. 나는 이미 사선(死線)을 넘었어. 아무렇게나 날뛰고 있는 것으로 생각한다면 그것이야말로 그쪽의 오산이겠지."

장현걸이 탁자의 바로 앞에 섰다.

몸을 숙여 얼굴을 들이대는 장현걸이다. 노인의 비대한 체구, 연초 냄새가 확 끼쳐 왔다.

"그 태도, 이제 보니 자네가 바로 그 후개로군, 되도 않는 일을 꾸민다는."

"과연 되도 않는 일일까?"

황진동의 얼굴에 떠오른 미소가 더 짙어졌다. 그가 두터운 손을 탁자 아래로 내리면서 말했다.

"장부를 달라… 그런데 어쩌나? 제 분수를 모르는 애송이한테 줄 것은 이것밖에 없는데?"

쉬링! 우지끈!

탁자 밑에서부터 올라오는 소리다. 탁자가 부서지고 종이 조각들이 비산했다.

흔들리는 유등에 비치는 파편들.

그림자가 갈가리 찢어진다.

휘리릭! 파라라락!

불시의 기습이었다.

아래로부터 탁자를 뚫고 올라 온 소검(小劍)이 살벌한 빛을 품었다.

한 자루의 살검.

그것도 빨랐지만, 더욱 위협적이었던 것은 기관 장치에 의해 발사된 두 자루의 단도(短刀)였다.

지붕에서부터 내리 꽂혀진 단도들이다.

전혀 예측하지 못할 공격. 누구라도 피하기 힘든 기습이었다.

"어… 어떻게……?"

황진동의 목소리가 처음으로 불안한 떨림을 발했다.

그렇다.

알지 못했다면 피하기 힘들다.

하지만 알고 있었다면 결코 어려운 공격이 아니다.

장현걸은 이미 소검 한 자루와 단검 두 자루를 완벽하게 비껴낸 후였다. 비껴냈을 뿐 아니라, 도리어 완벽하게 반격까지 가했다.

일수에 제압이다.

길쭉한 타구봉 첨극을 황진동의 견정혈에 겨누고 있는 상태였다.

장현걸이 싸늘한 목소리로 말했다.

"황진동을 만나면, 하소검(下小劍)과 상단도(上短刀)을 조심해야 한다. 위쪽에서 내려오는 단도들은 반보 좌궁보로 피할 수 있고, 아래쪽 소검은 어깨 위 반 치면 족하다 했지. 게다가 황진동의 금표검 하상격은 견정혈이 조문(罩門)이라 쉽사리 파훼할 수 있다고 했다."

"대체… 그것은……!!"

견정혈을 찍어 누른 타구봉에서는 응축된 진기가 느껴진다.

치명적인 한 수다.

치명적이었던 것은 그의 타구봉뿐이 아니다. 장현걸의 말은 굳이 밝히지 않아도 되는 것이었으되, 또한 밝힘으로서 상대에게 크나큰 압력을 행사할 수 있는 이야기였다.

"또한……."

장현걸의 목소리가 이어진다.

어떤 수법을 쓸 것인가부터 어떻게 반응할 것인가까지, 속속들이 알고 왔다는 뜻이다. 황진동의 얼굴에 절망감이라고 할 만한 빛이 깃들었다.

"황진동은 스스로의 목숨을 무척이나 아끼는 자라, 자신의 몸이 다치는 것도 수명이 줄어드는 것도, 그 어떤 것도 원하지 않는 자라 하였다. 팔 하나 정도 부숴 버리고 나면 과거사 장부쯤은 얼마든지 내놓을 것이다. 그것이 조사 결과였지. 어떤가, 그것이 맞나 확인해 볼까."

장현걸의 어조는 느리지도 빠르지도 않았다.

그대로 황진동의 견정혈을 압박한다. 위쪽으로 번져 나가는 통증에, 황진동의 얼굴이 있는 대로 일그러졌다. 황진동이 땀을 온 얼굴에 비 오듯이 흘리며 고개를 저었다.

"그, 그러지 마라. 이, 이놈……!"

"이놈? 아직 제 처지를 모르는군."

타구봉이 한 치 더 파고들었다.

황진동의 얼굴이 씨벌겋게 변한다. 그가 비명을 토하며 소리쳤다.

"크악! 알겠다. 알겠어! 내가 졌다!"

"장부는 어디에 있지?"

"일단 이것부터……!"

"어디에 있나? 그것부터 말하라."

"이, 이것을 치워야 가지고 올 것 아닌가!"

"허튼수작을 부리는군. 봉산, 들어와라."

장현걸이 고봉산을 부르자, 문밖을 지키던 그가 안으로 걸어 들어왔다. 황진동의 얼굴이 다시 한 번 일그러졌다.

"하… 한 명이 더 있었다니……!"

"장부는?"

"크윽! 아, 안 된다. 마, 말하지 않겠어, 이것을 치우지 않으면……!"

"마음대로 해라. 먼저 팔 하나를 못 쓰게 해주지."

마음이 독하지 않으면 장부가 아니다.

장현걸이 견정혈에 꽂은 타구봉을 더 깊이 밀어 넣었다. 무릎을 꿇으며 비명을 발하는 황진동이다. 그의 얼굴이 추악하게 변했다.

"크윽……! 책장의 두 번째… 칸이다. 오른쪽에서 다섯 번째 검은색 책을 꺼내면……!"

빠악! 우직!

한순간이다.

황진동의 어깨에서 뼈 부러지는 소리가 터져 나왔다.

"크아아악!"

타구봉을 찔러 넣은 채, 발을 들어 그의 어깨를 찍어 찬 것이나. 장현걸이 냉랭한 눈빛으로 말했다.

"검은색 책은 독(毒)이다. 붉은색 표지는 밖으로 이어지는 경종(警鐘)이라 했지. 진짜는 백색이지만, 책장이 제법 커서 본인에게 확인하는 것 말고는 급하게 찾을 방도가 없다고 했다. 자, 장부는 어디에 있나?"

"이놈들… 이런 짓을 하고도 무사할 줄……!"

퍼억!

장현걸의 손속에서는 개방도로서 어울리지 않는 잔인함이 묻어 나오고 있었다.

황진동은 노인이다. 늙고 늙어서, 제 목숨 하나 간수하는 데에만 모든 정신이 팔린 자다.

그런 자에게 이 정도까지 할 이유가 있을까.

있다. 이유는 충분했다.

악인(惡人)이라서 그렇다.

황진동은 누구보다 악한 자다.

철광, 철기, 염상 정도의 굵직한 이권(利權)은 그가 저질렀던 악독한 짓에 비하면 차라리 그릇이 크다 하겠다. 위지휘사 시절부터 군권을 남용하여, 유괴, 살인, 인신매매까지 온갖 지저분한 일에 얽히지 않은 곳이 없다.

황진동 때문에 신세를 망치고, 개죽음을 당한 이들이 셀 수 없이 많았다. 이 정도 고통은 그가 저지른 일에 비하면 받아 마땅한 축에도 못 끼었다.

"다음은 목이다. 여의치 않으면 천하창생을 위해 죽이는 편이 나아. 그것이 황진동이라 했다."

타구봉을 뽑아 두꺼운 목에 들이댔다.

조금만 움직여도 꿰뚫어 버릴 기세였다. 황진동이 이를 악물며 말했다.

"왼쪽 책장… 첫 번째 칸이다. 책들을 들어내면 벽 쪽으로… 목궤가 하나 보일… 것이다."

"아닐 경우, 그 목 안쪽에 타구봉이 들어오는 것을 느낄 수 있겠지."

황진동이 입술을 꿈틀거렸으나, 달리 다른 말은 하지 못했다.

장현걸의 눈빛을 보았기 때문이다. 그 어떤 일도 감내하기로 한 눈, 무서운 각오가 서려 있었다.

"있습니다."

책들을 들어낸 곳으로부터 한 개의 목궤를 꺼내온다.

목궤 뚜껑을 들추자, 아무런 제목도 달려 있지 않은 문서 뭉치가 보인다. 한 장을 넘기니 깨알처럼 들어오는 필치, 얇은 장부첩임에도 불구하고 그 안에 들어 있는 정보가 만만치 않아 보였다.

"한 가지 더 묻겠다. 풍대해에게는 얼마나 건넸나?"

"장부를 가져갔으니, 다 알게 될 것 아닌가! 이제 그만 이것을 치워라! 이렇게 나오다니, 천벌을 면치 못할 것이다!"

"그거야 당신 이야기겠지."

장현걸이 황진동의 마혈을 다시 한 번 제압했다.

몸을 일으키는 장현걸이다.

그때였다.

장현걸과 고봉산의 고개가 방문 쪽으로 돌아갔다. 고봉산이 나직한 목소리로 속삭였다.

"누가 옵니다."

"그래. 고수다."

그것도 막강한 고수다.

두 사람이 서로를 시선을 교환한 것은 순간이었다.

장현걸과 고봉산이 바닥을 박찼다.

도주(逃走)다.

하지만 그들보다 방문 쪽으로 짓쳐드는 적의 속도가 더 빨랐다. 거구의 그림자가 확 끼쳐든다. 무서운 힘, 경황 중 펼쳐 낸 두 사람의 공격을 단숨에 물리쳐 버렸다.

파앙! 까아아앙!

장현걸과 고봉산의 신형이 동시에 뒤쪽으로 튕겨 나왔다.

천천히 들어오는 자는 그야말로 거대한 신체를 지니고 있다.

장현걸의 눈이 가늘게 좁혀졌다.

'신마맹……?!'

나타난 자는 커다란 가면을 쓰고 있었다.

소의 머리를 형상화한 가면.

검게 칠한 이마와 붉은 입이 위압감을 주고 있었다.

우마(牛魔), 전설 속의 대력우마왕(大力牛魔王)을 나타낸 얼굴이었다.

"여기까지 들어오다니, 죽고 싶은 게로군."

우렁우렁 울리는 목소리에 무지막지한 내공이 담겨 있었다.

한 가지에 생각이 미친 장현걸이다. 그의 눈이 책장 쪽을 훑었다.

치워진 책자들과 궤짝을 꺼낸 빈 공간이 눈에 띈다.

경종, 궤짝을 꺼내면 발동되는 기관 장치가 있었던 것 같다. 그동안 의 소란에도 아무런 일이 없다가, 이렇게 나타난 것을 보면 그런 것 외 에는 달리 설명할 길이 없었다.

"무명장부(無名帳簿)라… 늙은이, 입이 가볍다. 쓸모없는 자여, 이런 놈들에게 맹회의 극비를 넘겨서야 되겠는가."

우마흑면의 남자가 말했다.

황진동을 향한 목소리.

가면으로 가려진 얼굴, 시선이 어떻게 흐르는지는 제대로 보이지 않 는다.

천천히 발을 옮기는데, 태산이 움직이는 것 같다.

마혈이 제압되어 움직이지 못하는 황진동의 얼굴에 죽음의 공포가 서렸다.

파아아!

우마흑면의 남자가 손을 휘둘러 황진동의 몸을 쳤다.

풀려나는 마혈이다.

황진동이 손사래를 치면서, 다급하게 소리쳤다.

"우마신군(牛魔神君)! 그런 것이 아니오! 나, 나는……!"

"나약하다. 변명조차 제대로 못하는 자. 처음부터 믿지 못할 자라고 생각했지. 단심과의 교통(交通)은 이제 다른 자에게 맡기겠다."

"아, 아니……!"

콰아아앙!

그것으로 끝이었다.

황진동의 머리가 터져 나간 것은 순간이었다.

장현걸의 안색이 변했다. 그가 소리쳤다.

"봉산! 먼저 가라! 명령이다!"

고봉산이 무엇인가 말하려 했으나, 움찔 물러나며 바닥을 박찼다.

장현걸의 각오를 느낀 까닭이다.

우마신군이라 불린 거구의 남자가 몸을 날리며 외쳤다.

"어딜!!"

쐐애애액!

우마신군의 속도는 그야말로 엄청났다. 그만한 거구에서 어떻게 그런 몸놀림이 나오는지 알 수가 없었다. 순식간에 고봉산의 진로를 막아서니, 빠져나갈 길이 없다. 고봉산의 발이 팔선보를 밟으며 빠르게 방향을 전환했다.

반대편으로 움직이는 고봉산이다.

장현걸과 신형이 교차된다.

사사삭!

장현걸의 몸을 스쳐 가는 고봉산의 손이다. 그의 손이 누구도 알아채지 못할 움직임을 발했다.

"가라!!"

두 사람의 눈빛이 얽혀든다.

장현걸이 고봉산을 뒤로 보내며 타구봉을 휘둘렀다.

우마신군에게 뛰어드는 그의 손에서 타구봉법의 정교한 초식들이 뻗어 나왔다.

화아악! 퍼어어엉!

정교함을 무색케 하는 무지막지한 장력이다.

우마신군의 공력은 그야말로 압도적이라.

장현걸의 몸이 추풍낙엽처럼 힘없이 팅겨져 나왔다.

휘청 흔들리는 몸이다. 그러나 쓰러지지는 않았다.

타구봉을 회수하고 두 손을 활짝 펴니, 항룡십팔장의 비기(秘技)가 펼쳐진다. 그의 몸이 재차 우마신군을 향하여 짓쳐들었다.

꽈앙! 파아앙!

내력도, 힘도, 속도도 터무니없이 부족했지만, 그 용맹만큼은 인정해 줄 만했다.

일격의 부딪침으로 우열이 갈린다.

울컥.

단숨에 내상을 입고, 치받아 올라온 선혈이다.

한가득 핏물을 입술 한쪽에 배어 물었다.

두 번의 충돌, 그 짧은 시간.

장현걸이 우마신군을 막고 있는 그사이, 고봉산의 몸이 서재 한쪽에 만들어진 창문으로 향했다. 부서지는 나무틀, 고봉산의 신형이 창틀을 타 넘어 바깥으로 향했다.

"이놈!!"

우마신군이 노호성을 터뜨리며 팔을 휘둘렀다.

막대한 장력이 장현걸의 몸을 밀어냈다.

날아가 벽에 부딪치는 장현걸이 우왁, 하고 핏물을 토해낸다. 우마신군의 신형이 창문이 뚫려 있는 벽 쪽을 향했다.

콰아아아앙!

벽 전체가 터져 나갔다. 부서지는 나무 파편이 사납게 비산했다.

그 엄청난 소란에도 꺼지지 않았던 유등(油燈)이 놀라울 뿐이다.

고봉산을 쫓아 사라져 버린 우마신군.

장현걸이 몸을 일으키며 가슴 깊이 숨을 들이쉬었다. 새로운 공기, 부풀어 오르는 가슴 한 켠으로 옷깃 아래 품속이 묵직했다. 고봉산이 스쳐 지나갔던 부근이었다.

'절대로 죽지 마라!'

장현걸은 부서진 창문 쪽으로 몸을 날리지 않았다.

대신 그들이 들어온 문 쪽으로 향했다.

"크윽!"

신법을 펼치려고 보니, 내상으로 진탕된 기혈에 참기 어려운 고통을 느낀다. 어느 정도 강한 고수가 지키고 있을 것은 예측했던 일이었지만, 이 정도 괴물일 것이라고는 생각하지 못했다. 게다가 황진동과의 대화로 짐작컨대, 단심맹의 괴수도 아닌 것 같았다.

'신마맹… 신마맹이 맞을 것이다.'

얼굴을 감추는 가면.

신마맹의 특징 중 하나가 바로 그 가면이다.

강호 명숙들 중에서도 그 존재조차 아는 이들이 드물 만큼 비밀스러운 집단이고, 장현걸로서도 극히 일부만 알고 있을 따름이지만, 아무래도 그곳 외에 다른 문파는 생각할 수가 없었다.

오래전 사패 시절에 대해 적혀 있는 문서들을 떠올려도 그렇다.

원후(猿猴)의 가면을 쓴 채, 여의신봉을 휘두르며 숱한 고수들을 쓰러뜨렸던 괴마(怪魔) 제천대성의 기록은 그중에서도 특히 인상적이었던 부분이다. 이랑신군의 가면을 쓴 자도 있었다고 했으니, 이 대력우마왕의 우마신군도 같은 범주라 보는 것이 옳을 것 같았다.

휘이익!

상념을 털어낸 장현걸이 창틀을 넘어 내원의 나무 그늘로 숨어들었다.

일렁이는 횃불들이 몰려들고 있었다.

바깥쪽을 향해 움직이는 장현걸이, 외원으로 이어지는 담벼락에 몸을 붙였다. 저 멀리 들려오는 굉음들이 있었으니 우마신군의 위치를 절로 알 수 있다. 목숨이 경각에 이른 고봉산의 처지를 그림 그리듯 떠올릴 수 있었다.

'죽으면 안 된다, 봉산!'

장현걸이 외원으로 이어지는 담벼락을 넘어갔다.

그늘로 몸을 숨기며 은밀하게, 그러면서도 재빠르게 이동했다.

"적습이다! 서둘러!"

"이쪽이다! 개방 거지 놈들이 난동을 부리고 있어!"

이곳저곳에서 터져 나오는 목소리들이 지금의 상황을 잘 알려주고 있었다. 서편을 향해 달려가는 무인들이 한둘이 아니다. 소란을 틈타, 나아가는 장현걸, 달리고 뛰던 그의 신형이 정원 한편에 솟은 나무 한 그루 위에 내려앉았다.

높은 곳이다.

안력을 돋우는 장현걸의 눈에 외원 저편의 상황이 비쳐들었다.

가장 먼저 보인 것은 아직 살아 있는 고봉산이었다.

역시나 악운에 강한 놈.

이런 곳에서 죽을 녀석이 아니다.

우마신군보다 느린 신법, 우마신군보다 약한 무공을 지녔지만 용케도 도망을 치고 있었다.

쐐애액!

고봉산이 둘러쳐진 담장 쪽으로 뛰어가고 있을 때였다.

그가 도망치는 것을 돕기 위해 오결제자들이 우마신군에게 달려드는 것이 보였다. 장현걸의 얼굴이 창백하게 굳었다.

'아, 안 돼!!'

퍼어어억!

일격.

단 일격이었다. 오결제자 한 명의 팔이 어깻죽지부터 터져 나간 것은.

흩어지는 피분수가 어둠에 녹아들면서 검디검은 광택을 냈다.

땅 위에 나뒹구는 오결제자.

다시는 일어나지 못했다.

모르긴 몰라도 즉사일 것이다. 덤비지 말아야 할 적에게 덤빈 결과다. 개죽음, 그렇게까지는 표현하고 싶지 않지만 어쩔 수가 없다. 죽지 말아야 할 때 죽은 것이다.

당장이라도 뛰쳐나가고 싶었지만, 억눌러 참았다.

오결제자 하나가 짓쳐들다가 장력에 휩쓸려 날아가는 것이 보였다.

차라리 눈을 감고 싶을 지경이었다. 그래도 장현걸은 눈을 감지 않았다.

감지 않고 부릅떠 그 최후들을 지켜보았다. 그들을 사지에 몰아넣은 것이 그였던 만큼, 절대로 외면할 수 없었다. 마음에 깊이 새겨서 책임을 느껴야만 했던 것이다.

한 명 더 죽는다.

오결제자 세 명.

고봉산이 담벼락에 매달리기까지 희생된 생명들의 숫자였다.

벽을 박차고 뛰어오른 고봉산이 담벼락 꼭대기의 처마를 타 넘는다. 담벼락까지 달려온 우마신군이 벼락같은 기세로 주먹을 뻗어냈다.

꽈광!

두꺼운 담벼락에 맨주먹이 박혀들었다. 몸통째로 밀어내는 충격에 담벼락 전체가 흔들린다. 주먹을 중심으로 무너지는 담벼락. 거구가 통과할 만한 구멍이 뚫리는 것도 순식간이었다.

우르르. 쿠쿵.

우마군신의 몸이 담벼락 바깥으로 나왔다.

저 멀리 달리는 고봉산을 발견하고, 그대로 몸을 날린다. 야심한 밤거리에 난데없는 추격전이 벌어지고 있었다.

탁! 타탁!

담벼락을 차고 올라 뛰어가는 고봉산은 그야말로 젖 먹던 힘까지 다 쥐어짜고 있었다.

우마군신은 무서운 자였다.

저돌적이고 파괴적이다.

제천대성과 싸우며 천계를 어지럽혔다는 전설 속 대력우마왕이 현세로 현신한 것만 같았다. 그런 자가 집요하게 따라붙고 있으니 고봉산으로서도 죽을 맛이다. 힘을 다하는 고봉산의 앞쪽으로 마침내 성도의 관아가 가까워졌다.

'저기까지만!'

얼마 남지 않았다.

하지만, 우마군신도 지척이다.

고봉산은 뒤쪽으로 짓쳐드는 살기에, 땅바닥으로 몸을 던지며 신형을 굴렸다.

꽈아아앙!

흙먼지가 일고, 땅거죽이 움푹 파였다.

무시무시한 권력이었다. 그걸 그대로 맞았다가는 등뼈가 통째로 아작나 버렸을 일격이었다.

휘릭, 터억!

땅에서 일어나는 고봉산의 눈에 우마신군의 그림자가 훅 끼쳐들었다.

고봉산이 다급하게 옆쪽으로 몸을 날렸다. 신형을 못 가누면서도 손바닥을 쫙 펴내며 큰 소리로 외쳤다.

"잠깐!!"

소리치는 데에도 있는 힘을 다했다.

그것이 먹혀들었는지, 아니면 다 잡았다고 생각했는지 우마군신의 신형이 일순간 멈추었다.

거리를 재는 고봉산, 이제 뛰어들면 관아다.

그들이 벌인 소란에 관아의 정문 안으로부터 횃불을 든 관병들이 하

나둘씩 몸을 내밀고 있었다. 고봉산이 우마군신을 돌아보며 손에 든
것을 힘껏 던졌다.

"받아라!"

흰색의 궤짝이었다.

황진동의 서재에서 얻었던 바로 그 목궤다.

그것을 던지기 무섭게 고봉산이 관군들 쪽으로 몸을 날렸다.

날아오는 궤짝을 받아 드는 우마군신.

우마군신의 몸에서 무시무시한 기세가 폭출했다.

"이놈!!"

콰직!

우마군신의 손아귀에서 목궤가 산산조각으로 부서져 버렸다.

없다.

무명장부, 단심맹의 극비 문서는 이미 그 궤짝 안에 없었다.

우마군신의 고개가 고봉산 쪽으로 돌아간다.

관군들 사이를 파고들며 무작정 안으로 들어가는 고봉산이 우마군
신을 향해 소리쳤다.

"그 장부는 나에게도 없다! 다른 곳에서 찾아보라구!!"

그렇다.

고봉산에게는 장부가 없다.

장현걸을 스쳐 지나가던 바로 그 순간.

공수입백인의 수법, 용음십이수를 응용한 손놀림으로 그 장부를 장
현걸의 품속에 넣어버렸던 것이다.

우마군신의 몸이 그들이 달려온 방향으로 틀어졌다.

그도 알아챈 것이다.

진짜는 장현걸이었음을.

서재에서부터 엉뚱한 사람을 쫓아왔다는 것을.

가면 밑에서부터 솟구치는 살의 어린 눈빛이 관아 쪽을 훑었다. 행여나 잡게 되면 반드시 죽이겠다는 의지가 그의 전신에서 뻗어 나오고 있었다.

콰앙! 파라락!

우마군신의 신형이 온 길을 되돌아 빠른 속도로 뻗어나갔다.

장현걸을 찾기 위해서다.

그러나.

장현걸은 이미 장원을 떠나 버린 후다. 그가 올랐던 나무 위에는 차갑게 부는 바람만이 가득했고, 그가 넘어간 담벼락엔 그 어떤 흔적도 남아 있지 않았다.

찾지 못한다는 것을 알면서도 달리는 우마신군.

장현걸을 노리는 또 하나의 괴물이 된다.

상상 초월의 대적(大敵)들이 그 숫자를 늘려가는 순간이었다.

＊　　　　＊　　　　＊

"바깥에 좀 나갔다 올게요."

"바깥에는 왜?"

"이제 겨울이잖아요. 옷도 좀 구해오고 해야죠."

"혼자서 어딜 가려고? 같이 가는 것이 낫지 않아?"

"아니요. 풍랑은 여기서 몸이나 추스르도록 해요. 금방 다녀올게요."

"그래도."

"고집 부리지 말아요. 혼자 다녀오는 것이 훨씬 더 안전해요."

서영령은 단호했다.

누가 고집을 부리는 것인지 알 수가 없다.

어쩔 수 없이 뜻을 굽힌 청풍.

화안리 입구까지 배웅하는 발걸음이 무겁다. 아직도 완벽하게 회복하지 못한 내력, 짐이 된 느낌이 들었다.

"더 따라 나오지 말아요. 공기가 차요."

내력이 완전히 회복되지 않았다고는 해도, 이 정도 찬 공기를 두려워할 정도는 아니다. 하지만 청풍은 그냥 고개를 끄덕였다. 그녀의 목소리에 담긴 진심을 알기 때문이다. 신법을 펼쳐 사라지는 그녀의 뒷모습이 안타깝다. 그동안 고생이 심했던지, 야윈 것 같아서 더욱 그랬다.

터벅.

취운암이라 이름 붙여진 거처.

홀로 돌아와 가부좌를 틀자니 좀처럼 집중이 되질 않았다. 내공을 회복하고 몸을 만드는 것도 문제였지만, 그녀와의 관계도 좀처럼 풀기 힘든 난제라 할 수 있었다. 어찌어찌, 여기까지 왔지만 그 다음은 모른다. 몸을 회복한 다음, 모든 것을 해결한 그 다음에는 어떻게 해야 할지 알 수가 없었다.

갑작스레 닥쳐온 고민으로 머리 속이 복잡할 때다.

그녀가 떠나고 이틀이 지난 아침.

문 두드리는 소리에 벌떡 일어나 바깥으로 나갔다.

벌써 돌아왔는가? 아니다, 그녀가 아니다. 마을에서 가장 처음 만났던 사람들 중 하나, 건장한 체구의 상학이 그 앞에 서 있었다.

"혼자 있으려니 적적하겠군. 마침, 자넬 보자는 분이 계신데 말이야."

"저를 말입니까?"

"그래. 강호에 일이 있어서 나가셨다가 어제 돌아오신 분이지."

"어쩐 일로……"

"일단 만나봐. 좋은 이야기를 해주실 테니까."

상학은 막무가내로 그를 이끌었다.

화안리 외곽, 취운암과는 반대편이다. 나무가 우거진 한편으로 정갈하게 다듬어진 한 채의 초막이 보였다.

"탁 노사, 상학입니다. 그 친구랑 함께 왔지요."

"그런가. 들어오게."

상학을 따라 초막 안쪽으로 들어간 청풍이다. 강인한 인상의 노인 한 명이 성큼성큼 걸어 나오며 입을 열었다.

"내 이름은 탁종명일세. 자네가 그 청홍무적검인가?"

"과한 칭호입니다. 청풍이라 불러주십시오."

"생각보다 겸손한 품성이군. 그 검이야 그렇지 않겠지."

백발이 성성한 머리를 뒤쪽으로 흩뜨려 놓았다. 선이 굵은 윤곽에 수염을 조금도 기르지 않았다. 어디선가 본 듯한 인상이다. 한쪽 팔에는 검은색 비구를 찼고, 허리에는 금색으로 빛나는 곤(棍) 한 자루를 매달아놓았다. 기억 어딘가에 있는 모습, 그러나 어디서 본 것인지는 좀처럼 생각이 나지 않았다.

"어쩐 일로… 부르셨는지요."

"어쩐 일이라니, 당연히 령아 때문이지."

'령매… 때문이라면……'

청풍은 서영령이 했던 이야기를 떠올렸다. 그녀를 그렇게 부를 정도의 인물이라면, 달리 생각하기 어렵다. 청풍이 물었다.

"무련… 분이십니까?"

"한때 그랬지만, 지금은 아니라네. 령아에게 들은 바가 있는 모양이구만."

"자세한 것은 듣지 못했습니다."

"그런가. 하기사 외인에게 할 말은 아니겠지."

"……"

"자네를 달리 부른 것은 아니야. 단도직입적으로 묻겠네. 자네는 령아와 어쩔 셈인가?"

탁종명이 청풍의 두 눈을 직시했다.

말문이 막힐 수밖에 없다. 청풍이 고민해 왔던 것도 바로 그런 것이 아니었던가.

"모르겠습니다."

마음속에 있는 것을 달리 꾸며 말하기엔 청풍의 심성이 너무도 올곧다. 탁종명이 두 눈을 가늘게 뜨며 되물었다.

"모르겠다는 것은 어떤 뜻인가. 함께할 마음이 있는지 없는지 모르겠다는 것인가, 아니면 함께하고자 하나 어떻게 해결해야 할지 모르겠다는 말인가?"

"두 번째입니다."

청풍의 대답은 즉각적이었다.

당연한 이야기.

탁종명이 고개를 끄덕이며 입매를 굳힌다. 그가 이해한다는 듯한 어조로 입을 열었다.

"화산파 제자로서 숭무련의 여식과 함께한다는 것은 쉬운 일이 아니겠지. 화산을 뛰쳐나와 숭무련으로 오면 될 일이지만 구파의 제자로서 가능할 법한 이야기가 아니니까."

"……."

탁종명이 청풍과 상학을 한 번 돌아보고는 마당 한 켠에 놓여진 의자로 걸어가 앉았다.

허리에 매달린 금곤이 의자의 이음새에 부딪치며 맑은 소리를 냈다. 그가 앉은 자세 그대로 청풍을 올려다보았다.

"그렇다면 방법을 하나밖에 없지 않겠나?"

"어떤……?"

"령아를 빼가는 것이지, 무련에서."

"……!"

탁종명.

숭무련에서 뛰쳐나온 자라고 하였다. 그런 그가 하는 말이다.

탁종명이 허리에서 금곤을 빼 올려 무릎 위에 올려놓았다. 금빛 표면에 비치는 스스로의 얼굴을 내려다본다. 그가 차분한 목소리로 물었다.

"무련, 무련이 어떤 곳인지 아느냐?"

무련이라 하면 먼저 떠오르는 것이 서영령이다.

그 다음으로 떠오르는 것은 흠검단주, 그 다음은 서영령의 아버지인 서자강이다.

참도회주, 강의검을 넘겨준 조신량도 있다.

무서운 고수들이다. 강한 기상들을 지닌 이들이었다.

그런 인물들이 있는 곳, 하지만 그 이상은 모른다. 어떤 구조로 되어 있는지, 어떤 이유로 만들어진 문파인지 전혀 알지 못하고 있었다.

"령매가 나고 자란 곳이라는 것밖에는 제대로 알지 못합니다."

그래서 그렇게 대답했다.

고수들이 많은 곳, 그러고 보면 참으로 모르는 것이 많다. 그런 청풍을 보는 탁종명, 그가 쓴웃음을 지었다.

"무련의 무공은 정공(正功)이다. 마공과 사공은 애초부터 익히지 않는다. 무련의 무공은 강하다. 무련의 힘은 구대문파 이상이야. 그 힘을 천하창생을 위하여 써왔다면 무림을 비추는 태양이 될 수 있었을 것이다."

문파를 뛰쳐나왔다고 했으나 그 말에 담긴 것은 어느 누구 못지않은 자부심이었다. 그렇기에 더욱더 아쉬움이 묻어나는 말투다. 무릎 위의 금곤을 쓸어내는 손가락에 지난 세월의 파문이 묻어나고 있었다.

"그러나 무련은 그러지 않았지. 그만한 힘을 지니고서도 강호의 음지로 들어가 암중의 싸움에만 피를 흘렸다. 신곤문(神棍門)이 무련에 들어갔던 것은 그런 것을 위함이 아니었어. 잊혀진 지 오래인 사패의 잔당들과 무공을 겨루어본들, 돌아오는 것은 아무것도 없었지. 팔황에 동조하는 사마(邪魔)의 무리들과 뜻을 같이해야 한다는 사실도 정공을 익히는 무인으로서는 견디기 힘든 일이었다."

"그래서… 나오셨던 것이군요."

잠자코 듣고 있던 상학의 목소리였다. 탁종명이 상학을 돌아보며 고개를 끄덕였다.

"그래, 상학이 자네로서도 처음 듣는 이야기였겠어."

"사연이 없는 이가 어디 있겠습니까. 이제 들어도 내일이면 잊어버릴 이야기인데 말입니다."

"그렇지. 사연없는 이가 없다라……. 맞는 말이야."

"강호에 나가셨던 일은 잘 해결되셨는지요?"

"뜻했던 바대로는 아니었지만, 어떻게 잘 되었지. 목숨은 살려놓았으니. 그러고 보니 그 녀석에 대한 것도 무관하지 않겠군. 무련… 무련에서 얻는 것이 기대와는 다를지라도 대부분은 사문에 대한 애착으로 뛰쳐나갈 생각 따위는 안 해. 하지만 그 녀석도 제 아비를 닮아 반골 기질이 다분했는지, 대사형의 백결연화장 십 합을 받아내고는 무련을 나가 버렸어. 그러더니, 철기맹이라는 이름없는 문파에 들어가 큰일을 벌이고 말았지. 결국 어리석은 선택으로 판명났지만."

맞다.

청풍은 순간적으로 떠올린 한 사람의 모습에 탁종명의 얼굴을 겹쳐볼 수가 있었다.

'탁무양……!'

제 아비라 하였다. 탁무양의 아버지란 뜻이다.

철기맹 부맹주 탁무양.

나중에는 스스로 철기맹 맹주로서 화산파와 대격전을 벌였던 자.

왜 곧바로 알아보지 못했을까.

악양에서 보았던 탁무양과 지금 눈앞에 있는 탁종명은 누가 봐도 혈연관계임을 알 수 있을 만큼 흡사한 외모를 지녔다.

"그래도, 홀로 벌인 일치고는 대단했지요. 무당과 화산, 상대가 나빴을 뿐입니다. 전 중원을 상대로 싸운 것과 진배없는데, 그만한 배포도 아무나 보여줄 수 있는 것이 아니지 않습니까."

"그래서 무슨 소용이 있나. 막판에는 성혈교에 붙어서 구차하게 연명하고 있었을 뿐인데."

"하지만 그 그릇을 높이 샀으니 무련에서도 두고 본 것이 아니었는지요."

"그렇지 않아. 그런 것이 있었을지언정, 무련에서 그 녀석을 마음껏 날뛰도록 놔둔 이유는 다른 것이겠지. 무련에서도 강호로 나설 준비가 되었다는 뜻일 거다. 무련 전체가 전란에 휘말리고 말 거야."

"그, 그렇습니까."

청풍은 두 사람의 대화에 끼어들지 못했다.

생각해 보면 무척이나 묘한 상황이었다.

탁무양을 칭찬하고 있는 상학, 그러나 탁무양은 청풍에게 있어 사문의 원수나 다름이 없었던 것이다. 탁무양, 철기맹의 공격에 죽어간 화산 제자가 한두 명이 아니었다. 하지만 두 사람의 이야기처럼 탁무양이란 인물은 분명 대단한 남자라고 할 수밖에 없다. 전 중원을 상대로 싸움을 벌이는 일, 그런 것은 누구라도 쉽지 않은 일임에 틀림이 없었다.

"이야기를 원점으로 돌리지. 다시 말하지만 무련은 전란에 뛰어들 준비를 완전히 끝마쳤다. 어디가 첫 표적이 될지는 몰라. 확실한 것은 무련에 속한 자, 그 누구라도 전 중원과 싸울 생각을 해야 한다는 사실이다. 팔황과 함께한다는 것은 그런 것을 뜻해. 난 싸움을 멈춘 지금에 와서도 세상에 두려운 자가 없다만 곁에 있는 자들이 다치는 것은 원하지 않는다. 령아 그 아이도 마찬가지다. 한때 내 아들 녀석과 짝을 지어주고 싶었던 적도 있었지만 그럴 수도, 그래서도 안 되게 되어버렸지. 차라리 무련에서 나와 자네 곁으로 가는 것이 좋을지도 모른다는 생각이 들었다."

청풍을 바라보는 탁종명의 눈에는 진심만이 가득했다.

천성이 선하디선한 자. 이런 자도 있다. 숭무련에. 팔황에.

"노선배의 말씀은 잘 알겠습니다. 그렇다면 제가 어찌해야 좋겠습니까."

"이미 말했지 않은가. 나도, 내 아들 놈도 무련에서 나왔다고. 무련은 팔황이며 그렇기에 사도(邪道)로 부를 수도 있겠지만, 사실 그 근본은 정도(正道)를 벗어나지 않는다. 무련에는 음모(陰謀)와 귀계(鬼計)가 필요치 않아. 숭무련의 문(門)은 무공(武功)뿐이다. 정면으로 부딪치면 열릴 것이야."

'정면으로 부딪치면……!'

탁종명의 말은 닫혀진 문을 여는 또 하나의 열쇠였다.

가슴에 새겨두는 이야기.

탁종명이란 이의 사연도, 스쳐보았던 탁무양의 신분도 청풍에게 있어서는 중요한 일이 되지 못했다.

그에게 필요한 것은 서영령 하나였던 까닭이다.

그녀를 얻는 것은 언젠가 반드시 해내야 할 운명.

가슴에 새기는 열쇠로 훗날을 기약한다.

먼저 무공을.

내공을.

강인한 힘을.

아직 어떻게 해야 할지 확실하게 알지는 못하지만, 언젠가 그 열쇠를 쓰는 방법을 알게 되리라.

더 강해져서, 더 강해지고 강해져서 그 운명을 잡아낼 수 있는 능력을 키워야만 하는 것이었다.

"전 숙부님께서 무련으로 복귀하셨대요."

며칠 만에 돌아온 서영령은 겨울을 준비하는 옷가지 외에도 기다리고 있던 중대한 소식들까지 들고 있었다.

"참도회주께서… 그렇다면… 매 사형은? 매 사형은 무사하시나?"

첫 마디에 묻는다. 그때, 추격전에서 헤어졌던 매한옥의 안부였다.

"그분도 무사하시대요. 하지만 전 숙부님은 꽤나 큰 부상을 당하신 것 같아요."

"그렇군. 괜찮으신가?"

"그럼요. 괜찮겠죠. 전 숙부님이 어떤 분이신데요."

"그럼, 그자는? 성혈교의 사도는 어떻게 되었지?"

"잘 모르겠어요. 승부를 완전히 가르지 못하셨던 모양이에요."

참도회주와 성혈교 사도의 싸움.

성혈교 사도를 물리치려면 손해를 아니 입을 수 없었을 것이다.

그래도 본 파로 복귀할 수 있었다니 다행이 아닐 수 없다. 늦은 소식인 만큼 내쉬는 안도의 한숨도 클 수밖에 없었다.

"그것은 그렇고, 여기 이것 한번 입어봐요. 따뜻해 보여서 샀어요."

도포에 가까운 무복 안쪽으로 솜털이 덧대어져 있다.

상기된 얼굴로 웃음 짓는 그녀가 아름답기만 했다.

승무련과 서영령.

언제가 될지 모르지만, 반드시 해내고 만다. 결연한 마음을 일으키니 새로운 힘이 솟아났다. 거기에 참도회주와 매한옥도 무사하다고 한다. 마음을 짓누르던 부담들이 덜어지고, 흔들리지 않는 정심(正心)이 찾아왔다. 진척되는 수련에 박차를 가할 수 있도록 하늘이 돕고 있는 모양이었다.

*   *   *

뚜벅, 뚜벅, 뚜벅!

복도를 울리는 발걸음 소리가 다급했다.

눈살을 찌푸린 채 걷고 있는 장현걸이 방문 앞에 이르렀다.

그가 숨을 한 번 들이키고는 문을 열어젖혔다.

덜컹!

거칠게 열려진 문이다.

안에 있던 연선하가 다소 놀란 얼굴로 그를 돌아보았다.

"지금, 뭐 하는 것이오?"

장현걸이 탁자를 가리키며 물었다.

개방과 화산파의 연수.

방대한 양의 죽간과 문서들이 차곡차곡 정리되어 목궤 안에 담겨지고 있다.

그녀가 말했다.

"보이는 것 그대로예요."

탁자를 정리하는 손이 바쁘다. 그것이 의미하는 바는 한 가지였다.

떠난다는 것, 개방과 화산의 연수가 끝났다는 말이었다.

"철수하는 것이오?"

"예. 성혈교가 무너진 것도 세 달이나 흘렀어요. 전후(戰後)의 자료 처리도 거의 다 끝났으니, 이제는 문파로 돌아가야죠."

"장문인의 명인가, 그것은?"

"예. 일단 복귀하라는 명령이 떨어졌어요. 일시적인 일이 아닐까 해요."

'장문인이……!'

머리 속에 울리는 경종이 요란했다.

연선하는 대수롭지 않게 말하고 있었지만, 그것은 장현걸에게 결코 가벼운 일이 아니었다.

연선하를 빼내고 그녀와 함께 자료들을 회수한다. 이것은 달리 해석할 수가 없다.

일시적인 일이다?

아니었다. 일시적인 것이 아니라, 개방에서 완전히 손을 떼겠다는 뜻이다.

그것은 다시 말해, 장현걸과의 관계를 끊겠다는 것으로 볼 수 있었다.

'결국은……!'

예상은 하고 있었던 일이지만, 막상 그 예상이 현실로 나타나고 보니 입맛이 무척이나 썼다.

천화 진인은 장현걸을 버렸다.

그리고 다른 패를 들었다.

청풍, 청홍무적검.

그것이 바로 천화 진인이 새롭게 취한 패인 것이다.

"다쳤다고 들었는데, 부상은 괜찮은가요?"

연선하는 그에게 시선을 돌리지 않았다.

물건들을 정리하며 지나가듯 묻는 그녀다. 장현걸이 쓴웃음을 지었다.

"괜찮소. 대수롭지 않은 상처요."

입맛만 쓴 것이 아니었다.

아직도 남아 있는 내상(內傷)의 여파가 상당했다.

앞길이 창창했던 오결제자 셋을 잃었고, 장현걸 자신은 내상을 회복하는 데에만 한 달이 걸렸다.

그때뿐이 아니다.

얼마 전에는 사결제자 둘이, 또 그 다음에는 사결 두 명, 오결 한 명이 죽었다. 제자들의 죽음을 보고받을 때마다, 몇 번이나 분루(忿淚)를 삼켜야 했는지 모른다. 단심궤를 넘겨받고 활동을 시작한 후부터, 한 걸음 한 걸음이 얇디얇은 살얼음판이었다.

"꽤나 큰 상처라고 했던 것 같던데요? 요즘 상황도 어렵다고 하고요."

장현걸은 대답하지 않았다.

큰 상처는 맞다. 상황이 어려운 것도 사실이다.

그러나 그것보다 중요한 문제가 그 앞에 있었다. 아무리 연선하의 말이라지만, 예의상 해주는 몇 마디에 기꺼움을 느끼기엔 마음의 여유가 너무도 없었다.

'청홍무적을 택했다라… 피치 못할 결과였지.'

문제는 다른 것이 아니다.

화산파, 청풍이다.

북풍단주가 금마륜에 승리했다는 소식이 들려왔을 때, 이미 그때부터 정해져 있던 결과였다.

자존심에 막대한 상처를 입은 화산파에 있어 청홍무적검은 그 자존심을 되찾아줄 수 있는 유일한 이름일 수밖에 없다.

이 기세로 계속 성장하기만 한다면 청홍무적검의 명성은 모르긴 몰라도 몇 년 안에 북풍단주에 버금갈 만큼 대단해질 것이기 때문이다. 화산파가 아니라 그 어느 문파라도 잡고 싶은 고수다.

천화 진인의 마음을 눈앞에 있듯 헤아릴 수가 있었다.

'천화 진인은 동원할 수 있는 모든 수단을 다 쓸 것이다. 그 수단에는 나에 관한 것도 들어간다. 절대로 피해갈 수 없어.'

천화 진인이라면 반드시 장현걸을 걸고넘어진다.

청풍을 핍박한 대가를 치르도록 할 것이 뻔했다.

그것은 천화 진인에게 좋은 명분이 될 것이고, 청풍을 끌어들이는 데 있어 더할 나위 없는 이점을 줄 것이다. 그 배후에 천화 진인 본인이 있었음에도 불구하고 말이다.

'그냥 당해줄 것이라고 생각하면 오산이야. 이쪽은 이미 목숨을 내놓았어.'

세 달 동안 어렵게 버텼다.

죽은 제자도 한둘이 아니다. 육신과 마음에 입은 상처도 이만저만이 아니다. 그렇게 버티면서 많은 증거들을 얻었다. 죽음에 이만큼이나 발을 들여놓았는데, 한때의 실수로 덜미를 잡힐 수는 없었다.

'역시나 그 방법밖에 없다. 둘을 갈라놓아야만 해.'

예전부터 생각해 놓았던 바다.

이 정도는 예상했고, 목숨을 내놓아야 한다고 생각했을 때, 이미 모든 것을 준비해 두었다.

화산 장문인이 청풍을 손에 넣어서는 안 된다.

정 막을 수 없다면 한시라도 더 늦게.

만일 가능하다면 아예 틀어지도록 만들어야만 했다.

그래야 장현걸도 시간을 벌 수가 있는 것이다. 단심맹 하나로도 목숨이 간당간당한 이 마당에 화산파가 덤벼들면 그것으로 끝장이었다.

"이렇게 간다니… 이제 얼굴 보긴 힘들겠군."

"글쎄요. 개방과의 연수는 계속될 것으로 아는데요?"

"그럴까?"

장현걸이 고개를 내저었다.

그의 눈이 복잡한 빛으로 얼룩졌다.

'당신처럼 총명한 여인이 거기까지밖에 못 보다니… 아니, 볼 필요가 없는 거겠지. 그가 돌아가면 당신은 그것으로 된 것이니까……'

직접 보진 못했지만 청홍무적검의 명성을 제 일처럼 기뻐했을 모습이 눈에 선했다.

그래서일까.

청풍이 화산파와 틀어지길 바라는 것에는 그런 사적인 이유도 섞여 있는지 모른다.

사소한 질투, 정명한 일이 아니라는 것은 뻔히 알면서도 어쩔 수가 없었다.

"그렇겠죠. 다친 것은 정말로 괜찮아요?"

"그것은 당신이 상관할 일이 아니잖소. 건강히 지내도록 하시오. 언제는 다시 만나겠지."

'…그때까지 내가 살아 있다면.'

마지막 한마디는 마음속으로만 덧붙인다. 연선하가 웃으며 대답했다.

"그렇게 나오니 조금은 섭섭하네요."

장현걸이 몸을 돌렸다.

'그런 말을 하는 것이 아니지.'

섭섭하다. 우습다. 그녀는 잔인한 여자다.

"오늘은 부쩍 말이 없군요, 어차피 다시 볼 텐데. 개방 내부의 일은 좀 나아졌나요?"

"걱정하지 마시오."

장현걸은 뒤조차 돌아보지 않은 채, 손을 휘저으며 방문을 열었다.

다시 본다?

살아 있다면?

살아나더라도 보지 않으련다.

이제는 안녕이다. 걸어나가는 발걸음에 결연한 각오를 담고 그녀에 대한 마음을 묻었다.

화산파와의 관계가 끝인 만큼, 그녀 쪽에서 먼저 그를 찾는 일은 결코 생기지 않으리라.

할 수 없는 일.

여인에 흔들렸던 자신이 부끄럽다. 부끄러워도 후회는 하고 싶지 않다.

지금은 오직 개방, 개방을 원래대로 되돌리는 것밖에 없다.

하지만.

다만 알지 못했을 뿐.

그 등을 바라보는 연선하의 눈에도 복잡한 마음이 드러나고 있었음을.

세상 인연이라는 것은 항상 누군가 생각하는 방향으로만 흘러가는 것이 아닌 법, 교차하는 인연 속에 또 다른 훗날이 남아 있었다는 것을 알 수가 없었던 것이다.

　　　　　*　　　　　　*　　　　　　*

쐐애애액!

청풍은 최근 들어 새로운 영역에 눈을 뜨고 있었다. 전에 없던 것을 얻었다기보다는 가지고 있던 힘에 대한 활용이라 말하는 것이 옳다.

손을 든 청풍이 마음속으로 주문과도 같은 한마디를 발했다.

'동조(同調)!'

상단전의 힘이 검과 이어지고 있다.

그의 의식이 검과 하나가 되고, 검의 움직임이 곧 그의 의지가 되었다.

청풍의 손에서 주작검이 떠올라 천천히 하늘로 움직였다.

마술과도 같은 광경이었다.

참오를 거듭한 공명결로 이루어낸 성과였다.

"무형기(無形氣)로군."

카랑카랑한 목소리가 들려왔다.

화안리, 말하자면 이장(里長) 또는 촌장(村長)쯤 되는 노인이다. 슬그머니 취운암으로 들어오며 말하는 오 영감, 그동안 친해져 익숙해진 사람이었다.

"그 정도까지 무형기를 뽑아낼 수 있는 구결은 무척이나 드문데 어디서 배웠나?"

"검으로부터 배웠습니다."

청풍은 무심코 대답했다.

왜 그런 대답이 나왔을까. 아무런 생각 없이 한 말이다. 하지만 오 영감은 진지하게 고개를 끄덕이고 있었다.

"검객은 검으로부터 자신의 무공을 다듬는 법이지. 좋은 마음가짐이다."

청풍이 손을 움직였다.

하늘로 떠올라 있던 주작검이 허공에서 방향을 틀었다.

"그 모습을 보니 소연신이 생각나는군. 그놈도 꽤나 늙었을 텐데 말이야."

오 영감은 고수였다.

고수도 보통 고수가 아니라 끝을 알 수 없는 무공을 지닌 고수였다.

강호에서 잊혀진 곳, 그저 화목하고 안락하기만 한 이 화안리는 오 영감의 힘으로 유지된다 해도 과언이 아니다. 무척이나 강한 사람, 다른 시대, 일세를 풍미했던 자였다.

"오 대야(大爺)! 풍랑이 하는 수련은 그만 좀 방해하고 이리 와서 이거나 좀 드셔요!"

"그놈의 대야(大爺)란 소리는 그만 좀 하라니까. 그게 언제 듣던 소린데 그러느냐!"

"소연신 같은 이름을 들먹이는 오 대야는 어떻고요! 어서 이리 와요!"

"그 녀석, 참!"

취운암에 놀러 오는 오 영감, 그리고 청풍의 곁을 지키는 서영령의 대화였다.

이제는 일상이 되어버린 일.

청풍은 묵묵히 그 자리에 선 채 손을 휘둘러 주작검을 끌어왔다. 정신을 집중하고 다시 한 번 상단전을 일깨운다. 비어 있는 두 손. 그의 허리춤에서 청룡검이 스르르 뽑혀 나왔다.

"동생, 소연신이 누구야?"

손님은 오 영감 하나가 아니었다.

서영령의 곁에는 갓난아이를 품에 안은 아리따운 여인이 하나 앉아 있었다.

그녀도 그 일상의 일부였다. 화안리에 살고 있는 여인이자 오 영감의 며느리가 그녀다. 무림하고는 도통 관련이 없어 보이는 얼굴, 유복하게 자란 인상에 선량한 마음씨가 절로 드러났다.

"소연신은 전설의 살수예요. 사패(四覇) 시절, 그 한 축을 담당하던 당대 최강의 암살자였죠."

"암살자? 그럼 나쁜 사람 아니야?"

"글쎄요. 그렇게 나쁜 사람은 아니었대요. 풍류서화, 모든 것에 능했을 뿐 아니라 송옥, 반안에 비견되는 굉장한 미남이었다고도 전해지고 있어요."

"동생, 그래도 살인은 나쁜 거야."

"그도 그렇지만… 그래도 모두가 인정할 만한 악인이 아니면 절대로 죽이지 않았다고 하더군요. 살수라고는 해도 억울한 사람들의 사연들을 해결해 주는 의인(義人)이었다죠."

잠자코 듣고 있던 오 영감이 피식 웃으며 서영령을 바라보았다. 그의 늙은 얼굴에는 기막히다는 표정이 떠올라 있었다.

"어이구? 숭무련 출신 주제에 잘도 칭찬하는구나. 팔황, 당대 신마맹 맹주가 누구한테 죽었는지 알기는 하는 거냐?"

"그것과 그것은 다른 문제죠. 게다가 숭무련은 그때의 혈겁과는 관련이 없어요. 오히려 천룡회와 구원이 깊지 않았나요? 오 대야의 백룡

권도……."

"그만! 이 녀석이 아픈 데를 찌르는구나. 이놈이나 저놈이나, 내 오랜 세월을 봐왔지만, 여하튼 팔황이란 것들은 도무지가 이해할 수가 없어."

치리링! 쐐애애액!

청풍 쪽으로부터 들려온 파공음이었다.

두 사람의 대화가 잠시 멈추었다.

청풍은 손도 대지 않은 발검을 하고 있었다. 의식만으로 발출하는 검날이 제법 날카로운 기세를 품고 있다.

보면 볼수록 신기했다.

어검(御劍).

이야기 속에서나 듣던 술수가 현실로 이루어지고 있었다.

"그렇게 느린 검으로 뭘 벨 수나 있겠냐? 그만 하고 너도 이리 와서 이거나 먹어라!"

오 영감이 손을 휘두르며 말했다.

청풍이 그쪽을 돌아보며 환한 미소를 지었다.

"괜찮습니다. 느리다면 빠르게 만들어야겠지요. 조금 더 해보겠습니다."

"그놈 참!"

무엇이든 열심인 모습은 누구에게나 좋은 인상을 주는 법이다.

아직도 성치 않은 몸이기에 더욱 그렇다.

검을 휘두르고 초식을 펼치기엔 내력이 받쳐 주질 못한다.

그렇다고 놀고 있을 수는 없었다.

청풍은 그럴 사람이 못 되었다.

내력을 끌어올리며 예전의 기해(氣海)를 다져 가는 한편, 공명결에 마음을 쏟았다.

상단전.

이것도 달리 보면 천운이다.

하단전과 중단전이 정상이 아니기 때문에 이만큼 올 수 있었던 것인지도 모른다. 기혈이 정상이었다면 공명결의 효용을 여기까지 끌어올리지 못했을 것이 틀림없었다.

"이야기 들었지? 성혈교가 아작났다는 것."

"예, 상 아저씨께 들었어요."

"근데 말이야. 그게 진짤까?"

"예? 진짜라뇨?"

"내가 아는 성혈교는 말이다. 그렇게 끝날 곳이 아니거든."

"……."

"네가 대답할 일이 아니긴 하지. 나는 한때 천룡회에 몸담았던 사람이고, 너는 어쨌거나 팔황의 권속이니까."

"그래서가 아니라……."

"억지로 그럴 필요는 없다. 다만 재미있다고 느낄 뿐이야."

"재미라뇨?"

"옛날처럼 반복되고 있다는 것."

"반복… 이라고요?"

"그래, 반복. 이번에 성혈교를 무너뜨린 것이 누군지는 들었지?"

"북풍단주 말이에요?"

"그래, 그놈, 북풍단주."

오 영감이 고개를 주억거리면서 과일 하나를 베어 먹었다. 숨을 돌리고는 말을 잇는다.

"얼마 전에 내 제자 놈을 만났다. 그 녀석이 그러더군, 예전에 북풍단주를 본 적이 있다고."

"동창에 계시는 그분이요?"

"그래. 머리 속에 든 거라고는 무공밖에 없는 흉물스런 놈이지. 그놈이 말하길, 북풍단주에게서 삼안마군(三眼魔君)의 느낌을 받았다고 했었다."

"삼안… 마군!!"

"누군지 알지? 무적진가의 마군(魔君), 그 악마 같은 놈 말이다. 너야 아직 태어나기도 전의 일이지만."

"모를 리가 있겠어요. 팔황으로서는 잊을 수가 없는 이름일 텐데요."

"어떤 면에서는 진가의 가주보다 무서웠던 놈이었지. 근데 말야. 그 북풍단주란 놈 있지? 그놈은 그냥 삼안마군과 비슷한 것이 아니었어."

"그러면요?"

"삼안마군의 힘은 정도(正道)라기보다는 마도(魔道)에 가까운 것이었다. 그놈이 무적진가에 있었던 것은 당대 진가주의 무공에 무릎을 꿇었던 이유 하나밖에 없었단 말이다. 그것이 성혈교주로 하여금 엉뚱한 생각을 품도록 만들었지. 전란이 끝나고 세월이 흐른 어느 날, 성혈교는 삼안마군이 말년에 얻었던 처(妻)를 납치하고 말았다. 그것도 아이까지 임신하고 있었던 처자를."

"어머나!"

오 영감의 말에 그의 아리따운 며느리가 두 눈을 동그랗게 뜨면서 갓난아이를 품속에 꼭 안았다. 그녀로서는 그와 같이 험악하게 돌아가는 강호의 이야기가 두렵기도 할 것이다. 오 영감이 그런 그녀를 돌아보며 손사래를 쳤다.

"며늘아기는 걱정 말아라. 제아무리 팔황이라도 이곳은 절대로 못 건든다. 내가 있을 뿐 아니라, 회주가 건재하니까."

"그래도 무서운 일인데요. 아버님, 그래서… 그 여인은 어떻게 되었나요?"

"현 진가 가주가 직접 찾아 나섰지. 단신으로 성혈교를 초토화시키면서까지 그녀를 찾으러 들어갔지만, 불행히도 그녀를 구하진 못했어. 대신, 그녀의 아이는 살려낼 수 있었다."

"그럼 그 아이가……."

"그래. 그가 바로 북풍단주야."

"……!!"

"지난 일들이지. 세월을 흘려 보낸 나로서는 까마득히 잊어버렸던 일이기도 하고… 하지만 말이다. 세상만사 억겁의 순환이라더니, 더욱 더 재미있는 것이 있었다. 그것이 무엇인지 아느냐?"

"……?"

치링! 치리링!

공명결에 완전히 몰입하여 이쪽의 대화를 전혀 듣지 못하는 청풍이다.

청룡검과 주작검을 한꺼번에 떠올리는 청풍. 붉고 또는 푸른 검날이 하늘을 날았다.

오 영감, 오극헌.

오래전 사패 시절, 천룡회의 우호법을 담당했던 노고수의 늙은 손가락이 청풍을 가리켰다.

"저놈, 닮았어… 소연신과."

                    *   *   *

시간은 빨리 흘러갔다.

낮밤의 흐름을 잃어버린 채, 몸을 만드는 나날이었다.

공명결의 사용이 능숙해지고 있었지만, 내력은 아직도 정상으로 돌아오지 않았다.

어느새, 눈 내리는 겨울을 맞이하고 있음에도 하단전 진기의 바다는 제 모습을 찾지 못하고 있었던 것이다.

'부족해.'

청풍은 비로소 깨달았다.

이대로는 내력이 온전히 돌아오지 않는다는 사실을 말이다.

돌이키지 못할 상세다, 적어도 지금으로서는.

백호기와 청룡기, 두 기운이 예전 같은 융화를 보이지 않고 있었다. 조화는 깨졌고, 한 번 깨진 조화는 혼돈의 어둠으로만 덮여 있었다.

문제를 알았음에도 해결책이 없었다.

상처가 아물어도 이미 생겨 버린 흉터는 없어지지 않는 것처럼, 되돌릴 수가 없다. 특별한 계기가 없고서는 예전의 내공을 찾을 길이 없었다.

'정체된 무공, 아니, 장강에 갔을 때보다 퇴보한 무공이다.'

청풍은 고민했다.

끊임없이 앞으로 나아기만 한대도 아직 머나먼 무공지로(武功之路)다.

헌데, 지났던 길을 되돌아왔을 뿐 아니라 길을 잃고 헤매고 있다.

어떻게 해야 할지 막막할 따름이었다.

'어렵다. 빛이 보이지 않아.'

이럴 때 절실한 것이 그 길을 바로잡아 줄 수 있는 스승의 존재다.

하지만 그런 스승은 그의 곁에 없었다.

막힌 길에 돌파구를 열어주곤 하던 천태세나 남강홍도 이 화안리까지는 찾아오지 못하는 모양이다. 방법이 없었다.

'백호기와 청룡기. 그것보다 근원적인 것이 필요하다. 그렇다면 그것은 자하진기밖에 없어.'

공명결은 상단전이다. 그것은 그에게 새로운 능력을 주었지만, 거기까지다. 공명결이 하단전과 중단전을 되살려 줄 수는 없었다.

자하진기밖에 없다는 이야기다.

그러나 청풍은 거기서도 벽에 부딪칠 수밖에 없었다. 자하진기는 음양의 이치를 담은 신공이었지만, 더 이상 뻗어나가질 못했다.

'중단전, 중단전이다.'

하단전이 허한 것도 문제지만, 가장 큰 원인은 중단전이다.

중단전에서부터 막히고 있었다.

백호와 청룡의 조화가 깨지고, 중단의 기(氣)가 뒤엉켜 있게 됨에 따라 자하진기의 흐름도 흐트러져 버렸다. 몸 전체가 잘못되어 있다. 길을 잘못 들어섰다는 느낌이 강하게 들고 있었다.

"오 대야를 뵙는 것이 어때요? 도움이 필요하다면 청해야죠. 혼자서만 고민하지 말아요."

"하지만……."

"어렵게 생각하지 말라구요. 제자로 받아달라는 것도 아니고, 그저 여쭙고 싶은 것을 여쭙는 건데요."

힘이 되는 것은 역시나 서영령이었다.

서영령의 말마따나 오 영감, 오극헌을 찾았다.

"왜 그러느냐고? 몰라서 묻나?"

"……."

"그건 말이다. 네가 너무 여러 가지 힘을 한꺼번에 쓰고 있기 때문이다. 그래서는 안 돼. 다 버리거나 하나로 합치거나 방법이 어떻든, 귀일(歸一)이 아니면 의미가 없다. 사상이니 오행이니 육합이니, 어렵게 나누는 놈들치고 제대로 내공을 쓰는 놈들을 본 적이 없단 말이다."

정곡을 찌른 이야기다. 정곡을 찌른 말이되, 또한 기대만큼은 도움이 되지는 않는 이야기였다.

다 버린다.

말은 쉽다.

하지만 그것이 어찌 가능할까.

하나로 합친다?

여러 가지로 나누는 것이 좋지 않다?

하나로 귀일(歸一)시키는 방법 또한 막막하기는 마찬가지다.

그 방법을 몰라서 오극헌의 가르침을 청했다.

그러나 그가 주는 답은 너무나도 분명한 세상의 이치밖에 없었다.

"그걸 못 찾으면 할 수 없는 게지. 거기서 만족할 수밖에. 무공일로를 걷는 자, 누구나 그런 벽을 만날 수밖에 없고, 많은 사람이 벽을 못 넘어서 멈추기 마련이다. 그런 벽이 없다면 누구나 끝없이 강해지는 것 아니겠나?"

큰 소득 없이 돌아온 청풍이다.

같이 실망해 주고, 다시 힘을 주는 서영령.

그녀가 말했다.

"조급해하지 말아요, 풍랑. 오 대야는 말이에요, 오래전 천룡회 우호 법으로서 무공의 궁극을 보아왔던 분이니까요. 천룡회주 철위강이라고 모르죠? 무적을 일컫던 당대의 진가 가주가 일 대 일 비무로 단 한 번 패배했던 것이 천룡회주와의 싸움이라고 해요. 그런 고수를 옆에서 봐왔으니 어떻겠어요? 산 위에 올라 있는 사람은 중턱에서 헤매는 사람을 이해하지 못하는 법이죠. 그래도 말이에요. 풍랑은 산중턱에 있다지만, 풍랑이 오르는 산은 굉장히 높은 산이잖아요. 금세 그 위에 올라서 그 이상을 볼 수 있게 될 것이 틀림없어요."

어쩔 때는 천방지축, 자유분방하게 보일 뿐이지만 이럴 때는 또한 무척이나 생각이 깊은 여인 같다. 자신감을 돌려주는 목소리다. 자신감을 되돌려 줄 뿐 아니라 그 이상까지도 보여준다. 그녀가 고개를 갸웃거리며 말을 이었다.

"그런데요, 풍랑. 풍랑 이야기를 들어봤는데… 백호기와 청룡기가 문제인 거잖아요? 본래부터 상극이라던…….."

"그랬지."

"상극인 것은 상극으로 두면 되지 않아요? 게다가 지금 풍랑이 얻은 것은 백호기, 청룡기, 그리고 주작기인데… 그렇다면 사실은 하나가 더 남은 거죠. 그 하나를 더 찾으면 뭔가 길이 보이지 않을까요?"

청풍의 머리 속에 섬광이 일었다.

스승이 필요하다.

도움이 필요하다.

멀리서 찾는 것이 아니었다.

그녀의 말이 옳다.

상극인 진기는 상극인 진기로 둬도 된다. 어차피, 두 진기가 근거지로 삼고 있는 곳은 폐장과 간장, 각 장기에는 그에 맞는 역할이 있고, 각 진기에는 그들이 가진 고유한 특성이 있다.

간장에서 폐장의 일을 대신해 줄 수 없고, 폐장에서 간장의 일을 대신해 줄 수 없는 것처럼, 두 진기를 하나로 모아두었던 것 자체가 잘못된 판단이었을 수도 있는 것이다.

'현무검, 현무검을 찾아야 해.'

남아 있는 조각을 맞추는 것이 해답이다.

네 개의 검, 사신검을 찾으면 완벽하게 회복할 수 있다.

서영령의 이야기를 들으며 직감적으로 얻은 결론이었다.

그날부터 청풍은 마음을 바꿨다.

백호기와 청룡기를 섞어낼 마음을 완전히 버렸다.

흐르고 머무는 대로 둔다.

백호기가 청룡기를 간섭하든, 청룡기가 백호기를 핍박하든, 상관하지 않았다.

억지로 이끌지 않은 채, 상극은 상극인 채로 내버려 둔 것이다.

오극헌이 말한 귀일(歸一)은 어찌할 것인가.

귀일이라 함이 무조건 모든 것을 섞어서 합치라는 말은 아닐 터다. 내공이란 것은 깨달음이다. 어떻게 받아들이냐에 따라 옳을 수도 있고 틀릴 수도 있다.

청풍은 상상의 범위를 더욱더 넓혔다.

현무검을 찾아야 하는 것은 맞다.

그러나 현무기라고 하여 완벽한 해결책은 될 수 없을 것이다.

현무기가 없었어도.

현무기가 없이 청룡검과 주작검 두 자루만 있었을 때도.

그때도 청풍은 강했다.

단신으로 장강 줄기를 가르며 수로맹주를 구해냈을 만큼.

하지만.

하지만 지금은 그만큼도 안 된다.

현무기가 없어도 최소한 예전만큼의 수준까지는 올려놓아야만 했다.

그게 맞다.

그렇게 되어야만 이치에 맞는 일이었다.

'다시 처음으로 간다.'

백호기가 완전히 폐장으로 들어갈 때까지.

청룡기가 온전하게 간장을 보호할 때까지.

그렇게 시간을 보냈다.

중단에 모았던 진기는 풀어내고 흩어냈다.

빈자리. 그 자리에 자하진기를 대신 채웠다.

쉽지 않은 일이었다.

서로 부딪치던 진기, 억지로 화합시켰던 진기가 얼룩처럼 중단전에 남아서 깨끗이 지워지질 않았다.

'잘못된 것이었다면……'

올바른 선택인지는 지금으로서 알 수가 없었다.

혼란스러울 뿐이지만 그래도 해볼 수밖에 없다. 백호기와 청룡기를 융합시켰던 것이 청풍의 무공을 크게 도약시켰던 계기이자, 청홍무적검의 명성을 얻게 해준 원동력이었다면, 지금은 그것을 송두리째 바꾸겠다는 것이다. 중단을 새롭게 구축하는 것은 그의 뿌리를 통째로 흔드는 일에 다름이 아니었다.

'상단전… 공명결… 아니야. 화기(火氣)의 위치는 머리가 아니라 심장이다. 그것도 틀렸어.'

중단에 자하진기를 채우다가 또 한 가지 깨달음에 도달했다.

상단에 화기(火氣)를 채운 것은 실수다.

정신이 맑아지고, 잠이 줄었다?

인체는 필요할 때 쉬어야 하는 법이다. 육신뿐 아니라 혼백(魂魄)이라고 하여 다를 바는 없다.

잠을 자고 아무 생각을 하지 않게 되는 것은 극히 자연스러운 현상이다.

그런데 화기를 사용하여 억지로 뇌력을 키워놨다.

그러면 안 된다.

능력을 얻은 것까지는 좋았으되, 지금이라도 실책을 알았으니 다행이다.

공명결의 구결만을 남겨둔 채, 주작기로 운용하던 상단전까지 비워버렸다.

주작검을 뽑아 들고, 그때 얻었던 화기(火氣)의 힘을 되살렸다.

심장(心腸).

멈추지 않는 맥동의 근원지.

진기가 올바른 곳으로 찾아 들어가자, 확실히 달라지는 느낌이 든다. 예감과 직감으로 번뜩이던 신기(神氣)는 어두워졌으되, 육신의 상태는 전보다 좋아지는 것 같다. 며칠 사이, 짧은 시간에 얻은 놀라운 변화였다.

‘변한 것은 틀림없다. 하지만 예전의 나 자신은 아니야. 뭔가를 넘어서지 않으면 안 돼.’

확신이 없었다.

몸 상태가 좋아지고 있는 것은 분명했지만, 예전과 같은 방식은 아니었다. 내력이 돌아오고 있어도 불안하다. 같은 기량을 찾을 수 있을지 의문이 들었다.

휘이이잉!

성큼 다가온 겨울, 순식간에 지나가는 세월의 바람이다.

불확실한 힘.

차갑고도 차가운 바람이 불고 있을 때.

그는 그때 나타났다.

하늘에서 뚝 떨어지듯 이곳에 이른 자.

환신, 월현이었다.

“오랜만이로군. 싸울 준비는 되었나?”

“물론이오.”

완전히 되찾지는 못했다. 그러나 싸울 수는 있다.

월현은 다른 말을 하지 않았다.

놀란 눈의 서영령과 차분함으로 서 있는 청풍을 앞에 둔 채, 품속에서 두 장의 지도를 꺼내 들었다.

“나쁘지 않군. 사천성, 이 장소로 오라. 정확히 십 일 후, 정오부터 공격에 들어간다.”

첫 번째 지도다.

청풍이 펴든 지도를 본 서영령이 작은 목소리로 속삭였다.

"변경 땅이네요. 십 일이라면 촉박하겠어요."

사천성 변경, 고대 촉국(蜀國)의 오지(奧地)다. 사람이 살지 어쩔지조차 알 수 없는 변경의 험지였다.

"맞는 말이다. 시간이 없어."

청풍이 고개를 들어 월현을 보았다. 월현의 목소리에는 서두르는 기색이 완연했다.

"공격이라니, 무슨 말이오?"

"말 그대로 싸움을 의미한다. 두 번째 지도를 보아라."

월현은 곧장 본론으로 들어갔다.

그의 팔에 감긴 빛나는 뱀 형체에서 신비한 빛무리가 명멸을 반복했다. 그가 지도를 가리키며 말했다.

"그곳이 흑야성이다. 우리가 공격할 목표를 나타낸 지도지. 표시가 된 곳이 중앙궁(中央宮)이다. 거기에 현무검이 있다."

'현무검……!!'

"이 경로를 통해 곧장 들어간다. 자네의 목표는 오직 현무검이다. 다른 것은 신경 쓰지 않아도 된다. 동방궁과 서방궁, 다른 싸움은 우리가 할 것이다."

"우리라니……?"

"말하지 않았던가. 경계에 선 자들의 싸움이라고. 사람과 사람이 아닌 것, 이 세상과 이 세상의 것이 아닌 것들이 이 안에 가득하다. 우리는 그 싸움을 끝내려는 이들을 말한다. 무엇을 보아도 놀라지 말아라. 자네는 북방대제만 막으면 돼."

"북방대제를 막는다니 무슨 말이오."

"가보면 알 것이다. 대제를 제압하는가 그렇지 못하는가에 이 싸움의 승패가 달렸어. 대제를 제압하는 것이 곧, 현무검을 얻는 것이다. 자네의 역할은 거기까지야. 현무검을 가지고 나가든, 그것으로 무엇을 하든 그것은 자네 마음일 뿐이다. 중앙궁의 귀핵(鬼核)만 흩어놓을 수 있으면 싸움을 세 배는 유리하게 끌어갈 수 있다."

영문을 알 수 없는 이야기였다.

북방대제를 제압하는 것은 무엇이고, 중앙궁의 귀핵은 무엇인가.

앞으로 있을 싸움의 한가운데에 현무검이 존재한다는 것까지는 알겠다.

그것을 얻는 것이 승패와 직결된다는 이야기 같은데 무엇이 어떻게 돌아가는 것인지는 도통 알 수가 없었다.

"촉의 대지에 이르면, 북방 초원에서 온 무격들을 만날 수 있을 것이다. 지도를 따라가면 돼. 그들을 찾는 것은 어렵지 않을 것이다. 행여 찾지 못하더라도, 그들이 자네를 찾을 수 있을 테니."

그러고 보면 신기한 일이다.

월현은 이곳을 어떻게 알고 온 것일까.

은밀하게 숨어든 곳, 그런데도 이렇게 쉽게 찾아왔다.

청풍이 고개를 내저으며 물었다.

"잘 이해가 되지 않소. 당신은 어떻게 이곳까지 찾아온 것이며, 다른 이들이 나를 찾을 수 있으리란 것은 또 무슨 뜻이오?"

"이해 가지 않음이 당연하다. 자네는 무격(巫覡)과 술사(術士)에 대해 몰라. 그것이 경계에 선 자와 아닌 자들의 차이다. 자네의 검들은 지고의 무구(巫具)들이니, 무릇 술사들이라면 결코 그 기운을 잊어버릴 수 없다. 더욱이 한 번 보고 각인을 시켜 놓은 이상, 중원 천지 어디에 있든 그것들을 찾아낼 수 있다. 그것을 쫓아왔을 따름이야."

어검(御劍) 153

"……."

전혀 다른 자다.

이자는 무인이 아니다. 청풍과 다른 영역에 살고 있는 자.

현무검이 아니었다면 애초부터 교차할 운명이 아닐 남자였다.

"나는 이 싸움에 필요한 또 다른 사람들을 만나러 가야 한다. 귀마병들의 강신(降神)이 생각보다 빨랐기 때문에 시간이 굉장히 촉박하다. 그럼 그곳에서 다시 만나자. 아니, 거기서도 다시 만나지는 못하겠군. 훗날, 경계가 무너지고 세상이 변할 때, 그때 다시 보도록 하지."

청풍은 그때 보았다. 환신 월현의 등 뒤와 발끝에서 날개와 같은 무형기(無形氣)가 피어오르는 것을.

상단전을 지고한 수준까지 연마한 술사(術士)다.

상상할 수 있는 모든 것을 할 수 있는 것이 또한 인간의 능력일진가.

날아간다.

월현의 몸이 떠오르고 있었다.

새처럼, 협곡을 넘어서.

"령매는 여기에 남도록 해."

서영령이 고개를 저으며 따라가겠다는 의지를 보였지만, 만류하는 청풍의 목소리는 단호하기만 했다.

위험하고 말고의 문제가 아니었다.

청풍은 직감적으로 알 수 있었다. 이 싸움은 그 싸움에 참가하도록 허락된 자들만의 싸움이라는 것을.

또 다른 세상이 거기에 있을 것이고 상상조차 못해본 것들이 그곳에 있을 것이다.

그렇기에 같이 가서는 안 된다.

서영령이 갈 곳이 아니었다.

그가 아끼는 사람, 그녀를 보호하면서도 전력을 다할 수 있을지 장담할 수가 없었다.

청풍이 돌아섰다.

뒤따라오는 서영령, 그녀가 그의 옷소매를 잡았다.

"또 그때처럼 다치면, 다신 얼굴 안 볼 거예요."

옷소매 아래로 서영령의 손목이 그의 손목과 닿았다.

부드러운 피부가 그의 손을 쓸어내린다. 서영령과 청풍의 손가락이 얽혔다.

"무사히 돌아올게. 약속하지."

청풍은 처음으로 지킬 자신이 없는 약속을 하고 말았다.

손을 잡은 서영령이 청풍의 팔에 몸을 기댔다.

그를 올려다보는 그녀의 얼굴이 하얗다. 곁을 지켜주는 아름다운 얼굴, 언제까지고 이 얼굴을 볼 수 있으면 좋을 텐데.

그녀를 아끼는 그의 마음이 그 맑은 눈빛에 가득 담겼다.

서영령이 그 마음을 별빛 같은 봉목으로 넘겨받았다.

발꿈치를 드는 그녀의 숨결은 그녀의 얼굴처럼 하얗기만 했다.

"약속… 지켜야 해요."

조그만 입술이 청풍의 입술에 맞닿았다. 지는 노을이 붉고도 붉다.

속삭이는 그녀의 목소리 끝에 청풍이 팔이 그녀의 몸을 감싸 안았다.

일부러 피해왔던 애정 표현.

한참 동안 서로를 안은 채 서로의 온기를 주고받은 그들이다. 청풍이 못내 아쉬운 듯 그녀를 떼어내며 발길을 돌렸다.

"그럼……."

청풍이 땅을 박찼다.

화천작보.

다시금 나서는 강호는 그녀가 곁에 없는 만큼 차갑기만 했다.

팔황은 불가사의한 무리들이다.

많은 싸움을 보고, 많은 사람을 보았지만 그들처럼 말로 표현하기 힘든 이들은 없었다.

그들은 강하며, 공포스럽고, 또한 놀랍도록 매력적이었다.

…중략…….

팔황은 중심에서 벗어난 이들이었다.

세상의 근본에 대해 다른 시각을 가진 자들이었다. 천하의 질서에 대하여 의문을 품은 이들이었다.

그들의 공통점은 그것 하나뿐이었다. 팔황이라고 한꺼번에 이야기되었지만 그들은 각자 다른 방식으로 스스로 추구하는 바를 표현하고 있었고, 그렇기에 그들은 완벽하게 하나로 어울리지 못했다.

그들은 모두가 악인이 아니었으며, 또한 모두가 선인이 아니었다.

그들은 천하가 가지는 또 하나의 얼굴이었으며, 양(陽)이 있으면 마땅히 있어야 하는 음(陰)과 같았다.

그래서 그들은 위험했다.

그들이 오로지 없애야만 하는 악(惡)이었다면, 또는 있어야만 하는 선(善)이었다면 그렇게 두려운 자들이 아니었을지 모른다. 하지만 그들은 또 하나의 세상이었을 뿐이다. 천도를 뒤틀어 새로운 천하를 여는 열쇠였을 뿐이다.

천하가 태평하면 언젠가 난세가 오고, 난세가 오면 언젠가 평화가 오는 법이다. 그 흐름은 천하를 관장하는 상제도, 땅을 만들었다는 반고도 끊을 수가 없다.

하늘의 뜻이 그러했다.

그리고 그 하늘의 뜻을 막기 위해 제천(制天)이 섰다.

…중략…….

성혈교의 발호를 통하여 암시되고 있었던 팔황의 재래는 단심맹과 신마맹이 일으킨 군산대혈전을 기점으로 본격화된다. 십익(十翼)이 하나하나 모습을 알려 나갔으며, 천하는 쟁패와 사투의 전장(戰場)으로 화했다.

…중략…….

한백무림서
강호난세사 中에서.

흑림(黑林)

촉국의 대지는 황량했다. 사천 땅, 서쪽으로 서쪽으로 이른 그곳이
다.

청풍은 어렵지 않게 월현이 말한 사람들을 찾을 수 있었다.

"당신이 청풍이오?"

"그렇소."

청풍을 맞이한 남자는 한 자루 장대한 묵창(墨槍)을 등에 지고 있었
다.

화려한 복식, 특이한 옷.

말로 표현하기 힘든 특별한 기도가 느껴졌다.

"기다리고 있었소."

특이한 것은 차림새뿐이 아니었다.

말투도 보통과 달랐다.

어색한 한어(漢語), 지독한 북방 방언이었다. 중원인이 아닌 것이 틀림없었다.

"이쪽이오."

남자는 청풍을 이끌고서 높이 솟은 언덕을 올라갔다.

당장이라도 눈발을 흩뿌릴 것처럼 구름이 짙었다.

어둡게 덮여 있는 구름에 태양마저 제 빛을 잃어버렸다. 대낮임에도 한밤중인 것처럼 온 세상에 어둠이 가득했다.

"고고마이, 손님이 왔다."

언덕 위에는 한 명의 남자가 더 있었다.

젊은 얼굴에 맑은 눈이 인상적인 남자였다. 비슷한 복장, 팔에는 소리도 안 나는 방울들이 열 개나 달려 있었다.

"이 사람이 골짜기의 주인을 막을 사람입니까?"

"그런 모양이다."

눈이 맑은 남자는 처음 들어보는 언어(言語)를 썼다.

청풍을 이끈 남자가 돌아서며 눈썹을 치켜 올리고는 자신의 이름을 말했다.

"내 이름은 쿠루혼이오. 이쪽에서는 금성(金星)이라는 뜻을 가지고 있다 하오."

한어는 한어다.

하지만 뚝뚝 끊어지는 북방어(北方語)는 도무지 알아듣기가 쉽지 않았다.

더욱이 쿠루혼이란 이름은 듣는 것만으로도 어색하다.

중원의 이름자가 아니라는 말.

북방 초원의 무격이라더니, 그것이 이국 땅의 사람들을 의미하는 것일 줄이야.

상상 이상을 볼 것이라고는 예상했었지만 이국인(異國人)까지 얽혀 있었을 줄은 몰랐다.

잠자코 청풍의 반응을 지켜보던 쿠루혼이 한숨을 내쉬고는 언덕 저 편을 가리켰다.

"저곳이오. 흑야성(黑夜城), 저곳이 바로 흑림의 소굴이오."

"흑림……?"

역시나 생소한 이름이었다.

몽고인 두 명, 그리고 처음 들어보는 이름, 흑림.

언덕 저편, 숲으로 둘러싸인 기괴한 고성(古城)이 서 있었다.

다 무너진 성곽 사이로 황폐해 보이는 전각군(殿閣群)이 보인다. 사 람 사는 느낌이 없는 곳, 마치 거대한 무덤과도 같은 곳이었다.

"전혀 모르는 기색이군. …흑림에 대해 들어본 적이 없소?"

청풍이 난처한 표정을 지으며 고개를 내저었다.

월현이 말한 것은 흑야성까지다.

쿠루혼이 되려 난감한 표정을 짓고는 고고마이란 자를 돌아보았다.

"큰일이다. 이래서 가능할까?"

"가능해야지요. 어차피 지금으로서는 대안이 없습니다."

대답하는 고고마이의 한어는 오히려 쿠루혼보다도 유창했다.

신뢰하기 힘들다는 눈으로 청풍을 바라보던 쿠루혼이 북쪽 하늘을 올려보며 탄식을 내뱉었다.

"후우… 그렇게 여기까지 오는 것이 아니었다. 바토르의 흔적만 없 었어도 이런 일에는 끼어들지 않았을 텐데."

"그러게 말입니다. 그나마 이 싸움에서 다행인 것은 청안(靑眼)의 악마(惡魔)가 온다는 것이겠죠."

"그래, 그가 온다니. 오랜만에 보겠어."

우우웅.

청안의 악마. 쿠루혼이 지고 있는 흑창(黑槍)으로부터 기묘한 울림이 퍼져 나왔다. 마치 창 그 자체로 살아 있는 듯한 느낌이다. 쿠루혼이 씁쓸한 웃음을 지으며 말했다.

"바룬님도 알고 계시는 모양이로군. 오늘은 더욱더 거칠게 날뛰시겠지."

창을 바라본 청풍.

청풍은 순간 공명결의 힘이 발동됨을 느끼고 정신을 집중했다.

기이한 느낌, 묘한 환상이 보이기 시작했다. 검은 투구, 한쪽 눈에 안대를 하고 있는 흉맹한 장수의 영상이었다.

"그 창은……?"

의문을 안 가질 수가 없었다.

이상한 느낌. 뇌리를 자극하는 무엇인가가 있다. 원래 알고는 있지만 기억할 수 없는 사실을 떠올릴 때와 같다. 이상한 기분이었다.

"아, 느꼈나? 술사라면 당연한 일이겠지."

술사라니.

이들은 청풍을 술사로 생각하고 있었던 모양이다. 명백한 오해였으나 청풍을 해명하지 못했다.

흑창과 거기에 깃들어 있는 환상에 정신이 팔린 까닭이다.

진실에 이르는 길.

그러나 청풍은 더 이상 묻지 못했다.

싸움이 시작되어 버렸기 때문이다.

"정오가 되었군요. 첫 번째입니다."

고고마이의 목소리였다.

그의 말이 떨어지기 무섭게 아래쪽으로부터 말발굽 소리가 들려오기 시작했다.

기병들이다. 병사들, 대명 제국의 깃발이 펄럭이고 있다.

족히 삼백여 기는 될 법한 기병들이 칙칙한 땅 위를 내달리고 있었다.

'관군……?'

전쟁을 방불케 하는 위용이었다.

관군까지 동원되어 있다는 사실.

청풍은 다시 한 번 당혹감을 느꼈다. 말발굽 소리가 지축을 울릴 정도까지 커진다. 한순간 고고마이의 손이 흑야성의 정면을 가리켰다.

"놈들도 나옵니다. 귀마병(鬼魔兵)들이겠지요."

칠흑 같은 어둠을 둘러친 병대가 흑야성의 정면으로부터 달려나오고 있었다. 생기(生氣)가 느껴지지 않던 곳이었는데, 어디서 그만한 숫자가 튀어나올 수 있는지 놀라울 따름이다.

두두두두두두!

척박한 대지가 인마(人馬)로 뒤덮이는 것은 순간이었다.

격전의 서막을 알리는 순간,

챙! 콰직! 채채채챙!

순식간에 부딪친 관군과 적병들이다.

더운 피가 대지에 뿌려지고 부서지는 병장기들이 하늘을 날았다.

처음에는 비등한 싸움으로 보였지만, 우위가 드러난 것은 오래지 않아서였다.

관군들이 밀리기 시작한다. 선봉에서부터 무참히 무너지고 있었다.

'저 병사들은……!'

청풍의 눈이 흑야성의 병사들을 훑어냈다.

무언가 이상하다.

생기가 느껴지지 않는다고 했던가.

그렇다. 말 그대로다.

그들에게는 실제로 사람이 응당 지녀야 할 생기(生氣)가 없었다.

팔다리가 잘려 나가고, 온몸이 말발굽에 짓밟히는데도 벌떡 일어나 병장기를 휘두르고 있다.

그렇다면 그것이 어디 산 자로서 보여줄 수 있는 광경일까.

마치 죽은 자들이 일어나 싸우고 있는 것 같았다.

"괴물들이로군."

쿠루혼의 탄성은 청풍의 생각을 그대로 대변하고 있었다.

죽여도 죽는 것이 아니요, 살아도 산 것이 아니다.

어디선가 본 적이 있는 느낌.

청풍은 성혈교의 신장귀들을 떠올렸다.

꾸역꾸역 일어나며 덤벼오는 요물(妖物)들일진대, 일반 관병들이 그것들을 버텨낼 리가 만무하다. 하얀 종이 위에 까만 먹물이 스며들 듯, 공포와 절망이 관병들 사이로 흘러들고 있었다.

그때였다.

"갑니다. 파천(破天)의 대검(大劍)!"

고고마이의 외침이었다.

청풍도 느꼈다.

쓰러지는 관병들 사이에서 충천하는 기세가 일어나는 것을.

관병들의 앞쪽으로 한줄기 길이 생겼다. 한 자루 거대한 태검(太劍)을 지닌 자다. 사람 키에 이를 만한 거검(巨劍)을 휘두르는데, 그 위력이 실로 엄청났다.

'굉장하다!'

청풍은 진심으로 감탄했다.

천하는 넓고, 대지에는 수많은 사람이 살고 있다. 막강한 고수 청풍처럼 환신 월현이 불러 모은 자, 그들 중 한 명이 틀림없었다.

"이번엔 동쪽! 점창파입니다!"

단 한 명, 태검을 지닌 자가 앞길을 열고 있었지만 관병들은 전체적으로 밀릴 수밖에 없는 형국이었다. 하지만 월현이 준비한 것은 아직도 많이 있었다. 언덕 오른쪽 밑으로부터 날렵한 인영(人影) 수십 개가 짓쳐 나가는 것이 보였다.

'저기도……!'

점창파의 검수들이었다.

중원에서 가장 빠르다는 분광검과 사일검이 그들 손에서 터져 나오고 있었다. 관병들과 달리 순식간에 적들을 격파하고 있다. 청풍의 시선이 그들의 선두를 향했다.

'고수!'

왼손에는 창, 오른손에는 검을 지녔다.

좌창우검(左槍右劍).

왼손에서는 관일창이, 오른손에서는 사일검이 뻗어나간다.

뛰어난 것은 무공뿐만이 아니었다.

선봉에서 길을 열며 뒤따르는 점창 검수들을 절묘하게 통솔하고 있었다. 집단 전투에 능한 모습이다. 저 정도 고수라면 명성이 대단할 텐데, 식견이 짧아서인지 누구인지 알아볼 수가 없었다.

"숲이 움직인다. 우리도 가야겠어."

쿠루혼이 등 뒤의 흑창을 풀어냈다.

숲이 요동친다.

요사스런 기운이 숲 전체에 충만하고 있었다.

"고고마이!"

고고마이가 고개를 끄덕였다. 쿠루혼과 고고마이가 기묘한 진언을 외웠다.

은은한 녹청의 빛무리가 그 두 사람의 몸에 깃들었다. 신비한 모습이다. 쿠루혼이 먼저 몸을 날리며 외쳤다.

"이쪽이오! 절대로 뒤처지지 마시오!"

언덕 밑으로 질주하는 그들이다.

특이한 경공술, 아니, 경공술이라고 부르기엔 너무도 격식이 없다. 굉장한 속도였다, 마치 무언가에 씌인 듯한 모습이었다.

청풍은 화천작보를 전개하며 그들의 뒤를 따랐다.

한창 싸움이 벌어지고 있는 벌판에 당도하자 곧바로 방향을 바꾼다. 바람처럼 달리며 전장을 우회해 나갔다.

점창과 검수들의 뒷모습이 보이고, 이어 적들의 측면이 보이기 시작했다.

"더 빨리! 놈들은 미완성이야! 반응 속도가 떨어진다. 따돌릴 수 있어!"

쿠루혼과 고고마이의 속도가 더 빨라졌다.

화천작보로 가볍게 따라붙고 보니, 쿠루혼의 말대로 적들의 반응이 느리다는 것을 확연하게 느낄 수 있었다.

창백한 얼굴과 뻣뻣한 움직임이다. 전설 속에서나 나오는 강시(殭屍)가 사실은 강호에 실제로 존재하는 것이라고 하더니만, 이놈들이 바로 그런 놈들인 것 같았다.

"측문(側門)이 저기에 있소! 저곳으로!"

여기서부터는 청풍도 안다.

월현이 준 지도, 거기에 그려진 그대로였다. 굳게 닫혀진 대문(大門)이 무척이나 견고해 보인다. 청풍이 달려 나가며 검을 뽑으려 할 때였다. 쿠루혼이 그의 옆을 따라붙으며 외쳤다.

"이쪽에 맡기시오! 당신은 골짜기의 주인만 상대하면 돼!"

그가 흑창을 뒤로하며 왼손의 방울을 흔들었다.

기이한 울림, 난데없는 기성(奇聲)이 울려 퍼졌다.

삐이익!

하늘로부터 한 마리 독수리가 날아들고 있었다.

진짜 독수리가 아니라 독수리 형상이었다. 녹청색 날개를 휘날리며 대문을 직격한다. 단단해 보이던 문짝이 단숨에 부서져 버렸다.

'허……!'

주술이다.

무공으로 설명할 수 없는 것들이 이 싸움에 가득했다.

세 사람이 부서진 문짝 안으로 뛰어들었다.

펼쳐지는 광경.

청풍은 그곳에서 지금까지의 놀라움이 아무것도 아니라는 사실을 깨달았다. 무너져 가는 담장들 사이, 생전 본 적도 없는 형체들이 서 있었다.

"귀물들이다, 고고마이."

귀물, 그 말이 옳다.

사람 형상을 하고 있는 것, 짐승과 사람이 혼합된 괴물도 있다.

어쨌거나 인간들은 아니었다. 현세의 광경으로는 도무지 생각할 수가 없었다.

'경계에 선 자들……!'

청풍의 머리에 월현의 한마디가 스쳐 지나갔다.

경계에 선 자들의 싸움이란 것은 바로 이런 것을 말하는 것이 틀림없었다. 이 세상과 저 세상의 경계, 청풍이 살아온 영역과 전혀 다른 영역의 싸움이었다.

텅!

쿠루혼이 땅을 박차고 고고마이가 몸을 날리고 있었다. 귀물들이라 표현된 존재들 한가운데로 뛰어들며 그들만의 진언을 외워 나갔다.

쿠르르르!

독수리 형상에 이어 녹청색 늑대 형상들이 나타났다. 고고마이가 손짓한다. 그곳에 서 있지 말고 달리라고.

청풍의 발이 땅을 박찼다.

이해하지 못할 것을 애써 이해하려 할 필요는 없었다. 바깥의 싸움, 그리고 이들의 싸움. 모두가 거대한 싸움의 톱니바퀴일 뿐이다. 그 톱니바퀴 중 하나의 역할을 맡았다면, 그것이 제대로 돌아가도록 싸워주면 그만이었다.

탁,탁,탁! 쐐애애액!

담벼락을 타올라 무너져 가는 전각의 지붕 위로 몸을 날렸다. 쿠루혼과 고고마이가 귀물들을 물리치며 그의 옆을 따라붙었다.

중앙궁.

높은 곳에 올라가자 흑야성 내부로 높게 솟은 세 개의 탑이 보였다.

청풍은 비슷하게 생긴 세 개의 탑 중에서 중앙궁이 어느 것인지 단숨에 알아볼 수 있었다. 월현이 알려주었기 때문이 아니라, 그곳에 현무검이 있기 때문이었다. 공명결을 파고드는 느낌, 현무검의 기운이 그를 부르고 있었다.

콰쾅!

흑야성 서쪽, 한줄기 섬광이 비쳐들고 이어 맹렬한 불꽃이 치솟았다. 그것을 본 쿠루혼이 고개를 끄덕이며 말했다.

"화군(火君)도 공격을 시작했다. 이제는 반격만 버티면 돼."

사방에서 좁혀 들어온다, 그것도 막강한 아군(我軍)들이.

총공격(總攻擊)이란 단어가 절로 떠올랐다.

"갑시다!"

청풍도 서둘렀다.

현무검의 위치를 확인한 이상 다른 것은 필요치 않았다. 그들의 말, 월현의 말대로 그는 북제라는 정체불명의 적과 싸우면 그만이었다.

텅! 터텅!

세 사람의 신형이 속도를 더했다.

귀물들, 또는 기이한 복장의 사람들이 사방으로 달려가는 것이 보였다. 세 사람을 막기 위해서가 아니라 외부의 공격을 막기 위해서 움직이고 있었다.

폭음과 병장기음이 거세지고, 전장의 공기가 고조된다. 그 모두가 청풍 일행의 침입을 유리하게 만들고 있었다.

극소수로 이루어진 최정예 침투조, 청풍이 맡은 역할이 바로 그것이었다.

얼마나 달리고, 얼마나 뛰어넘었을까.

중앙궁의 탑이 눈앞으로 보일 때까지 왔다. 황폐해진 정원에 내려선 그들이다. 말라비틀어진 나무들 사이로 한 무리의 귀물들이 눈에 들어왔다.

"이즉(狴卽)의 겁화(劫火)다. 좋아, 환신(幻神)이 왔어."

귀물들은 청풍 일행이 가까이 왔는데도 움직일 줄을 몰랐다.

하나같이 검게 변한 귀물들, 다시 보니 모두 다 죽은 놈들이다. 알 수 없는 힘에 의해 몰살당한 그들이다. 환신 월현이 지나간 길이었다.

우우우우웅!

정원을 가로질러 중앙궁의 앞까지 이르렀다.

동쪽의 탑에서 기이한 울림이 전해졌다.

동방궁이다.

동방궁이 진동하고 있다. 그 여파가 지진처럼 넓은 대지 위에 흩뿌려지고 있었다.

"벌써 시작했군! 서둘러야 하겠다!"

"쿠루혼님! 조심!!"

여기까지 꽤나 순조롭게 왔다.

하지만 이제부터는 아니었다. 여기는 적들의 중심지, 환신이 미처 처리하지 못한 귀물들이 헤아릴 수 없을 만큼 많았다.

쐐애애액!

늑대와 비슷한 형상을 한 괴물이 달려들고 있었다.

보통 늑대와는 확연히 다른 생김새.

털로 덮인 것인지 아니면 반들반들한 가죽인지, 묘한 질감의 몸뚱어리를 가지고 있었다. 쿠루혼이 귀물의 쇄도를 피해내며 경호성을 울렸다.

"갈저(蝎猪)다! 갈저가 있으면 알유(猰㺄)도 있을 거다! 고고마이, 강신술을 준비해!"

갈저, 그리고 알유.

이 귀물들을 이제 보니 각각의 이름도 있는 모양이었다. 쿠루혼이 흑창을 휘둘러 갈저라 불린 괴물을 튕겨내고는 뒤쪽으로 물러섰다.

다가오는 귀물들.

어디서 그렇게 기어 나온 것인지, 순식간에 그 숫자가 불어난다. 중앙궁이 바로 저 앞에 있는데, 거기까지 가는 길이 까마득하게 느껴졌다.

파아아! 콰쾅!

"카아아악!"

귀물들의 한가운데로부터 커다란 그림자가 뛰쳐나왔다. 원숭이와 비슷한 생김새이나 굉장한 덩치를 가지고 있다. 멧돼지의 갈기와 같은 털이 머리 위에서 등 뒤로 뻗쳐 있고, 눈에서는 광기의 붉은색이 비쳐 나오고 있었다.

고고마이가 대경(大驚)하며 녹색의 방울들을 꺼내 들었다.

"옹화(雍和)까지!!"

갑작스레 짓쳐든 괴물이 쿠루혼의 전면을 덮쳤다.

갈저들의 공격을 막아내던 쿠루혼이 미처 그 괴물의 쇄도를 보지 못하고 그 육중한 몸체에 휩쓸렸다. 황폐한 땅의 흙먼지가 구름처럼 솟아올랐다.

'이런!'

황급히 주작검을 뽑아 들었지만 이미 늦었다.

걷히는 흙먼지, 귀물들의 한가운데에 망신창이가 된 쿠루혼이 보였다. 피투성이가 된 채 땅 위에 쓰러져 있다. 죽었는지, 살았는지 알 길이 없었다.

텅!

청풍의 몸이 화살처럼 쏘아졌다.

생각한 것보다 먼저 움직이고 있는 몸이다. 그를 구해야 했다. 화천작보의 속력, 그의 손이 순식간에 쿠루혼의 옷소매를 잡아챘다.

"키아악!"

귀물의 공격이 이어졌다.

청풍의 손에서도 염화인이 펼쳐졌다. 그의 주위로 화려한 검인(劍刃)의 불꽃이 피어올랐다.

촤아악! 촤아아악!

달려들던 갈저들이 공중에서 토막나 떨어졌다.

땅을 박차고 돌아오는 청풍의 모습에 고고마이의 눈이 크게 뜨여졌다. 짧은 순간 보여준 무위, 고고마이가 놀란 목소리로 말했다.

"그 검기(劍技)! 당신은 술사가 아니었군!"

"물론 아니었소. 그보다 이자를……!"

피투성이의 쿠루혼을 앞에 보면서도 고고마이는 청풍이 술사가 아니라는 사실에 더 신경을 쓰는 것 같았다. 쿠루혼의 몸에 손을 얹으면서도 청풍에게서 시선을 떼지 않았다.

"술사가 아닌데도 어찌하여 그런 법구(法具)들을 쓰는 것이오?"

고고마이 눈이 주작검과 청룡검을 스쳐 지나갔다.

술자들의 눈에는 법구로 보이는가.

청풍은 거기서도 뇌리를 자극하는 무언가를 느꼈지만, 상황이 상황인지라 그냥 넘겨 버릴 수밖에 없었다. 피에 굶주린 귀물들이 그들을 향하여 짓쳐들고 있었기 때문이다.

"나에게는 법구가 아니라 검(劍)일 뿐이오!"

청풍의 손이 주작검의 적백색 검날을 뻗어 올렸다.

금강탄과 염화인이 쏘아져 나간다. 이름 모를 귀물들이 그의 검격에 박살나며 흉측한 살점들을 비산시켰다.

텅! 파라라락!

처음부터 그가 직접 나섰어야만 했다.

주작검의 위력은 여전하다.

청풍은 십 할의 수준이 아니라 느꼈지만, 그것은 어디까지나 한끝 차이다. 적들을 베어 넘기는 살상력은 그 적이 사람이든, 그 무엇이든 전혀 상관하질 않았다.

"뒤쪽을!"

고고마이의 경호성이 들려왔다.

뒤.

청풍은 돌아보지 않았다.

돌아보는 대신 앞쪽으로 더 나아갔다.

이미 뒤쪽에는 다른 것이 있기 때문이었다.

쐐애액!

한쪽에서 날아와 뒤쪽을 훑어내는 빛줄기가 있었다.

청룡검, 용갑에 매달려 있어야 할 청룡검이 그곳에 없다. 그렇다고 언제나처럼 그의 왼손에 쥐어져 있는 것도 아니다.

빛줄기의 정체가 바로 그 청룡검이었다.

쇄도하는 갈저의 몸이 푸른 빛살에 꿰뚫려 한쪽으로 팅겨 나갔다.

공명결로 펼치는 어검술, 고고마이의 입이 크게 벌어졌다.

텅! 쐐애액!

'숫자가 너무 많다. 서둘러야 할 텐데!'

앞으로 나아가고 있지만 그 속도는 그리 빠르지 않았다.

이런 적들과 싸워본 적이 없기에 그렇다.

비슷한 놈들을 찾으라고 한다면 성혈교의 신장귀들. 하지만 그들과도 완전히 같지는 않았다. 그들을 상대할 때처럼 싸울 수는 없었다. 전혀 다른 방향, 전혀 다른 방식의 공격이 쏟아지고 있는 까닭이었다.

퍼어억!

귀물들 세 마리를 더 베어버렸을 때다.

뒤쪽으로부터 들려온 육중한 충격음에 급히 고개를 돌렸다. 고고마이가 있는 쪽, 놓친 귀물이 있었던가. 하지만 그의 눈에 비친 광경은 그의 예상과 전혀 달랐다. 순간적으로 두 눈을 의심할 수밖에 없는 광경이 그곳에 있었다.

"미안하오! 잠시 방심했소!"

흑창을 휘둘러 귀물을 물리치는 자.

쿠루혼이었다. 그것도 멀쩡한 모습이다.

뒤에 있는 고고마이의 손에서 연녹색의 빛무리가 사그라드는 것이 보였다. 인세에 볼 수 없는, 인세에 드문 일, 이곳에서는 그런 것도 특별할 것이 없었다. 신비한 술수, 고고마이에게는 상처 입은 자를 치유할 수 있는 능력이 있었던 것이다.

앞으로 나서는 쿠루혼의 무위는 대단했다.

방금 전의 부상이 무색할 정도의 무위였다.

변모하는 무위.

뭔가가 달라지고 있다. 겉모습은 쿠루혼이되 근본은 쿠로혼이 아니게 된 느낌이다. 검은색 투구의 흉장(凶將)이 쿠루혼의 모습 위로 겹쳐 보이고 있었다.

"앞으로!"

목소리도 탁하게 변해 있다.

흑창의 기세도 점점 더 거칠어지고 있었다. 중원의 무공이 아니라 전장의 창부림이었다. 그러면서도 무지막지하게 강했다.

고고마이가 불러내는 짐승 형상들도 만만치 않은 위력을 보여주고 있었다. 이들은 이런 싸움을 잘 아는 자들이며, 이런 싸움에 익숙한 이들이었다.

중앙궁의 정문이 가까워지고 있었다.

"쿠루혼님! 뭔가가 옵니다!"

거의 다 왔다.

하지만 고고마이의 경호성은 심상치 않았다.

불안감의 표출이었다.

쿠루혼도, 심지어는 청풍도 그것을 느낄 수 있었다.

뭔가가 있다.

이런 귀물들이 아니라 그 이상의 무엇이다. 한순간 중앙궁의 이층 석벽이 터져 나오고, 그 안으로부터 무서운 기세를 뿌리는 '그것'이 뛰쳐나왔다.

청풍은 그것을 보며 순간적으로 청룡검에 잠식당했던 광인(狂人)을 떠올렸다.

다 찢어진 장포를 날개처럼 휘날린다. 등 뒤로 늘어뜨린 쇠사슬이 요란한 소리를 냈다.

'그자와는 다르다.'

비슷한 형상이다?

아니다.

그것뿐이다. 더 크고, 더 강하다.

거인(巨人)이란 것이 있으면 저런 모습일까. 팔 척 거인이란 말로는 형용이 불가능하다. 게다가 검 대신 거대한 전부(戰斧)를 들고 있었다.

"전마인(戰魔人)이라니! 이놈들은 역시 미쳤어!"

쿠루혼이 이를 갈았다.

거인의 장대한 그림자가 중앙궁 정문 앞에 드리워졌다.

사람의 몸체보다 큰 도끼를 비껴든 채 흉악한 안광을 뿜어낸다. 엄청난 위용이었다. 보는 것만으로도 위압감이 느껴질 정도였다.

"저것이 북제(北帝)?"

청풍의 물음에 고고마이의 다급한 외침이 돌아왔다.

"북제는 아니오! 하지만 위험하긴 매한가집니다!"

그럴 줄 알았다. 월현은 북제를 보면 저절로 알아볼 것이라 했다.

저런 괴물이 아니다. 북제는 중앙궁 안에 있다. 여기서 멈출 것이 아니었다.

청풍과 쿠루혼이 달려 나갔다.

쿠루혼이 먼저 앞으로 나서며 용맹한 기세로 전마(戰魔)의 거인에게 짓쳐들었다.

꽈아앙!

느릿느릿 움직인다 싶었다. 하지만 그것은 어디까지나 처음뿐이었다.

전마인의 도끼는 불시에 내리치는 벼락과도 같았다.

사나운 기세를 담은 흑창이 가로막힌 것은 순간이었다. 쿠루혼의 몸이 달려들던 속도만큼 빠르게 튕겨 나왔다.

'그야말로 괴물이로군!'

쿠루혼의 몸을 스쳐 보내며 앞으로 나섰다.

거대한 형체가 귀물들의 그것과 같지만, 그가 휘두르는 도끼는 사람이 쓰는 병장기(兵仗器)였다. 보통 무인보다 큰 체격, 더 무거운 중장기라 생각하면 그만이다. 진격의 발검, 청풍의 손에서 금강탄이 쏘아졌다.

쿼유웅! 쩌어어엉!

전마인의 도끼가 크게 흔들렸다.

도끼만 흔들린 것이 아니라 전마인의 몸 전체가 흔들리고 있었다.

하지만 그것뿐이다.

이놈은 그 모습처럼 괴물이다. 충돌에서 느껴진 내력은 귀기(鬼氣)로 가득했고, 청풍의 내공을 정면으로 받아낼 만큼 강했다.

갈라진 피부, 인간 같지 않은 얼굴에 흉포한 광기가 서렸다. 청풍의 머리 위로 거대한 도끼가 쏟아져 내렸다.

찰나의 순간이다.

공중을 날던 청룡검이 청풍의 왼손으로 돌아오고, 겹쳐진 두 신검이 머리 위로 올라갔다. 초식이나 기술의 겨룸이 아니라 순수한 힘의 격돌이었다.

꽈아아앙!

청풍의 발밑에서 흙먼지가 솟아났다.

무지막지한 괴력이었다. 이런 것을 계속 받아내다가는 살아남지 못한다. 온전하지 못한 내력으로는 그럴 수밖에 없었다. 공력의 열세, 어쩔 수 없는 열세였다.

쿵! 콰아아아!

또 온다.

휘둘러 오는 도끼의 기세가 더할 나위 없이 거셌다.

이번에도 정면으로 받을 수는 없다. 전력을 다해 용뢰섬을 펼쳤다. 비껴내는 것만으로도 몸 안의 내력이 요동친다. 강적이었다.

텅! 파라라라라!

공격의 여파를 훑어내고 곧바로 금강호보를 전개했다.

폭발적인 쇄도로 거인의 품 안에 파고든다. 사선으로 휘돌리는 주작검, 염화인의 검격이 전마인의 정면을 휩쓸었다.

챙! 채채채챙!

거체(巨體)라 하여 반응 속도가 느릴 것이라 생각했다면, 그것은 커다란 오산이다.

전마인은 그렇게 얄팍한 전력이 아니었다.

몸을 젖히며 휘두르는 팔, 쇠사슬이 따라 올라오며 염화인의 검격을 막아낸다. 광기에 차 있는 두 눈, 그 어디에서 그런 움직임이 나올 수 있는지 알 수가 없었다.

쩌엉! 터텅!

순식간에 십여 합의 공방이 지나갔다.

답답했다.

북제라는 자가 어떤 상대인지도 모르는데, 이런 곳에서 뜻밖의 괴물과 맞서고 있으려니 갑갑함을 느낄 수밖에 없었다.

그뿐인가.

종이 한 장 차이. 베어낼 수 있는 곳인데도 베어내지 못하고, 꿰뚫을 수 있는 곳인데도 꿰뚫지 못한다.

몸이 따라주지 않는 것이다.

눈에 보이고 공명결에 감지되는 데에도 정작 내력과 검격이 그것을 받쳐 주지 못하고 있었다.

"전마인을……!"

청풍 본인은 한끝 차이를 아쉬워하고 있었지만, 쿠루혼과 고고마이에게는 그런 모습이 충격일 따름이었다. 전마인을 상대하는 모습, 청풍이 이 정도일 것이라고는 상상하지 못했던 그들이었다.

"엄청나구나!"

청풍은 사실, 계속되던 싸움과 조금도 관계가 없던 자였다.

청풍은 이야기하지 않았던가, 흑림이 뭔지도 모른다고.

술사도 아니라 했을뿐더러 귀물들과의 싸움도 처음인 것 같았다.

그런 자를 어떻게 전투에 써먹을 수 있을까. 주 전력이라고는 전혀 생각하지 않았다. 골짜기의 주인, 북제를 다스리는 특별한 힘을 지닌 모양이라고만 생각했다.

하지만 그것이 아니었다.

청풍은 전마인을 거뜬히 상대하는 자였다. 청색와 홍색의 빛살을 자유롭게 뿌려내며 경이로운 무력을 보여주고 있었다.

그들은 몰랐던 것이다. 아니, 알려고도 안 했다. 청풍이 술자들의 세계에 대해 몰랐던 것처럼 그들은 무림의 무인들을 몰랐고, 그런 만큼 청홍무적검의 명성 또한 알 수가 없었던 까닭이었다.

꽈아앙!

또 한 번 커다란 충돌음이 터져 나왔다.

흔들리는 청풍, 전마인의 가슴에 길다란 검상이 새겨졌다.

그것을 보는 고고마이의 눈에 밝은 빛이 감돌았다.

'가능해……!'

눈앞의 청풍이란 자는 놀랍도록 강한 자다.

전마인이란 것은 인간을 두고 할 수 있는 온갖 요사스런 술법의 정화(精華)다. 그런 것을 쓰러뜨릴 정도라면 그 다음은 걱정하지 않아도 된다.

그러나 다음 순간 고고마이는 그 낙관이 이르다는 사실을 깨달았다.

머리 속을 파고드는 느낌. 그의 시선이 뚫려 있는 중앙궁 이층 벽에 이르렀다.

또 하나.

그 위에 거대한 그림자가 드리워지고 있었다.

도끼가 아니라 거대한 철추(鐵椎)를 든 괴물이다. 전마인은 하나가 아니었던 것이다.

쿠우웅!

새로운 전마인의 출현.

상상할 수 있는 최악의 상황이었다.

청풍의 눈이 깊게 가라앉았다.

전력을 다해도 장담하지 못할 싸움이다. 내력이 온전하다면 해볼 수 있겠지만, 지금으로서는 난감함이 먼저 뇌리를 스치고 있었다.

'언제는 그렇지 않았던가……!'

한 손에 청룡검, 한 손에 주작검을 비껴들고 앞으로 나섰다.

두 괴물을 한 몸으로 막으려는 모습이다.

내력이 온전하지 않다는 사실.

잊어버렸다.

싸움을 하는 데 있어 뭐 하나 손해 보고 시작하는 것이 그리 큰 것이었나.

모든 것을 갖추고 싸우려면 문파 내에서 가벼운 비무나 하면 그만이다.

다른 사람의 의지로 행해지는 싸움이지만 그의 앞에 그를 막는 이가 있고, 그에게 무기를 겨누는 이가 있다면 그것은 다른 사람의 싸움이 될 수가 없었다.

'내 싸움이다.'

그가 이곳에 온 이유는 하나다. 북제와 싸워주기 위해서가 아니라, 현무검을 얻기 위해서다. 그러면 그것을 향하여 곧장 가면 된다. 상황을 재고 힘을 아끼려 한 것은 바보 같은 짓이었던 것이다.

터어어엉!

금강호보, 범의 기세로 달려 나간 청풍이다.

신형을 휘돌리며 청룡검을 내친다.

풍운용보였다. 신묘한 용의 움직임이 거기에 있었다.

쩌엉! 치리리링!

부딪치는 도끼날에서 불꽃이 튀었다.

쏟아지는 불꽃이 주작검의 화인(火印)을 불러온다.

화천작보. 질주하는 주작검이 두 번째 전마인, 철추에 충돌하며 굉음을 울렸다.

꽈아아앙!

경천동지의 격전이었다.

자신보다 두 배는 큰 괴물들을 상대로 호쾌한 검격을 펼치는데, 도

무지 끼어들 틈이 없었다.

콰직! 쐐애액!

끼어들 틈이 없을 뿐 아니라, 쿠루혼과 고고마이로서도 몸을 뺄 여유가 사라지고 있었다. 죽여도 죽여도 줄지 않는 귀물들이다. 아니, 오히려 그 숫자가 늘어나고 있었다. 중앙궁이 위험하다는 것을 감지한 흑림의 수괴(首魁), 사황(死皇)이 이쪽으로 전력을 집중하고 있는 것 같았다.

목표의 직전까지 와서 지구전(持久戰)이라면, 그것 또한 큰 문제가 아닐 수 없다.

급박하고도 초조한 전황.

열리지 않을 것 같던 돌파구는 다른 곳에서부터 생겨났다.

콰아아앙!

귀물들의 한 켠이 폭발하듯 터져 나간다.

박살나고 부서지는 소리들이 요란하게 울려왔다. 무지막지한 무언가가 다가오고 있었다.

퍼어억! 카가가각!

거대한 원숭이 형체의 귀물, 옹화의 몸체가 산산조각으로 터져 나갔다.

그 무지막지한 살점들 사이로 거대한 대검의 검날이 빠져나온다.

사람 키만한 거검(巨劍)이다. 드러나는 남자, 바깥의 평원에서 귀마병들을 돌파하던 바로 그 남자였다.

콰직! 퍼어어억!

남자의 의복은 이미 흩뿌려진 적들의 피로 인하여 본래 색을 찾아볼 수가 없었다.

다가오는 모든 것을 파괴한다. 그의 앞의 모든 것을 박살 낸다.

흑야성 바깥에서 여기까지, 단 한 번도 멈추지 않고 적들을 돌파해 온 이였다. 휘날리는 긴 머리 사이로 드러나는 무정한 두 눈이 모든 것을 삼켜 버릴 듯한 암흑을 품고 있었다.

쿠우웅!

"파천의 대검……!"

고고마이의 입에서 신음성에 가까운 감탄사가 흘러나왔다.

멀리서 보았을 때와 또 다른 위력이다.

휘두르는 일검에 만 근의 힘이 담긴다. 대검의 사내는 순식간에 길을 열어놓고 말없이 고고마이를 지나쳤다.

청풍과 전마인들의 싸움이 벌어지는 곳.

그 역전의 전장으로 거침없이 걸어가고 있었다.

콰아아앙! 쩌어엉!

다음 순간 벌어진 일은 그의 놀라웠던 등장보다 더욱더 충격적인 것이었다.

싸움의 한가운데로 망설임없이 태검의 일격을 꽂아 넣는다.

폭탄이라도 터진 듯, 응축된 경기들이 휘몰아치며 엄청난 흙먼지를 일으켰다.

"저… 무슨 짓을……!"

전마인 둘과 청풍의 힘을 한꺼번에 받은 것과 다름이 없었다.

흩어지는 세 개의 그림자.

발길을 옮긴 남자가 청풍의 앞을 가로막으며 전마인들에게 대검을 겨누었다. 아직 남아 있는 충격의 여파 속에서 그의 목소리가 가라앉 듯 울려 퍼졌다.

"여기는 내가 맡는다."

길을 열고, 열어주는 것.

파천의 휘광이 맡은 역할이 바로 그것이다.

청풍과 그의 눈빛이 교차했다.

청풍이 가야 할 길을 대신 열어준다면 그것으로 된 것이다.

고개를 한 번 끄덕이고는 중앙궁을 향해 몸을 날렸다. 전마인의 도끼가 따라붙었지만, 단숨에 내쳐 오는 태검이 그 도끼를 튕겨내 버렸다.

굉음으로 장식되는 거병(巨兵)들의 싸움이 사위를 휩쓸며 펼쳐진다. 청풍은 그 강력한 격전의 소용돌이를 등으로 느끼며 중앙궁의 문을 열었다.

원치 않는 끝없는 암흑으로 잠에서 깨어나 버린 자, 북제가 그를 기다리고 있었다.

중앙궁의 회랑은 길었다.

위로 올라가는 길이다. 회랑은 손에 잡힐 듯한 기운으로 가득 차 있었다.

'이 기운은……!'

청풍은 그 기운의 정체를 쉽게 알 수 있었다.

흐르는 듯한 기운, 손을 뻗으면 차갑게 휘감아돌며 지나갈 것 같다.

물 기운, 수기(水氣)였다.

하지만 물의 기운이면서도 다른 기운들처럼 맑지가 못했다.

탁하게 흐려지고, 사납게 뒤틀렸다.

이것이 수기, 현무기(玄武氣)라 한다면 분명 문제가 있다. 백호기도,

청룡기도, 주작기도 이렇지는 않았다. 다 다른 기운들이었지만 어느 하나도 정(淨)하지 않은 기운이 없었다. 순수하고 순정하여 사기(邪氣)가 침습할 수 없는 성스러운 기운들이었다.

그러나 이 현무기는 달랐다. 뭔가에 의하여 악해지고 거칠어졌다. 사방으로 넘실넘실 떠다니는 기류(氣流) 속에 스스로의 의지를 지닌 양, 뭉치고 흩어지는 기묘한 기운들이 있었다. 귀기(鬼氣)였다.

'설마……!'

청풍은 비로소 해답에 다가설 수 있었다. 현무검이 어떤 용도로 쓰였는지.

바로 이 귀기를 얻기 위해서다. 이런 기운을 받고 있다가는 어떤 사람이라도 정상을 유지할 수 없다. 멀쩡한 사람이었더라도 하루 이틀만 이 안에 있다 보면 광인(狂人)이 되어버릴 터다.

그런 귀기를 사람에게 의도적으로 깃들게 한다면,

'팔만 사천 귀병……!'

환신 월현이 했던 말이 생각났다.

현무검의 귀기로 만들어진 귀병(鬼兵), 그것이 귀마병이고 전마인이다.

백호검을 쥐고서 광인이 되었던 도적, 그리고 청룡검을 잡고서 광인이 되었던 사람들의 모습도 떠올랐다. 그들과 변화된 양상은 달라도, 영육(靈肉)의 균형이 깨졌다는 점에서는 다를 바가 없다. 광인(狂人) 또는 마인(魔人)이다. 그런 마인들을 만드는 데 현무검이 쓰이고 있었던 것이다.

회랑을 따라 올라가면 올라갈수록 사방을 채운 귀기는 점점 더 짙어지고 사나워져 갔다.

희미한 귀곡성이 귀를 울리고 허끗허끗한 환영까지 눈앞을 어지럽
힌다.

청풍의 두 손이 청룡검과 주작검을 잡았다. 희대의 기보가 그 두 손
안에 있으니 그 무엇도 그의 정신을 어지럽히지 못한다. 파사현정(破邪
顯正), 음습한 느낌이 순식간에 사라졌다.

회랑의 높이가 이층에 이르렀다. 한쪽 벽에 뚫려 있는 커다란 구멍
이 그의 시선을 사로잡았다. 전마인이 뛰쳐나온 구멍이었다. 구멍 아
래쪽으로부터 격렬한 충돌음이 들려오고 있었다.

청풍은 구멍을 지나쳤다.

바깥의 싸움은 바깥의 사람들이 해결해 줄 것이다. 회랑 위쪽으로
완만하게 휘어지는 통로로 발을 옮겼다. 그를 부르고 있는 것이 그 위
에 있었다.

뚜벅, 뚜벅.

바깥으로 뛰쳐나가 버린 전마인들이 마지막 보루였던 듯, 그 앞에는
어떤 장애물도 없었다. 상당한 높이, 중앙궁의 상층에 이른 청풍이다.
그는 그 앞에서 불길한 기운이 뭉클뭉클 솟아나고 있는 검은색의 제단
을 볼 수가 있었다.

'이곳은……!'

대체 무슨 짓이 벌어졌던 것일까.

제단 위에 가득한 검은색 자국은 굳어버린 핏자국으로 보였다. 그뿐
이 아니다. 그 주변에는 아직도 마르지 않은 선혈(鮮血)이 낭자했다.

온갖 귀신(鬼神)들이 조각되어 있는 청동 거울들이 사방의 벽에 둘
러쳐져 있었다. 사악한 제사(祭祀)와 음험한 의식들이 행해지던 곳이었
다. 천도(天道)를 벗어난 기억들이 이곳에 가득했다.

'현무검이……!'

한 자루 검이 그 한가운데에 있었다.

진한 묵색의 검병을 따라 회흑색 검날이 기이한 광채를 뿜고 있다. 귀갑(龜甲)처럼 주조된 검 받침이 검날을 타고 올라 있으며, 검병 끝으로는 늘어뜨리는 수실 대신 두 개의 금속 송곳이 이빨을 드러내고 있다. 희대의 기병, 큰 분노가 끓어오른다. 이래서는 안 되는 일이다. 현무검은 이런 곳에 있어서는 안 되는 것이다.

"늦었군."

앞쪽으로부터 천천히 울려오는 굵은 목소리가 있었다.

검은 그림자 하나가 현무검의 뒤쪽에서 느릿느릿 일어난다. 무거워 보이는 동체, 청풍의 눈이 기광을 발했다.

"왜 이제야 온 것인가."

그의 목소리는 그의 움직임만큼이나 느리기만 했다.

중장갑, 전쟁터에서나 볼 법한 중장갑을 걸치고 있다. 검게 칠해진 갑옷은 천 년의 시간을 거슬러 오기라도 한 것처럼 고풍스럽기만 하다. 낡지는 않았지만 오랜 세월이 엿보이는 갑옷이었다.

남자의 얼굴은 창백했다.

검은색 투구가 무색하도록 하얀 얼굴이었다. 마치 분칠이라도 한 것처럼 기이한 느낌을 불러온다. 두 눈에서 뻗어나오는 안광도 어딘지 정상에서 벗어나 있었다.

"당신이 북제(北帝)요?"

청풍이 물었다.

남자의 얼굴에 섬뜩한 미소가 스쳐 지나간다. 청풍은 그 순간 그 미소에서 남강홍의 얼굴을 겹쳐 보았다. 백호검, 을지백과 비슷한 느낌이었지만 온몸에서 뻗어 나오는 살기는 남강홍의 그것과 비슷했다.

"북제라…… 오랜만에 듣는 호칭이다."

남자가 목을 뒤틀었다.

단순한 동작이지만 폭발 직전의 화약이 눈앞에 있는 듯한 느낌을 준다. 공포스러운 얼굴, 그가 눈을 감은 채 고개를 꺾으며 느린 목소리로 말을 이었다.

"보이나? 인신공양(人身供養)이다. 피를 너무 많이 먹었더니 정신이 혼미해."

인신공양이라 함은 사람의 목숨을 제단에 바쳤다는 이야기다. 피를 많이 먹었다는 말은, 정확한 뜻을 알 수가 없었다.

그의 발이 핏물 가득한 제단 위를 가로질렀다.

육중한 갑옷 사이로 나온 손이 현무검의 검자루를 잡았다.

"내 이름은 북진무(北振武)다. 나는 넷 중의 가장 마지막이었고, 항상 그 끝에 있었다. 나의 근원은 다른 셋과 달리 중원(中原)의 대지였으며, 나의 이름은 군신(軍神)의 북성(北星)을 일컫는다. 이제 와 신검(神劍)의 주인이 찾아왔으나 북제의 영명은 그 본원을 벗어나 버렸다. 지금의 북방검은 더 많은 피를 원하고 있을 뿐이야."

활시위에 화살을 올리듯 청풍의 몸에 팽팽한 긴장이 깃들었다.

이자는 그들 중 하나다.

을지백, 천태세, 남강홍과 같은 이다.

하지만 그는 그들과 같은 스승이 아니다. 네 번째는 적(敵)이다. 모든 것이 뒤틀려 버린 이곳, 그가 만나야 했던 북제는 그 스스로 광기(狂氣)에 휩싸여 버린 북진무를 뜻하고 있었던 것이다.

치리링!

청풍의 허리춤에서 청룡검이 뽑혀 나왔다.

망설임은 버렸다.

이럴 줄은 몰랐다?

아니다. 언젠가부터 이미 느끼고 있었던 것 같다.

남강홍에게 무공을 배울 때부터, 어쩌면 그보다 훨씬 전부터.

비무가 아니라 목숨을 건 싸움.

그들 중 누군가와 겨뤄야만 할 것을 예전부터 알고 있었던 것이다.

"싸워야만 한다면 싸워야겠지. 난 피하지 않겠소."

청룡검을 곧게 겨눈 청풍의 전신에서 막강한 투지가 흘러나왔다.

신검의 스승, 반드시 넘어야 할 벽 중 하나가 그 앞에 있었다.

텅!

청풍의 발이 땅을 박찼다. 호보였다.

쩌어어엉!

현무검과 청룡검이 부딪친 것은 그야말로 순간이었다.

현무는 수신(水神), 흐르는 수기(水氣)라 했다.

넓은 검신을 올려치며 받아내는 동작이 그야말로 도도한 강물의 흐름과도 같았다.

파아아아!

청풍의 몸이 북진무의 앞을 휘돌았다. 용보(龍步)다.

꺾으며 굽어드는 발걸음이 구름 속의 신룡과 같았다. 측면을 타고 든 청룡검 검신이 현무검의 후면을 파고들었다. 금강탄 일격이었다.

키이잉! 채애애앵!

중장갑을 입은 몸, 움직임이 느려 보였다. 느려 보이기만 한 것이 아니라 실제로 느렸다.

하지만 그렇게 천천히 움직이면서도 전혀 공격을 허용하지 않았다. 원을 그리며 움직이는 현무검이 금강탄의 맥점을 절묘하게 끊어놓았다.

"합!"

빈틈이 보인다 해도 한순간일 뿐이다. 공격을 시도해도 소용이 없다. 단숨에 급류가 흘러들 듯 빈틈이 메워지고 완전한 방어가 자리잡았다. 정중동(靜中動), 선심후수의 전형이었다. 무당파의 태극검을 보는 듯했다.

"그래서는 곤란하다. 밤이 되면 귀기는 더욱더 강성해지지. 어서 나를 막지 않으면 바깥의 싸움을 장담하지 못할 것이다."

잘 알고 있다.

이것은 스승과의 싸움이기도 했지만, 흑야성에 내려앉은 귀기를 물리치기 위한 싸움이기도 했다.

사술에 의해 귀기를 흘려내고 있는 현무검, 그것을 막는 것이 그의 역할이다. 북제를 다스리고 팔만 사천 귀병을 막아야 한다는 이야기가, 그것이 뜻하는 바를 완전하게 이해할 수 있었다.

치리링! 쒜에에엑!

하나 더.

주작검이 뽑혀 나왔다. 발검과 동시에 청룡검의 검격과 어우러지며 무서운 연환검을 풀어놓았다. 여전히 느리지만 그 절묘함은 그야말로 신기(神技)다. 발과 발, 동선과 동선의 이어짐이 놀라웠다. 막힘이라고는 찾아볼 수가 없었다.

청풍의 생각이 싸움으로 좁혀졌다.

모든 정신을 이곳에. 검과 검의 부딪침에 집중했다.

'보법! 방어의 핵심은 역시 보법이다.'

청풍의 눈이 빛을 발했다.

이것이 현무검의 보법이다. 후(後)의 후(後). 느림의 무학(武學)이다. 최소한의 내력, 최소한의 움직임이 그 안에 있다. 속도와 기세로 적을 제압하는 화천작보와는 정반대인 보법이었다.

'그렇다면……!'

청풍은 속도를 더 올렸다.

기다림이 북진무의 보법의 핵심이라면 기다릴 여유조차 주지 않으면 된다. 화천작보가 청풍의 발에 날개를 달았다. 청룡과 주작이 뿜어내는 청홍의 불꽃이 염화인이라는 이름으로 화려하게 타올랐다.

파라라라라…… 위이이잉!

엄청난 기세로 몰아치는 연환검이었다.

점점 더 빨라지는 검격의 흐름에 공기가 멈추고 시간이 멈추었다. 바람을 가르는 소리가 겹치고 겹쳐, 결국 한줄기의 강렬한 공진음을 만들어냈다.

맞서는 북진무의 몸이 흩어지듯 흐려졌다. 난무하는 검격 사이로 스며든다.

그 움직임을 따라 뻗어지는 현무검, 현무신검의 넓은 검신(劍身)에서 심해(深海)를 유영하는 북방신의 울음소리가 퍼져 나왔다.

우우우우웅!

놀라운 무예, 강력한 무공을 수없이 경험했다. 하지만 그 어떤 것 중에서도 이런 무공은 없었다.

환상처럼 퍼져 나와 바다와 같이 드넓게 펼쳐진다. 무적의 방패, 현무검의 진신무공이다. 염화인의 강렬함을 흡수하듯 막아내고 있었다.

위이이이…… 파라라락!

천 근의 힘이다. 숨도 못 쉴 것 같은 압력이다.

극점을 향하여 뻗어나가던 염화인의 속도가 한순간에 느려졌다. 주작검이 날카로움을 잃고, 청룡검이 신묘함을 잃어버렸다.

굳어지는 청풍의 얼굴.

방패는 방패로만 끝이 아니다. 모조리 삼켜내고 노도와 같이 뿜어낸다. 완전한 방어에 이어지는 반격이었다. 현무검이 확대되듯 뻗어 나왔다.

꽈아앙!

일찍이 겪어보지 못했던 충격이다.

주작검과 청룡검을 휘두르고 온 내력을 집중하여 물러났지만, 현무검이 내뿜은 기운은 너무도 강하고 너무도 무거워 도무지 흩어낼 도리가 없었다. 청풍의 몸이 무서운 기세로 튕겨 나왔다.

쩌엉! 꾸우웅!

벽에 처박히는 청풍이다. 사방의 벽에 가득한 청동 거울이 부서지며 그 조각들을 흩뿌렸다. 이어 땅에 떨어지는 청풍의 몸이 둔중한 소리를 울렸다.

"고작 그 정도인가?"

북진무가 다가온다, 소리도 없이.

쓰러졌던 청풍이 이내 땅을 짚고 일어났다.

엄청나다.

일순간 의식마저 끊겨 버렸을 정도다. 공중을 날아 벽에 부딪치면서도 전혀 몸을 가누지 못했다. 어깨와 등에서 찌르는 듯한 고통이 엄습해 왔다.

"아직이오."

한 걸음 앞으로 나서는 청풍.

이마에서부터 뜨뜻한 액체가 흘러내렸다. 피다. 거울 조각에 부딪치며 상처를 입은 모양이었다.

어깨와 옆구리에서는 무복이 가루가 되어 부스러지고 있었다. 일격, 단 일격에 몸 전체에 가득하던 융통무애한 기(氣)까지도 흩어져 버렸다는 증거였다.

텅!

청풍은 피를 닦을 생각조차 하지 않았다. 내상이 제법 컸지만, 그것도 눌러 버렸다.

멈출 수 없다.

미지(未知)의 무공이라면 부딪쳐서 알아봐야 한다. 고작 그 정도, 그들이 항상 하던 말이다. 더 이상 그런 소리를 들을 수는 없었다.

쒜에엑! 파라락!

달려 나간 청풍의 눈이 신기(神氣)를 발했다. 북진무의 보법을 몸으로 느끼며 그 흐름을 감지한다. 신검의 무공이란, 결국 청풍이 지닌 무공과 일맥(一脈)라는 이야기다. 파고들 여지는 충분했다.

쒜엑! 터텅!

작보를 멈추고 호보를 전개했다.

속도로 승부할 수는 없다.

불로 물을 이긴다? 처음부터 어려운 일이었다.

상극(相剋)의 무공에 이기려면 그쪽을 완전히 파악하고 있어야만 한다.

아니면 압도적인 화력(火力)으로 모조리 날려 버리거나.

치리링! 쿼유우웅!

청풍은 같은 실수를 반복하지 않았다.

염화인 대신에 금강탄을 끊어 쳤다. 내치는 검격으로 상대의 반응을 보는 것이다.

활짝 풀어놓은 감각이다.

상단전이 열리고 공명결이 발동되었다. 하얀 눈밭에 발자국이 새겨지듯, 청풍의 머리 속에 북진무의 보법이 뚜렷한 족적을 남겼다.

금강탄을 막고 반격해 오는 현무검.

청풍의 몸이 한순간에 새로운 움직임을 보인다. 그의 발이 느리게 이동하며 물이 흐르는 듯한 일보를 밟았다.

"······!!"

북진무의 눈이 번뜩이는 기광을 발했다. 현무검을 겨누면서 돌아서는 그가 창백한 얼굴을 찌푸리며 의문의 한마디를 발했다.

"수류구보(水流龜步)?!"

현무검, 그 보법의 이름인 모양이다.

삼일연공.

오래전, 을지백은 금강호보의 연마에 삼 일을 이야기했었다.

청풍은 긴 시간이 지난 이제야 깨닫는다.

삼 일의 시간은 허황된 말이 아니다. 상단전을 연 자, 공명결을 익힌 그라면 가능하다. 어떤 무공이든 결코 어려울 것이 없었다.

터억.

청풍의 발이 또 한 번의 움직임을 더했다.

북진무의 보법과 똑같다. 그것을 본 그가 분노의 표정을 떠올렸다.

"잔재주를 부리다니!"

두 눈에 떠오르는 것은 짙은 광기다. 그가 현무검을 거누며 외쳤다.

"현공포(玄功砲)도 흉내 낼 수 있을까!"

포(砲).

청풍은 바로 조금 전 그를 튕겨낸 막강한 일격을 떠올렸다.

그렇다. 그것의 이름이 현공포다.

막을 도리가 없었던 그 힘.

내력을 모조리 끌어올리며 두 발을 땅에 박았다.

버텨 선 발끝에 목신운형의 부드러움을 담았고, 두 신검을 겨눈 팔에 청룡결의 방어초를 준비했다. 주작검으로 용뢰섬, 청룡검으로는 청룡운해다.

힘으로 부딪치지 않고 흘러낼 생각이다.

해일이 닥쳐오는 느낌, 북진무의 현공포가 제단 위를 갈라오며 돌가루를 비산시켰다.

우우우우웅!

맞서는 청풍의 움직임도 거침이 없었다.

왼발을 축으로 몸 전체를 회전시키며 용뢰섬을 전개했다. 주작검의 날카로운 검날이 긴 반원을 그리며 쏟아지는 현공포의 측면을 파고들었다.

'비껴서…… 흩어낸다!'

하지만 그 시도는 그의 뜻대로 되지 않았다.

홍백의 주작검이 미친 듯 흔들리고 있었다. 비껴내기는커녕 도리어 상대의 힘에 휘말리고 있다. 힘의 차이가 극심했다.

청풍의 눈에 결단의 빛이 떠올랐다.

주작검을 손에서 놓아버리고 양손으로 청룡검 검자루를 거머쥐었다,

오른발을 축으로. 청풍의 입에서 강렬한 기합성이 터져 나왔다.

"이야아압!!"

청룡결, 청룡운해였다.

공방일체, 그가 지닌 신검의 무공들 중 가장 조화로운 검결이 바로 청룡운해였다. 희미한 녹청의 빛무리가 그의 검끝에 머물러 구름과 바람의 기운을 부른다. 퍼뜨리는 검격, 상단과 하단을 아우르는 청룡운해의 검기(劍技)가 청풍의 전면을 차단했다.

콰아아아! 터엉! 터어엉!

또다시 밀린다.

그래도 전처럼 단숨에 튕겨 나가지는 않았다.

청룡운해의 검격을 전개하며 뒤로 물러나고 또 물러났다.

뒷걸음치는 두 발이 천 근처럼 무거웠다. 무릎 전체에 부서질 듯한 충격이 가해지고 팔 전체가 날아가 버릴 것처럼 불안정했다.

"크윽!"

청룡운해만으로는 안 된다.

백호검이 있었더라면.

심검일체(心劍一體)다. 생각이 닿는 순간 검세가 변화했다. 둥글게 휘두르는 청룡검 끝에 청백의 빛무리가 열렸다.

'백호금광!'

백호무, 백호금광의 검무(劍舞)가 현신했다.

백색의 검격이다.

뒤로 물러나던 발끝이 앞을 향하니 가해지던 압력이 더욱더 거세졌다. 휩쓸려 버릴 듯 휩쓸려 버릴 듯하면서도 조금씩 앞으로 나선다.

백호금광의 힘이 현공포의 경력을 하나하나 풀어갔다.

'위험……!'

백호금광으로 어느 정도 버티는 듯했지만 한계가 찾아온 것은 금방이었다.

느린 듯 다가오는 현무검이다.

현공포의 검력이 검세의 빈틈들을 비집고 들어와 충격을 주고 있었다.

팔과 가슴의 옷깃이 부서져 흩어졌고, 노출된 피부가 갈라지며 핏물이 솟구쳤다.

현무검이 지척으로 이르렀을 때였다.

계속하여 몸속으로 침투해 오던 현무기(玄武氣)가 기이한 조화를 일으키기 시작했다.

수기(水氣)였다. 청풍 자신의 몸에 본래부터 가지고 있었던 수기가 외기(外氣)인 새로운 수기에 동조하고 있었다. 순식간에 하나의 흐름을 만들면서 온몸으로 퍼져 나갔다.

금강호보가 수류구보로 변화한 것은 순간이었다.

호보의 호쾌함이 그대로 살아 있는 듯했지만 어느새 구보의 부드러움을 띠어간다. 그야말로 물이 흐르는 것과 같은 변화였다.

청풍의 몸이 측면으로 돌아갔다.

수류구보의 조화로 현무검의 검격을 타 넘으며 청룡검을 뻗어냈다.

자신도 모르게 휘두른 검이다. 새롭게 자리잡은 수기(水氣)가 그의 검에서 퍼져 나왔다.

차가운 힘의 철벽이 그의 앞을 둘러치고 있었다.

공명결이 불러낸 기적이다. 그가 여기에서 북진무를 만나고, 그리하여 얻기로 약속되어 있던 힘이 그것이다. 주작검 염화인을 단숨에 삼켜 버린 현무검의 무공이 이번엔 청풍의 손에서 펼쳐지고 있었다.

쏴아아아아!

해일이 일고 물살이 흩어지는 소리가 환상처럼 들려왔다.

현공포의 위력을 흩어내며 뒤로 밀려나는 청풍이다. 그의 등이 다시금 벽에 부딪쳤다. 하지만 청풍은 쓰러지지 않았다. 완벽하지는 못해도 막아낸 것이다. 처음 본 무공, 어떻게 펼칠 수 있었는지 스스로도 쉽사리 믿어지지가 않았다.

"철해벽(鐵海壁)을……!"

청풍 스스로도 믿지 못하듯 북진무 역시 이것을 믿을 수 없다는 얼굴이었다.

귀신처럼 창백한 얼굴, 섬뜩하도록 까만 눈동자가 더욱더 큰 광기를 품었다.

다시 온다.

청풍은 기다리지 않았다. 현무검의 무공을 적시에 펼쳐 낼 수 있었던 것은 어디까지나 천운(天運)이라고밖에 표현할 수 없다. 그러나 청풍은 또한 알고 있었다. 그 힘을 얻을 수 있었던 것이 천운이라면, 그것을 얻고 사용할 수 있게 되는 것은 또 하나의 필연임을.

왼손으로 청룡검을 겨누면서 호보를 밟았다.

공명결을 최대한 운용하면서 달려간 그다. 북진무의 원숙한 수류구보가 그의 공격을 맞이했다.

맥점을 안다. 맥점을 알고, 구보를 안다.

그래도 허점을 유도하기는 힘들었다. 북진무의 수류구보는 완전의 경지에 올라 있다. 청풍이 경황 중에 펼친 것과는 확실히 달랐다.

'보법에서 승부를 낼 것이 아니야.'

청풍은 보법에 대한 집착을 버렸다. 북진무의 구보가 뛰어난 것은 당연한 일이다. 그 방어력도 생각해 보면 그다지 놀라울 것이 못 된다.

더 더욱 공격적으로 검을 전개했다.

금강탄에서 이어지는 백야참, 염화인 못지않은 연환검이 청풍의 검 끝에 터져 나왔다.

북진무의 몸이 흐려지듯 뿌옇게 변했다. 일순간에 방출해 내는 수기(水氣)의 조화다. 움직이는 현무검을 따라 만들어지는 최강의 방패, 철해벽이 발동되었다.

'여기다!'

청풍은 바로 그것을 기다렸다.

철해벽.

그것은 모든 공격을 막아낸다. 곧바로 이어지는 현공포는 그 어떤 무공이라도 휩쓸어 버릴 수 있을 만큼 강력했다.

청풍의 발이 용보를 밟았다.

방어에 적합한 위치를 찾고 모든 정신을 공명결에 집중했다.

세상이 열렸다. 북진무의 움직임을 느끼고, 현무검의 검력을 감지한다.

'동조(同調)!'

그의 마음이 검과 하나가 되었다. 자신의 검, 그리고 상대의 검, 모든 것을 아우르는 마음이다. 청풍의 검이 현무기(玄武氣)의 광대함을 한껏 머금었다.

좌아아아아아.

청풍의 검이 벽을 만들었다.

철해벽, 벽 두 개가 동시에 만들어지고 있었다.

"……!!"

방패를 이기는데, 창을 써야만 하는 법은 없다.

방패가 선 곳에 또 하나의 방패를 올리면 두 방패 모두 소용이 없어지는 법이다. 진기(眞氣)로 이루어진 방패도 다를 것은 없었다.

두 개의 방패가 만나며 한꺼번에 사라졌다.

말하자면 중화였다.

막바로 현공포를 준비하던 북진무의 얼굴이 크게 굳었다.

이럴 줄은 몰랐을 것이다.

사라져 버린 철해벽 사이로 청룡검이 금강탄의 파공음을 흩뿌렸다.

쿼유우웅!

청풍의 시도가 대담함 그 자체였다면, 북진무의 대응도 만만치 않았다.

청룡검 금강탄을 몸으로 받으며 그대로 현공포를 짓쳐 왔다.

청풍은 북진무의 현공포에도 당황하지 않았다. 아니, 예측했던 대로다.

북진무의 입장에서는 현공포를 내쏘는 것 외에 다른 선택은 없었기 때문이다.

청풍은 청룡검을 놓아버렸다.

놓는 것과 동시에 온 힘을 다하여 뒤로 물러났다.

손에서 놓고 뒤로 물러났음에도 금강탄은 멈추지 않았다. 공명결의 힘이다. 청룡검의 검격이 북진무의 가슴을 향하여 멈추지 않고 쏘아졌다

그뿐이 아니었다.

청풍의 공명결은 청룡검 하나에만 닿아 있지 않았다.

오른손을 따라 땅에 떨어져 있던 주작검이 날아온다.

북진무의 등 뒤를 향해.

북진무의 앞과 뒤를 노린 공격이다.

신기(神技)였다.

무공으로 설명할 수 없다. 천재적인 발상이다.

북진무의 몸으로 두 개의 신검이 틀어박히는 것이 보였다. 그동안 쌓아온 경험, 전투 능력의 정화(精華)가 거기에 있었다.

'이겼다……!'

청풍은 생각했다.

하지만.

놀랍게도 현공포의 내력은 흩어지지 않았다. 그대로 청풍을 휩쓸어 벽으로 내던져 버렸다. 등 뒤로 다시 한 번 강렬한 충격이 전해졌다.

꾸웅.

청풍의 몸이 땅으로 곤두박질쳤다.

'어찌하여……'

신검 두 자루에 꿰뚫려 버렸다면 그 진기가 흩어져야 정상이지 않던가. 현공포는 멈추지 않았다. 그 위력도 전혀 줄어들지 않았다. 있을 수 없는 일이었다.

쓰러진 청풍, 낮은 시야 속으로 다가오는 북진무의 발이 비쳐들었다.

'빗나갔는가…… 그럴 리가…….'

멀쩡하게 걸어온다.

북진무의 발 저편.

두 자루의 검이 보였다. 피 한 방울 묻어 있지 않은 검날이 시리도록 밝게 다가왔다.

이해할 수 없었다. 분명히 박혀들지 않았던가. 피할 수 없는 위치로 날아갔고, 날아왔다. 꿰뚫는 것도 보았다.

저 두 검이 어찌하여 저기에 떨어져 있는지 알 수가 없었다.

"대단하군."

북진무의 목소리가 머리 위에서 들려왔다.

고개를 들어볼 수 없을 정도로 온몸이 무거웠다.

두 눈이 흐려지고 밝아지기를 반복한다.

그래서일까. 이상하다. 깨져서 부스러진 청동 거울 조각들.

청풍의 손이 비치고 있는데, 거기에 응당 비쳐야 할 것이 보이지 않고 있다.

북진무의 발치에 있는 청동 거울 조각.

그 안에 있어야 할 북진무의 모습이 없어져 있었던 것이다.

"네가 이겼다, 사신검(四神劍)의 주인이여."

무슨 말인지 알 수가 없었다.

목소리까지도 일그러져 들린다.

머리 위라 생각했는데 머리 속인 것 같다.

북진무의 목소리인 것으로만 생각했는데 청풍 자신의 목소리 같았다.

쩔그렁!

무거운 무엇인가가 떨어졌다.

청동 거울 조각들 사이로 북진무의 모습은 없었지만, 현무검은 있었다. 현무검이 청풍의 머리맡에 떨어지며 육중한 강철음을 울렸다.

어찌 된 일일까.

풀리지 않는 의문 속에서.

그 모든 것을 삼켜 버릴 어둠이 그의 눈앞에 내려앉았다.

질풍검, 질풍대협의 독문무공은 그 연원이 모호하다.

그와 같은 무공을 구사하는 이가 화산파에 단 한 사람도 없기 때문이다.

화산의 고유 무공인 매화삼릉검이나 태을미리장을 펼치는 경우도 있다고는 하지만, 기본적으로 질풍대협의 무공은 세간에 알려져 있는 화산파의 무공과 그 궤를 달리한다.

완벽하게 정립된 투로, 백련으로 갖추어진 초식으로 볼 때 한두 세대를 통하여 만들어진 무공으로 생각되지는 않는다. 하지만 어찌하여 같은 무공을 익힌 이가 화산파에 존재하지 않는지는 풀리지 않는 의문으로 남아 있다.

대체 화산파에 어떤 고인(高人)이 있어 그와 같은 무공을 가르쳤는지, 자하신공을 전수해 주었다던 선현 진인 이외에 다른 사부가 있었는지 심각하게 고려해 볼 일이다.

만일 그것도 아니라면.

전설처럼 사신검에 그 주인을 위한 무공이 담겨 있었던 것인지도 모르는 것.

질풍대협의 무공은 그처럼 풀 수 없는 비밀과 놀라운 신비로 표현할 수 있겠다.

한백무림서 무공편
제삼장 화산파 中에서.

사신(四神)

청풍이 정신을 잃은 시간은 그리 오래지 않았다.

중앙궁 바깥에서는 여전히 격한 싸움이 벌어지는 중이다.

아직도 그치지 않는 병장기 소리와 폭음들이 종국으로 치닫고 있는 싸움을 잘 알려주고 있었다.

"크윽……!"

청풍이 몸을 일으켰다.

고통이 밀려왔지만 내력을 도인하며 참아냈다.

일어난 청풍이 숨을 들이키고 손을 들어올렸다. 현무검이 땅 위에서 떠오르며 그의 손으로 들어왔다.

길이는 짧았지만 그 어느 검보다 두껍고 무거운 검이었다.

우우우웅!

전해져 흘러온다.

검자루를 부여잡으니 검이 간직했던 현무기가 몸속으로 들어오는 것을 느낄 수 있었다.

'신(腎)인가……'

맑고도 도도한 기운이었다.

정대한 수기가 신장을 찾아서 그곳에 깃들고 있었다.

신(腎)이라 함은 온몸의 정혈을 균형있게 유지하는 중요한 장기.

온몸의 탁기를 배출하는 마지막 관문이다.

신체의 균형을 잡고, 흐르는 피를 조화롭게 해준다.

중단전에 남아 있던 얼룩이라 했던가.

수기(水氣)가 중단을 거쳐 가며 마음의 밭을 깨끗이 씻어주고 있었다.

상단전에 남아 있던 화기의 흔적까지도.

"후우우우."

그토록 들끓었던 기운이 안정되고 있었다. 고통은 여전했지만 내력만큼은 예전의 흐름을 찾아가는 중이었다.

상응하여 서로를 돕고, 제자리를 찾아가는 기운들.

사신(四神)의 신기(神氣)가 모두 다 갖추어지는 순간이다.

오랫동안 그의 내공을 묶고 있던 족쇄가 풀려 나가고 있었다.

청풍이 발을 옮겼다.

저절로 발동되는 공명결이다.

주작검과 청룡검이 차례로 떠올라 청풍의 뒤를 따랐다.

치링, 치리링, 철컥.

주작검과 청룡검이 살아 있는 듯 움직여 그의 검집 안으로 들어왔다.

예전의 그와 같으나 또한 예전의 그가 아니다.

네 개의 기운이 모두 있는 것과 그렇지 않은 것은 그처럼 달랐다. 순정한 내력이 흐르고 흘러 새로운 세상을 눈앞에 열어놓고 있었다.

'북진무……!'

청풍은 제단 한가운데를 바라보았다.

검고 검은 제단.

육신은 그 어느 때보다 강해졌으되, 마음은 그 어느 때보다 혼란스러웠다.

느끼고 겪었던 많은 것들 때문이다.

진실.

지금까지 걸어온 길은 꿈속에서 걸어온 몽로(夢路)와도 같다.

어긋나고 어긋났던 사실들, 사신의 검에 대한 진실이 그의 머리 속을 강타했다.

'확인해야 한다.'

청풍은 결정했다.

다른 그 무엇보다도 먼저 해야 할 일로 느낀다.

그래야 알 수 있다.

그가 어떤 사람인지.

사신검은 어떤 물건이었는지.

그리고 그 안에서 그의 천명은 무엇인지.

청풍의 몸이 움직였다.

움직인다 싶은 순간 화천작보가 나아간다.

비상하는 주작의 날개가 펼쳐지고, 하늘을 날 듯한 신법이 순식간에 그의 몸을 중앙궁 바깥으로 이끌어 나갔다.

중앙궁 정문의 아수라장이 두 눈에 비쳐들었다.

어느새 끝이 난 싸움이다.

땅에 쓰러진 두 개의 거구가 보이고, 이어 그 두 거구를 쓰러뜨린 남자가 보인다.

장대한 태검을 땅에 박고 거기에 기댄 채 숨을 몰아쉬는 남자가 그 앞에 있었다.

"싸움은 끝났소?"

청풍이 물었다.

이쪽을 돌아보는 남자, 그의 눈에 이채가 감돌았다. 청풍의 변모를 단숨에 알아챈 모양이었다.

"아니, 이제 시작이오."

이내 입을 여는 남자의 대답은 그와 같았다.

하나의 싸움은 끝났지만 또 다른 싸움이 시작된다.

청풍은 말없이 고개를 끄덕였다.

그의 대답은 곧 그 자신의 삶이자, 청풍의 삶과 같다.

이 알 수 없는 천하에 끝이라 말할 수 있는 싸움이 얼마나 될까.

싸움의 시작은 시간의 흐름을 가리지 않는다.

잠시 멈추었던 청풍의 발이 다시금 움직이기 시작했다.

텅!

흑야성 바깥으로 향하는 청풍이다.

고고마이와 쿠루혼의 모습이 스쳐 지나간다.

바깥에서 보았던 점창 무인들의 모습이 시야 한편에 들어왔다가 멀어졌다.

외곽 숲에 이른 청풍은 또 다른 싸움의 승자들을 발견할 수 있었다.

엄청난 기세를 뿜어내는 기마 부대가 그 숲에 있었다.

그 기병들.

본 적이 있는 자들이었다.

엄청난 준마들을 이끌고 철기맹 철갑기마대를 박살 내던 모습이 눈에 선했다.

그 한가운데, 한 자루 장군검을 들고 순백의 신마(神馬)를 탄 미모의 여인이 자리하고 있었다.

'이들까지 왔었다니……!'

푸른 깃발, 북풍단이었다.

화안리에서 들었던 북풍마후라는 이름이 절로 떠올랐다.

"후우…… 그나마 다행인 것은 청안(靑眼)의 악마(惡魔)가 온다는 것이겠죠."

쿠루혼과 고고마이의 대화가 귓전에 맴돈 것은 당연한 수순이었다.

청안의 악마라는 말.

흑야성을 돌아본 청풍이다.

왜 몰랐을까.

흑야성 저편, 비로소 청풍은 그의 존재를 확연하게 느낄 수가 있었다.

북풍단이 여기에 있고, 북풍마후가 그 가운데 있다.

그렇다면 북풍단주 역시 이곳에 있다는 말이다.

압도적인 무력, 검푸른 불길과도 같은 그것이 흑야성 한편에서부터 전해지고 있었다.

속도를 늦추었지만 그렇다고 발길을 돌리지는 않았다.

굳이 만날 필요는 없기 때문이었다. 안에서 우연히 만날 수도 있었던 일이다. 하지만 그러한 조우(遭遇)는 없었다.

오늘 그가 겪을 만한 인연은 아니었던 모양이다. 그렇기에 청풍은 북풍단마저도 그냥 지나쳐 버렸다.

"쫓을까요?"

누군가의 질문이 들려왔다.

북풍단의 한 명이었다. 하지만 그에 대한 대답은 단호했다.

"그럴 필요 없다. 그는 적(敵)이 아니야."

북풍마후의 목소리였다. 여인의 목소리임에도 굉장한 위엄이 느껴졌다.

뒤를 돌아본 청풍의 눈과 북풍마후의 눈이 부딪쳤다.

멀어지는 시선, 청풍은 눈빛으로 다음을 기약했다.

새로운 인연을 만들어가기엔 청풍의 마음이 너무나도 복잡해져 있었다.

지금으로서는 사신의 진실을 알고자 하는 마음뿐이다. 머리 속에 가득한 의문으로 다른 생각을 할 겨를이 없었다.

청풍은 빨랐다.

어느 준마도 따르지 못할 속도였다.

사천성을 가로질러 장강 줄기에 이르기까지.

나는 새들도 그처럼 빠르지는 못하리라.

청풍은 그처럼 급했고, 그처럼 목말라 있었다.

모든 것을 알아야 했다.

그의 무공이 어디서 왔는지.

그들, 그를 가르쳐 준 스승들의 근원이 무엇인지.

이제는 알아야만 했다.

'장강······!'

마음에 걸리는 것은 오직 하나, 서영령뿐이었다.

무사히 돌아가리라 약속했었다. 여정이 길어지면 그만큼 걱정도 많이 할 것이리라.

그래도 이것은 해결하고 가야 했다.

장강까지 왔다.

장강에 온 이유는 하나다. 다름 아닌 백호검이었다.

백호검을 얻고 진실을 알게 된 후 돌아갈 작정이었다.

'백호검······!'

사천성 동쪽 끝자락.

장강 줄기에 접어든 청풍이다.

'을지 공······!'

백호검을 생각하면 자연히 을지백이 떠오를 수밖에 없었다. 백호검을 들고 육극신에게 달려가던 뒷모습이 그가 떠올릴 수 있는 마지막 그의 모습이었다.

거기까지, 그 뒷모습까지다.

도망치던 청풍은 육극신과 을지백이 싸우는 광경을 보지 못했다.

싸웠다면 그 결과가 대체 어떠했기에 백호검이 다른 이의 손으로 넘어갔을까.

아니, 과연······ 과연 진실로 싸우기는 했을까.

상상할 수 없었던 방향으로 생각이 이어진다.

어디까지가 사실이고, 어디까지가 환상인가.

천태세는 과연 어떻게 그렇게 절묘한 시점에 나타날 수 있었으며, 언젠가부터 왜 다시 나타나지 않게 되었는가.

봇물처럼 터져 나온 의문이다.

그리고 그 해답을 얻을 수 있는 방법은 하나였다.

네 개의 검을 모두 얻는 것이다.

청풍은 그 순간 그 해답을 얻게 될 것임을 알았다.

누가 가르쳐 준 것이 아니라 그 몸에 살아 있는 네 개의 진기가 그렇게 될 것임을 알려주고 있었다.

'광혼검마를 찾아야 한다.'

그를 찾는 것이 먼저였다.

백호검은 광혼검마에게 있기 때문이다. 곱게 돌려줄 자가 아니라는 것은 당연한 사실, 싸움을 거쳐야 할 것임은 필연이었다.

청풍은 서둘렀다.

마을로 찾아가 사람들에게 묻는 우(愚)는 범하지 않았다. 그런 불확실한 정보에 매달릴 때가 아니었다.

곧바로 화산지부를 찾아가 물었다.

"서천각의 업무를 보는 곳은 어디요?"

"어인 일로 오셨는지?"

"화산 제자로서 정보를 얻으러 왔소."

행적이 드러난다?

상관없다.

행적이 드러나서 화산파가 쫓아온다 해도 청풍은 얼마든지 그들을 따돌릴 수 있다. 따돌릴 수 있을 뿐 아니라 제압할 능력도 충분했다.

"원로원 은매패요."

서천각의 제자는 청풍보다 한참이나 어려 보였다.

그래도 청풍은 공대를 했다. 하지만 제자의 반응은 놀랍도록 즉각적이었고, 또한 놀랍도록 의외인 내용을 담고 있었다.

"은매패! 설마……!"

"……?"

"청홍무적검! 청풍 사형이시군요! 저는 얼마 전에 운대관을 통과한 제자입니다. 말씀을 편히 해주십시오!"

'알아본다……?'

청풍을 바라보는 젊은 제자는 무척이나 흥분한 얼굴을 하고 있었다.

단숨에 청풍을 알아보았을 뿐 아니라 그 두 눈에는 선망이 가득했다. 흥분했지만 화산 제자로서 절도를 잃지 않으려 애쓰는 모습이 그야말로 생소했다.

"어떤 정보를 원하시는지요? 모든 지원을 다하라는 명이 있었습니다."

"지원을 다하라? 나에게?"

"예, 그렇습니다. 아, 정확히는 원로원 은매패를 지닌 분께 대한 지원입니다만."

청풍의 미간이 좁아졌다.

원로원 은매패를 지닌 이가 또 있는가.

모른다.

그동안 무슨 일이 있었는지는 알 수가 없었다.

확실한 것은 이 반응이 일전에 화산지부를 찾아갔을 때와는 전혀 다르다는 사실이었다. 당시 서천각 제자는 원로원 은매패를 알아보지도 못했을뿐더러, 그런 지시는 받은 적이 없다고 하였다.

그때의 대접이 박대였다면, 지금의 대접은 더할 나위 없는 환대라고 할 수 있을 것이다.

뭔가가 변해도 굉장히 많이 변해 있었다.

"광혼검마가 어디 있는지 알고 싶다."

"광혼검마라면…… 비검맹의 검마를 말씀하시는 겁니까?"

"그렇다."

젊은 제자의 두 눈이 커졌다.

"그렇다면 그 일 때문이시군요? 드디어……!"

젊은 제자의 두 눈에 일렁이는 빛은 기대감 바로 그것이었다. 그러나 청풍은 무엇 때문에 그런 눈빛을 보이는지 전혀 아는 바가 없었다. 청풍이 반문했다.

"그 일이라니?"

"아, 모르고 계셨나요?"

다소 실망한 얼굴로 변한다.

말소리가 변화하는 감정을 솔직하게 드러내고 있었다. 젊은 제자의 목소리가 낮아졌다. 그가 굳은 얼굴로 조심스럽게 말을 이어나갔다.

"집법원의 정검대 어르신 세 분께서 변을 당하셨습니다. 이 근처 장강 지류에서요. 조사 결과 광혼검마의 소행으로 드러났습니다. 본산에서 매화검수들이 나선다고 들었는데, 진척 상황은 아직 잘 모르겠습니다. 극비 사항이 되어서요."

"그랬군."

청풍의 두 눈이 예리한 빛을 품었다.

젊은 제자의 말은 순서가 틀렸다.

세 명이 변을 당하고, 그 이후에 광혼검마의 이름이 나온 것이 아니다. 먼저 공격한 것이 집법원이고, 광혼검마의 반격 때문에 변을 당했다는 것이 옳다.

집법원이 나섰다는 것은 곧 백호검을 회수하려 했다는 뜻.

비밀리에 행해졌고, 실패했다.

청풍은 알 수 있었다. 집법원 정검대 검사들은 강했지만 세 명 정도로는 검마의 무위를 감당할 수가 없었다.

"그게 언제지?"

"변을 당하신 것 말씀이신가요? 한 달 정도 되었습니다."

"한 달이라……."

이상한 일이었다. 사건이 벌어진 것이 근간의 일이라면 모를까 한 달이나 되었다면 분명 문제가 있다.

한 달이라면 사안을 공식화하고 특단의 조치를 취하기에 충분하고도 남는 시간이다.

집법원 정검대가 죽었는데 이처럼 조용하다?

백호검, 사신검에 관한 임무라는 것이 원래부터 조용하게 처리되고 있기는 했지만 이것은 과한 느낌이 없지 않다. 철기맹의 도발에도 즉각적인 전면 공격을 감행했던 화산파다. 석연치 않은 구석이 있었다.

"광혼검마는 어디에 있지?"

"위치를 계속 확인하라는 명이 있기는 했지만 정확하지는 않습니다. 연사진 근처라는 것밖에는……."

"연사진 근처라면 조금 멀군."

청풍은 젊은 제자의 눈을 들여다보았다.

이 제자는 아직 어리다.

정말로 중요한 정보에는 접근하지 못할 연배였다.

모르고 있는 것이다.

화산파의 침묵은 겉으로 보이는 것뿐, 서천각에 광혼검마의 위치를 계속 파악하라고 했다면 화산파도 어디선가 움직임을 계속하고 있다는 말이리라.

'상대가 비검맹이어서 그럴 수도 있겠지.'

그럴 수도 있는 것이 아니라 틀림없이 그럴 것이다.

철기맹과는 다른 까닭이다.

철기맹도 뚜껑을 열어보니 보통 놈들이 아니었지만 비검맹은 지닌 바 세력만 놓고도 보통 놈들이 아니다. 뚜껑을 열기 전부터 이미 함부로 할 수 없는 상대라는 말이었다. 드러내 놓고 싸움을 걸기엔 부담스러울 수밖에 없었다.

'그러나……'

이해가 아주 안 되는 것은 아니지만 기분이 좋지 않음은 어쩔 수가 없었다.

은과 원은 어떻게든 풀어서 해결을 봐야 하는 법이다.

문파의 제자가 당했다면 복수를 해야 함이 마땅한 것 아닌가.

굳이 피를 보는 복수가 아니더라도 분명하게 책임을 물어야만 한다. 상대하기가 껄끄럽다고 하여 은밀하게 눈치를 보고 있다면, 임무를 다하려다 죽어간 집법원 정검대의 혼령은 어디서 위로를 받을 수 있을까. 아무리 사문이라지만 이런 처사는 결코 올바른 일이 못 되었다.

"좋은 정보를 얻었다. 나머지는 연사진 근처에서 해결하마."

"아…… 광혼검마를 잡으시려는 겁니까?"

청풍은 다시 한 번 젊은 제자의 눈을 바라보았다.

그 솔직한 두 눈에 광혼검마에 대한 맹목적인 복수심이 묻어났다.

바로 이것이다.

이것이 사문이었다.

같은 배움을 지녔던 자가 험난함을 당하면 함께 분노하고 함께 고민해야 되는 것이다. 아무리 대의(大義)가 중요하다 해도 제자의 목숨을 장기판의 졸로 활용해서는 안 되는 일이었다.

"광혼검마를 잡길 바라나?"

"예. 물론입니다."

"나 또한 그러하다. 그에게 화산의 무서움을 보여줘야겠지."

화산의 무서움.

젊은 제자의 표정이 대번에 밝아졌지만 청풍의 마지막 한마디엔 공허함만이 가득했다.

무엇이 먼저인지 알 수가 없다.

백호검을 찾는 것, 사신검을 회수해 오라는 사문의 임무, 화산 제자로서의 역할, 모든 것이 뒤죽박죽이었다. 사문에 대한 불만이 고개를 쳐들고 있는 지금, 과연 스스로 화산 제자라고 말할 수 있는지조차 의문이다.

연사진으로 향하는 발걸음.

단호하면서도 한편으로는 혼란스러운 발길이다.

어지럽게 부는 바람, 계절의 끝을 알리는 차가운 겨울이 성큼 다가오고 있었다.

*   *   *

"그가 나타났다고 하는데요?"

"그렇지. 지금쯤 나올 때가 되었어."

고봉산의 몰골은 말이 아니었다.

어깨에 감은 붕대에서는 아직도 배어 나오는 핏자국이 비치고 있었다. 피곤이 가득한 얼굴, 장현걸도 마찬가지다.

그리고 하여 과히 나을 바는 없었다.

"어디쯤에 있나?"

"그거야 모르지요. 그 정도까지 파악할 만큼 돌릴 인원이 없어요."

"가릉에서 둘만 빼가지고 서천각에 붙여. 수단과 방법을 가릴 때가 아니야."

"가릉에서요?"

"그래. 일단은 위치를 알아야 접촉을 할 것 아니겠나. 아무리 준비가 되었어도 실행하지 못하면 말짱 헛것이라고."

"아이고…… 알겠습니다. 그럼 철살개는 포기하셔야 할 겁니다."

"그 친구만큼은 놓치면 안 돼. 그 친구는 내가 만나겠어."

"고지식한 놈입니다. 귀찮은 것을 싫어하기도 하고요."

"협의로는 그만한 친구도 없다. 증거가 없이도 말만으로 도와줄 녀석이야."

"그렇기는 그렇지요."

"광풍개 어르신은?"

"그쪽은 잘되었습니다. 다만…… 왕구악 어르신이…….."

"왕 장로는 건들지 마. 단심궤에 이름은 없지만 어디로 튈지 모르는 분이니까."

"그럼 그것은 그렇게 하겠습니다. 그리고 양화개에 대한 사항은 꽤

진척이 되었습니다. 잘만 되면 상 장로 건과 한꺼번에 엮을 수 있을 것 같아요."

"좋아. 서둘러, 그리고 조심해. 저번에 다친 남진중이는 일단 피신 해 있기로 했어. 그가 못 움직이게 되니 삼 할 정도의 전력 감소를 예상해야 할 거야."

"전력 감소야 하루 이틀 일도 아니지요……. 남 부당주님은 괜찮기는 하답니까?"

"별로 안 좋아. 일단은 봉산이 네가 부당주 역할을 해야 해."

"그 정도입니까?"

"그래, 그 정도야."

"부당주님이야 그렇다 해도 당주님께선 아직도 어렵다십니까?"

"그런 모양이다. 사부님 곁을 지키고 계시는 것 같은데 그쪽도 현상유지가 고작일 거다."

"연계는 안 될까요?"

"불가(不可)! 보름도 못 버텨. 게다가 사부님께서 용두방주 자격으로 구파 장문인들께 무림맹 소집에 대한 제안서를 돌리셨지 않나. 단심맹쪽에서도 신경을 곤두세울 거다. 백척간두야. 조금만 흔들리면 떨어져 죽어."

"어렵군요."

"어렵지. 다시 한 번 말하지만 조심해. 화산파 동향 잘 주시하고."

＊　　　　＊　　　　＊

연사진은 처음 와 보는 곳이 아니다.

수로육손 류백언과 처음 만났던 곳이 바로 이곳이었다.

하지만 청풍은 연사진을 보면서 처음 와 보는 것과 같은 생소함을 느꼈다. 많은 것이 변했기 때문이었다.

'이곳도 이제는 비검맹의 영역인가.'

갑자기 떨어진 기온, 강가에는 살얼음이 얼어 있었다. 부서져 떠다니는 얼음 조각 사이로 세 척의 소형 전선(戰船)들이 보였다. 비검맹의 전선들이었다.

선착장으로 뻗어 있는 길 또한 예전과는 판이하게 달랐다.

사람 그림자조차 찾아보기 힘들다. 폐허나 다름없게 변한 곳, 분주하게 들끓던 수로맹 사내들은 이제 없었다.

'차라리 잘되었어.'

광혼검마의 위치를 가장 잘 알고 있을 자들.

그것은 수로맹도 아니요, 화산파도 아니다.

바로 비검맹이다.

어디 있는지 모르겠으면 직접 물어보면 된다. 과격한 방법이 되겠지만.

청풍은 망설이지 않았다.

곧바로 연사진 내로 들어가 무인으로 보이는 사람들을 찾았다. 이곳에 있는 무인이라면 자연히 비검맹 맹도들일 것이라는 판단이었다.

'있군.'

찾는 자들을 발견한 것은 금방이었다.

선착장에 이르자 이곳저곳 방만하게 흩어져 있는 남자들이 눈에 띄었다. 무인들, 비검맹 맹도들이었다.

"거기, 무슨 일이냐!"

개중의 한 명이 청풍을 발견하고 거친 목소리를 내뱉었다.

주섬주섬 일어나는 무인들이다.

통일되지 않은 난잡한 복장들, 그러나 왼쪽 가슴에는 하나같이 비검(比劍)이란 두 글자를 달고 있었다.

"알고 싶은 것이 있어서 왔다."

청풍의 목소리는 언제나처럼 낭랑했다.

거침없이 걸어가 비검맹 맹도들 앞에 섰다. 곧바로 이어지는 질문은 그 걸음걸이처럼 거침이 없었다.

"광혼검마는 어디에 있나?"

비검맹 맹도들의 얼굴이 싹 굳었다.

광혼검마.

광혼검마라면 비검맹 주축 중에서도 가장 상층에 있는 이다. 그 이름은 그런 식으로 부른다면 둘 중 하나일 수밖에 없다. 비검맹 내에서 문도들이 짐작하지도 못할 만큼 높은 위치에 있는 자거나, 아니면 적이다. 한 놈이 창백한 얼굴로 물어왔다.

"검맹(劍盟)에서 나오셨습니까?"

청풍은 가타부타 대답하지 않았다.

착각을 하려면 해라.

청풍으로서는 알고 싶은 것만 알면 그만이었다. 그가 다시 물었다.

"광혼검마의 행방을 말하라."

심상치 않은 분위기가 퍼져 나갔다.

하나둘씩 다가오는 비검맹 맹도들이다. 가까이 온 한 맹도가 한순간 놀란 표정을 지으며 큰 소리로 외쳤다.

"잠깐! 이놈! 이놈, 청홍무적검이다!"

청홍무적검.

그렇다.

이곳은 장강이다.

청홍무적의 이름이 가장 도도하게 흐르고 있는 곳이었다. 청풍을 단숨에 알아보는 놈이 있고, 그에 대한 두려움을 갖는 이들이 있다. 비검맹 맹도들이 일제히 병장기를 뽑아 들었다.

"그만두는 것이 좋을 텐데."

청풍의 경고는 단순하면서도 충분한 뜻을 담고 있었다.

잠시 멈칫하는 비검맹 맹도들이다.

그러나 그들에겐 명성에 대한 두려움보다 제 문파에 대한 자신감이 훨씬 더 컸다. 청홍무적검은 비검맹에 있어 생사를 갈라야 할 대적(大敵)의 이름이다. 서로 눈치를 보던 그들이 제각각 병장기를 휘두르며 달려들었다.

"……."

청풍의 발이 물이 흐르듯 옆으로 움직였다.

두 개의 검날을 비껴내고 한 자루 낭아곤을 피해냈다. 어차피 이렇게 될 줄 알았던 것, 청풍의 왼손이 청룡검 검자루에 닿았다.

퍼어억!

한 놈의 몸이 튕겨 나간 것은 그야말로 시작에 불과했다.

움직이기 시작한 청풍이다.

그의 몸은 이미 한줄기 바람으로 화(化)해 있었다. 앞으로 나아가는 진각음은 고작 다섯 번. 호보 다섯 걸음에 일곱 명의 몸이 땅바닥을 굴렀다.

"커억!"

쓰러진 자들은 다시 일어나지 못했다.

죽인 것은 아니다. 단숨에 의지를 꺾을 뿐이다.

처음부터 상대가 되지 않는 싸움이었다. 용갑에서 뽑지도 않은 청룡검이었지만 단 일 격도 버텨내는 자가 없었다.

파아앙! 털썩!

질주하는 바람이 잦아들었다.

앙상한 가지 밑에 휩쓸리는 낙엽처럼, 나뒹구는 무인들의 신음 소리만이 장내에 하나 가득 남았다.

열 명에 가까운 무인을 쓰러뜨리고도 전혀 흐트러짐이 없다.

청풍은 산책이라도 나온 사람처럼 천천히 걸음을 옮겨 마지막으로 쓰러진 맹도에게 다가갔다.

"마지막으로 묻겠다. 광혼검마는 어디에 있나."

아래를 내려보는 청풍의 목소리에 스쳐 가는 바람의 차가움이 깃들었다. 이를 악문 비검맹 맹도가 얼굴을 찌푸리며 씹는 듯한 목소리를 뱉어냈다.

"비검맹에…… 검을 들이대다니, 제…… 제 명에 살지 못할 것이다!"

퍼어억!

험악한 소리가 사위를 울렸다.

잠시의 정적.

흙먼지가 솟구쳐 비검맹 맹도의 얼굴 위로 내려앉았다.

눈을 질끈 감았던 비검맹 맹도가 아직 목숨이 날아가지 않았음을 깨닫고 슬며시 눈꺼풀을 떠올렸다. 청록빛 광채가 흐르는 용갑이 바로 옆 땅에 박혀 있었다.

"말하지 않을 텐가?"

청풍의 음성에는 아무런 감정이 배어 있지 않았다.

실수가 아니다. 위협이다.

비검맹 맹도가 곁눈질로 박혀 있는 용갑을 보았다.

추운 날씨 단단한 땅바닥이 부서지기라도 한 듯 움푹 꺼져 있었다. 그것이 제대로 겨누어졌다면…… 그의 머리는 흔적도 없이 날아가 버렸으리라. 죽음의 공포를 실감한 그가 입술을 떨며 말했다.

"광혼검마님께서는…… 연공사(緣空寺)에 공납을 받으러……."

"연공사? 위치는?"

"서쪽, 서쪽입…… 니다. 이십 리 정도 가면…… 연사암(緣絲巖), 연사암이라는 바위산이 나오는데, 그 위쪽에 있는 절입니다."

청풍이 고개를 들어 서쪽을 바라보았다.

서쪽이면 오히려 그가 지나쳐 온 방향이다. 기억을 더듬어본 청풍은 강가를 따라오느라 멀리 스쳐 보냈던 바위산 하나를 떠올릴 수가 있었다. 그곳이 연사암이 맞다면 그리 멀지 않았다. 생각보다 빨리 찾은 것이다.

퍼석.

청룡검 용갑을 땅에서 뽑아 들었다.

청풍을 올려보는 비검맹 맹도의 두 눈에는 두려움이 떠올랐다. 살려달라고 애걸하지 않는 것이 가상하달까. 그 정도밖에 안 되는 조무래기다. 죽일 마음은 애초부터 없었다.

청풍이 그대로 몸을 돌렸다.

맹도가 믿어지지 않는 얼굴로 안도의 숨을 내쉬고 있을 때, 청풍의 신형은 이미 화천작보의 힘을 빌려 한참 멀리에 가 있었다. 주변 풍광이 순식간에 다가와 그의 옆을 스쳐 갔다. 강을 따라 이어지는 관도가 청풍의 눈앞에 펼쳐졌다.

'이것은……!'

비검맹 맹도의 말대로 서쪽으로 향하던 청풍이다.

쉬지 않고 달리던 그가 일순간 신법을 멈추었다. 익숙한 기운이 느껴졌기 때문이다. 숨을 한 번 들이키고는 공명결을 발동시켰다.

'하얗다…… 날카롭다…….'

청풍은 느껴지는 기운의 정체를 쉽게 짐작할 수 있었다.

청풍 자신의 몸 안에도 간직되어 있는 기운이다. 백호기였다.

정신을 집중하던 그가 다시 서쪽으로 신법을 전개했다. 그러자 백호기가 더욱 확연해지는 것을 느낄 수 있었다. 광혼검마가 그쪽에 있다는 사실을 확인하는 순간이었다.

'거짓말은 아니었군.'

비검맹 맹도의 말은 거짓이 아니었다.

강을 따르던 관도가 옆으로 굽어 북쪽으로 이어지는 것이 보였다. 청풍은 북쪽으로 방향을 꺾지 않고 길이 나 있지 않은 숲을 향해 몸을 날렸다. 목표가 정해졌으니 거칠 것이 없었다.

최고조에 이른 속도다. 반나절도 걸리지 않았다.

노송과 바위가 어우러진 산지에 이르렀다. 산길 초입에 서 있는 길쭉한 바위에는 누군가 연사암이라는 세 글자를 새겨놓았다. 제대로 찾아온 것이다.

청풍은 곧바로 산을 탔다.

제법 험준했지만 그에게는 평지와도 같았다.

느껴지는 기운을 기준 삼아 골짜기 하나를 넘었다. 그러자 등성이 너머로 제법 큰 규모의 절 하나가 보이기 시작했다.

연공사였다.

그 안에서 흘러나오는 백호기가 거기에 광혼검마가 있음을, 또한 그곳이 연공사임을 확실하게 알려주고 있었다.

연공사 산문이 저 멀리 보일 때다.

청풍의 시야에 십여 명의 인영이 비쳐들었다.

산문 근처였다.

일단 기척을 지우고 속도를 줄인 다음 동향을 살폈다. 사람들의 모습을 살핀 청풍. 그의 얼굴이 미미하게 굳었다.

'저들은……!'

비검맹 무인이 아니라면 참배를 드리기 위해 올라온 향화객쯤으로 생각했었다. 그러나 그들은 향화객이 아니었다. 향화객들이 도포를 입고, 쭉 뻗은 장검을 들고 있지는 않을 것이었다.

비검맹 무인도 아니었다. 비검맹 무인일 수가 없다. 그들이 입고 있는 도포는 청풍이 잘 알고 있는 옷이었다. 그것도 예전에 항상 보았던 도포였다.

'매화검수……!'

그렇다.

그들은 화산파였다.

도복을 입은 이들은 아홉 명. 매화검수는 그중 세 명이었고, 세 명 중 한 명의 기도가 특히 출중했다.

'옥녀화검(玉女花劍)……! 추영 사저!'

출중한 정도가 아니라 만개하여 피어나는 무공이다.

그것도 여인이었다.

본산에 있었던 어린 시절, 흡로암 먼발치에서 본 적 있는 그녀다.

얼핏 연선하와 비슷하게 보이지만, 그녀보다 더 젊고 더 아름답다. 그 시절 남자 제자들 사이에서 가장 화제가 되었던 여인이었다.

'광혼검마를 치러고 온 것이 틀림없다. 하지만 그 인원으로는 안 될 텐데.'

매화검수 셋이면 상당한 전력이다. 나머지 여섯 명도 일반적인 평검수 수준은 넘어서 보인다.

그래도 검마에겐 어려웠다.

백호검이라는 신병이기까지 갖춘 광혼검마라면 더 더욱 그랬다.

승기를 잘 잡는다면 모르되 한두 명이 무너지면 모두 다 무너질 수밖에 없었다. 이 아홉 명이 전부 다 덤벼든다 해도 승리를 장담하기 힘들다. 무엇보다 화산 무인들은 합공에 능하지가 못했다.

청풍은 수류구보를 밟으며 누구도 알아채지 못하게 앞으로 나아갔다.

같은 화산파이니 정체를 감출 필요가 없다고 할 수 있었지만, 이상하게도 나서기가 싫었다.

광혼검마를 잡으러 온 이들.

집법원 대신이라 생각되어서인지도 모른다.

다른 이유도 있다.

이들과 행동을 함께하다가는 백호검을 얻고 그냥 떠나기가 껄끄러워질 것 같았다.

조금 더 접근하자 산문의 전경을 보다 확실하게 볼 수 있었다.

화산 제자들의 발치에 두 명의 승려가 쓰러져 있는 것이 보였다. 산문을 지키는 승려들이다. 무승(武僧) 같았다. 싸움을 벌인 흔적이 산문 근처 이곳저곳에 남겨져 있었다.

'무승이라…… 그러고 보면……'

광혼검마는 이 연공사에 공납을 받으러 왔다고 했다.

관부도 아닌데 절에서 공납을 받는 것. 무도한 횡포다. 그 지역에 자리잡은 무파(武派)가 어지간히 고약하지 않고서는 있을 수 없는·일이었다.

문제는 광혼검마가 그런 일에 나섰다는 것이다.

그쯤 되는 이가 이런 지저분한 일에 나섰다면 분명 뭔가가 있는 거다. 청풍은 산문에 있는 싸움의 흔적에서 그 해답을 찾을 수 있었다.

'무파였던가……'

무파가 맞다.

이 연공사는 일반적인 승려들의 사원이 아니라 무공을 익힌 무승들의 사원인 것이다.

어디 지파인지는 몰라도 상당한 무력을 보유한 곳인 것 같다. 비검맹에서도 광혼검마를 내보내야 할 만한 고수가 이 연공사에 있는 모양이었다.

뎅뎅뎅뎅뎅…….

연공사 쪽에서 들려온 다급한 종소리가 청풍의 상념을 멈추었다.

변고를 알리는 소리였다.

화산파 제자들이 먼저 그 종소리에 반응하여 행동을 시작했다.

"평검수들은 먼저 승려들을 구하고 비검맹 무인들을 상대한다. 정사제는 주지스님을 피신시키고 진운(眞雲) 사제는 연공법사를 돕는다. 광혼검마는 내게 맡겨라."

옥녀화검 추영의 목소리다.

광혼검마를 맡겨라. 일 대 일로 싸우겠다는 생각이다.

무모했다. 무모할 뿐이다.

'하지만……'

무모해도 익숙하다.

청풍은 추영의 모습에서 오래전 하운의 모습을 겹쳐 보았다.

철기맹으로 진격하던 때, 백검천마의 무위를 눈으로 보고도 물러나지 않았던 그 강직함이다. 미련할 정도의 절개다. 곧고도 강직하여 휘어지지 않던 매화검수가 여기에 또 하나 있었다.

추영을 선두로 하여 화산 제자 아홉 명이 암향표 신법을 펼쳐 냈다.

산문 안쪽으로 빨려들 듯 들어가는데 날카로운 기세가 절로 우러나왔다.

상대가 나쁠 뿐. 어지간한 무리들이라면 그들만으로도 능히 압도할 수 있을 만한 무력이었다.

'다른 길은 없는가.'

어차피 마주쳐야 될 것을 알아도 행동을 함께하는 것만큼은 사양이었다.

그들은 매한옥과 다르다.

통성명을 하는 것도 번거로운 일일뿐더러, 일단 함께하게 되면 매화검수인 추영의 지시를 따라야 할 것이다. 생각하면 생각할수록 합류해야 할 이유보다 합류하지 말아야 할 이유가 더 많았다.

청풍의 시선이 연공사 사원을 향했다.

산문 옆으로는 험준한 바위가 만들어준 자연적인 담장이 둘러쳐져 있었다. 청풍의 눈이 몸을 날릴 수 있는 길을 찾았다.

나는 새가 아니고서야 오르기 힘든 지형이었다. 하지만 청풍에게는 나는 새와 같은 화천작보의 날개가 있었다. 청풍의 몸이 가볍게 솟구쳤다.

파아아아!

매끄러운 바위를 밟으며 도약하는 모습이 그야말로 한 마리 우아한 신조(神鳥)와도 같았다.

오르고 오르다 보니, 사원 안쪽의 소리가 산바람을 타고 들려오기 시작했다. 싸움이 한창인 듯 사나운 고함 소리와 병장기 소리가 점점 더 크게 다가오고 있었다.

몸을 날리고 바위를 박찬 것이 몇 차례.

신기(神技)의 신법을 펼치며 까마득한 바위 꼭대기까지 올라왔다. 발 아래로 연공사 장내가 펼쳐졌다.

'크군⋯⋯.'

밑에서 보았을 때는 몰랐다. 몇 개의 바위산을 끼고 돌아 만들어진 사원은 그 규모가 무척 컸다. 청풍의 눈에 비치는 것은 연공사의 가장 외곽이었다. 중심부까지는 거리가 꽤 멀었다.

청풍의 몸이 빠르게 움직였다.

울퉁불퉁한 바위를 가볍게 타고 내려와 연공사 장내로 들어섰다. 하지만 방향이 안 좋았음인가. 한쪽으로 달려가던 어린 사미승들이 청풍을 발견하고 경호성을 내질렀다.

"이쪽에도 도적이!"

"사백님, 살려주세요!!"

발을 멈춘 것이 실수였다.

사미승들을 인도하던 무승들이 순식간에 몰려들었다. 무승들의 얼굴은 분노와 비탄으로 가득 차 있다. 험악한 목소리로 고함을 질러왔다.

"비검맹의 흉적! 아이들까지 노리다니 흉악한 심보로다!"

청풍은 그들의 모습에서 한 가지 사실을 깨달을 수 있었다.

공납을 받으러 왔다더니 그 정도 소란이 아니었다.

이것은 명백한 습격인 것이다. 적어도 수십 명, 사방에서 들려오는 병장기 소리가 비검맹 무인들의 숫자를 말해 주고 있었다.

"나는 비검맹이 아니오."

"그런 거짓말을 믿을 줄 아느냐!"

다급하여 판단력이 흐려진 무승들이다.

창봉을 들이대는 모양새가 제법 사납다. 이런 곳에서 지체할 여유가 없었다. 굳이 바위산을 타고 올라온 것은 이런 식으로 시간을 버리기 위함이 아니었다.

청풍의 발이 땅을 박찼다.

터어엉! 쐐애액.

놀라서 병장기를 휘두르는 무승들이었지만 그런 것에 당할 리 만무했다.

한줄기 바람으로 스쳐 지나가니, 이미 청풍은 무승들의 등 뒤에 있다. 청풍의 몸이 다시금 앞을 향해 뻗어 나갔다.

"막아!! 막아라!"

"아이들아! 피하거라!!"

사미승들을 해치려는 줄 알았던가.

청풍의 몸이 그대로 아이들을 뛰어넘으며 한쪽 편의 담장 위로 올라섰다. 미친 듯 쫓아오던 무승들이 얼빠진 얼굴로 그를 쳐다보았다. 청풍은 그런 그들을 아랑곳하지 않은 채 서편으로 고개를 돌렸다. 백호검의 기운이 그쪽에서 느껴지고 있었다.

'거긴가……!'

청풍의 눈이 호안(虎眼)의 강렬함을 내비쳤다. 이제 금방이다. 오랜 사명의 끝이 저 앞에 있었다.

청풍의 발이 담장을 박찼다.

일직선으로 달리는 청풍의 눈으로 우왕좌왕하는 승려들의 모습들이 비쳐들었다. 저 멀리로는 막 타오르기 시작하는 불길까지 보였다.

성혈교 무리가 화산파를 습격했을 때가 생각났다. 그때도 그랬다. 그때 백호검을 얻었고, 그때 사신검을 찾아오라는 임무를 받았다.

백호검.

첫 번째 신검이자 마지막 신검이다. 장소도 다르고 상황도 다르지만 어딘지 비슷했다. 시간을 거슬러 온 느낌이었다.

"으악!"

"도망쳐라!"

드디어 싸움터다.

비검(比劍)의 표식을 달고 있는 무인들이 승려들을 무차별로 공격하고 있었다.

공납을 받기 위해서. 습격을 하기 위해서.

아니다. 비검맹 무인들이 펼치는 검은 오로지 살검(殺劍)뿐이다.

불까지 지르면서 살육을 자행한다는 것은 단순한 습격 정도가 아니라 이 절을 완전히 파괴하겠다는 의도로밖에 볼 수가 없었다.

쐐애애액!

백호검이 멀지 않은 곳에 있었지만, 죽음을 맞고 있는 승려들을 그냥 둘 수는 없었다.

청풍의 신형이 화살처럼 쏘아졌다.

늙은 승려에게 검을 겨눈 비검맹 무인이 그 앞에 있었다. 청풍의 오른손이 주작검을 뽑아냈다.

써걱! 피슈슉!

무엇인가 지나갔다 싶은 순간이다.

비검맹 무인의 팔이 팔꿈치부터 잘려 나갔다. 검을 든 팔뚝이 땅에 떨어진 다음에야 비명을 지르는 무인이다. 피를 머금은 주작검이 다음 희생자를 찾았다.

퍼억! 스가각!

청풍은 빨랐다. 그리고 강했다.

주작검의 살기(殺氣)가 한껏 개방되고 있었다.

붉은 광영이 사방으로 뻗어나가면 그에 따라 선연한 핏물이 하늘을 수놓았다.

순식간에 비검맹 무인 다섯 명을 베어버린 청풍이다. 무시무시한 기파가 장내를 휩쓸었다. 날뛰던 비검맹 무인들이 주춤거리며 휘두르던 병장기를 멈추고 청풍 쪽을 바라보았다.

"안전한 곳으로 피하시오."

주변을 정적으로 몰아가는 목소다.

구세주를 만난 승려들.

겁에 질린 그들이 불호를 외우며 뒤쪽으로 달려갔다. 하늘을 올려보고 땅을 내려보는 시선이 이제는 비검맹 무인 전체를 돌아본다.

청풍의 목소리에 협객의 분노가 묻어 나왔다.

"비검맹의 악행이 장강에만 머무른 줄 알았더니, 이제는 조용한 산사에까지 이르렀군."

붉게 빛나는 주작검이 오른손에 있고 왼편 허리에는 푸르른 용갑이 있다.

홍검과 청검, 두 검이 모여 하나의 이름을 낳는다.

비검맹 무인의 한 명의 입에서 신음과도 같은 한마디가 새어 나왔다.

"청홍······ 무적검······!"

청풍의 발걸음이 비검맹 무인들 한가운데로 향했다.

불어와 모든 것을 휩쓸어 버릴 것 같은 기운이 장내를 가득 채운다.

"돌아가지 않으면 모조리 베겠다."

청풍의 한마디가 그 기운에 막대한 힘을 실었다.

압도적인 기세였다.

살인의 광기에 빠져 있던 이십여 명의 비검맹 무인들이 얼어붙고 말았다. 손가락 하나 움직이기 어려울 것 같은 압력이다.

그것을 버티다 못한 한 무인이 발악적으로 외쳤다.

"허명(虛名)이다! 놈은 하나야! 모두 다 덤벼들면 죽일 수 있다!"

목소리에 깃든 것은 살기라기보다 두려움에 가까웠다.

그래도 소리친 효과는 있었는지, 하나둘 정신을 차리며 검을 고쳐 든다.

어차피 말로 통하지 않을 자들이었다. 청풍의 눈이 주작의 살기를 품는다.

모조리 베겠다는 말, 스스로의 말을 현실로 만드는 무서운 능력이 그 살기 안에 있었다.

쐐애액!

첫 번째로 날아온 것은 한 자루 장검이었다.

주작검이 움직인 것은 순간이다. 베어내는 검격이 장검의 목을 치고 무인의 가슴을 갈라냈다.

두 번째 철검(鐵劍)은 검병째로 부숴 버렸다. 세 번째 도격은 어깨부터 끊어버렸다.

퀴융! 퍼어억!

단숨에 내친 금강탄이다. 비검맹 무인의 몸통에 사람 머리통만한 구멍이 뚫렸다. 사신기(四神氣)를 모두 얻고 훨씬 더 강해진 공력이다. 감당할 수 없는 힘이다. 그의 검이 측량할 수 없는 위력을 뿜어내고 있었다.

이십 명의 목숨이 날아가기까지는 오랜 시간이 걸리지 않았다. 태풍에 휩쓸린 것처럼 엉망진창이 되어 사방에 처박힌다. 손속의 잔인함을 이야기하기엔 검의 위력이 지나치게 강하다. 인간의 수준을 벗어난 무력, 상승의 경지로 훌쩍 넘어서 버린 무공이었다.

퍼어억! 후두두둑!

바람따라 움직이는 빗줄기처럼, 청풍의 뒤쪽으로 붉은 핏물이 뒤따라왔다. 마음이 일어나는 순간 바람이 불었고 불어온 바람은 질풍으로 몰아쳐 적도들의 생명을 앗아가 버렸다. 청풍의 두 눈이 착잡하게 가라앉았다. 이십오 명 비검맹 일 개 조가 단숨에 전멸당하는 순간이었다.

채챙! 채채챙!

청풍은 늦었다.

화산 제자들보다 먼저 광혼검마를 치려고 했지만 이미 싸움은 시작된 후였다. 비검맹 무인들과 연공사의 무승들이 얽혀드는 사이에 암향표 신법을 펼치며 움직이는 화산 검수들이 보였다.

상황은 매우 좋지 않았다.

비검맹 무인들의 숫자가 너무나 많았던 까닭이다.

비검(比劍)의 표식을 지닌 자들의 수가 오십 명에 이를 정도였다. 청풍이 물리친 졸개들과는 다르게 제법 병장기를 다룰 줄 아는 이들이 개중 반수가 넘었다. 숫자만 많은 것이 아니라는 뜻이다. 매화검수 수준이거나 그 이상으로 보이는 고수들까지 있었다.

반면 이쪽은 그에 비하여 너무도 부족했다.

그나마 화산 제자들이 나타남으로써 싸움이 되는 것이지, 그렇지 않았다면 벌써부터 끝났을 싸움이다. 남아 있는 연공사 무승들이 고작 열 명밖에 안 될 정도였다. 버티고 있는 이들 역시 위태위태한 상태였다.

눈에 띄는 것은 한 자루 장봉을 휘두르고 있는 장대한 체구의 무승한 명뿐이었다.

그의 곁에서는 추영에게 진운 사제라 불리웠던 매화검수 하나가 검을 전개하고 있었다. 연공법사를 도우라고 이야기 들었던 그 매화검수다. 이 무승이 바로 연공법사인 모양이었다.

연공사 무승들의 수장으로 보이는 그는, 분명히 고수라고 할 만한 기량을 지니고 있었다. 하지만 그로서도 이 기울어진 전세를 뒤집기엔 역부족이었다. 숫자에서 먼저 차이가 났고, 경험에서는 더 큰 차이가 있었던 까닭이었다.

비검맹의 무인들은 장강 줄기를 따르며 수많은 전투를 겪어왔던 살귀(殺鬼)들이었다. 고적한 산지에서 비무(比武)로 연마한 무공으로서는 물리치기 힘들 수밖에 없었다.

더 정심한 공력과 훨씬 더 정교한 초식이 있어도 싸움을 쉽게 끌어가지 못했다. 또한 그것은 매화검수 한두 명이 거든다고 해서 메워질 수 있는 간극이 결코 아니었다.

어려운 싸움이 이어지고 있는 곳.

연공사의 중심인 대웅전의 내원이다.

청풍의 시선이 자연스럽게 움직여 한 지점에 이르렀다.

마침내 여기까지 왔다.

청풍의 눈에 하얀 검신이 비쳐든다.

기쾌하게 움직이는 매화검과 그것에 맞서는 신검.

백호검이었다.

채앵! 쩌어엉!

오랜만에 보는 백호검은 예전과 달라진 것이 없었다.

여전히 강하고 여전히 날카로웠다.

옥녀화검 추영, 매화검수로서는 감당할 수 없는 힘이었다. 화산절기 옥녀검법이 삽시간에 무너지고 있었다.

'그럴 수밖에……'

청풍은 그런 광경을 보며 좋아할 수도, 싫어할 수도 없는 묘한 느낌을 받았다.

사문의 무공이 파훼되어 파탄에 이르고 있는 상황이다. 그런데도 기분이 나쁘지 않다. 오히려 그런 결과가 당연하게만 생각되었다.

백호검 때문일 것이다.

청풍은 백호검을 얻고 천하에 눈떴다.

그 휘두르는 자가 누구이든지 간에 백호검은 지지 않는다. 적어도 다른 검에 진다는 것은 도무지 상상할 수가 없었다.

하지만 다음 순간 청풍은 그러한 생각을 모조리 멈출 수밖에 없었다.

커다란 놀라움이다. 놀라움과 동시에 끓어오르는 것은 그만큼의 배신감이었다.

치리링! 큐우웅!

백호검이 내는 소리가 익숙했다.

곧게 찔러간다.

그야말로 일대 충격이다.

발검에서 나아가는 동작!

금강호보에 이은 금강탄, 바로 그것이었다.

"크윽!"

옥녀화검 추영의 입에서 신음성이 터져 나왔다. 금강탄이 스쳐 간 어깨에서 붉은 선혈이 비친다.

금강탄을 펼친 광혼검마다.

그의 입에서 거친 기합성이 뿜어졌다.

"카핫!"

백호검이 넓은 반원을 그렸다.

베는 초식. 본디 중원 무학에 있어 검으로 베는 초식은 그리 흔하지 않다.

마찬가지다. 청풍이 지닌 참격, 백아참과 똑같았다.

치치칭! 쩌어엉!

쇠가 갈리며 불꽃을 튀다가 마침내 끊어지고 만다.

화산 매화검이 부러지고 만 것이다. 추영의 안색이 창백해졌다.

"크크크크. 매화검수도 별것 아니로군."

광혼검마의 입에서 괴소가 흘러나왔다.

커다란 눈.

기이한 광기가 끊임없이 타오르고 있었다. 왜 광혼검마라 불리는지 알 수 있게 해주는 얼굴이다. 청풍의 눈이 불신으로 얼룩졌다.

"거치적거리는 계집, 그만 죽어라!"

텅!

사납게 쇄도하는 광혼검마다. 전개하는 검이 거칠기 짝이 없었다.

초식도 내공도 분명 정상이 아닌 모습이었다. 그럼에도 그 위력만큼은 백호검의 이름이 아깝지 않을 만큼 강했다.

추영이 포기하지 않고 암향표를 펼쳐 보지만 그녀의 목숨은 풍전등화 그 자체였다.

위험했다.

집법원 정검대까지도 죽였다니 오죽하랴.

상대가 매화검수라면 그 뒤에 버텨선 화산파를 생각해서라도 죽이기가 쉽지 않을 텐데 광혼검마의 백호검에서는 그런 망설임이라고는 도무지 찾아볼 수가 없었다.

채애앵!

반 토막 남은 검으로 백호검을 막아낸다.

충천하는 살기가 그녀를 덮치고 있었다.

그냥 죽이고 보는 것이다. 미쳐 버린 광혼(狂魂)에 후일을 생각할 여유 따윈 없었다. 검이 주는 넘치는 힘. 광기를 받아들여 그 자체로 함께하고 있었다.

'그 힘, 내가 거두어주마.'

오른손에 잡혀 있는 주작검에 더하여 왼손으로 청룡검을 뽑았다.

그의 몸이 질주를 시작한다.

눈앞으로 비검맹 무인들의 모습이 확대되었다.

쩡! 촤아아악!

피바람이다.

몰아치는 핏물에 길이 생겼다. 한순간 불어닥치는 바람에 조각난 육신이 하늘을 날았다.

콰드득!

"크아악!"

비명 소리가 난무했다.

땅을 밟고 몸을 돌리며 휘두르는 검이다.

청룡검과 주작검이 교차되었다. 나아가다 멈추며 동시에 염화인을 뿜어냈다.

파라라락! 퍼어어억!

쌍검, 염화인 연환격. 네 사람의 목숨이 피안개로 흩어졌다.

다시 움직이는 청풍이다.

순식간에 비검맹 무인들을 돌파했다. 믿을 수 없을 만큼 강력한 무위였다.

시선이 절로 집중될 수밖에 없다. 화산 제자들의 눈들이 휘둥그레하게 변했다.

"저것은……!!"

무인들 사이로 가볍게 짓쳐 나온다. 바람의 신(神)이 그에게 깃들기라도 한 것처럼 너무도 자연스러운 움직임이었다.

생명이 경각에 달린 옥녀화검, 그리고 그녀를 몰아치는 광혼검마가 그 앞에 있었다.

그녀의 목숨이 날아갈 찰나다.

한순간 날아든 붉은 섬광이 날카로운 백광에 정면으로 마주쳐 갔다.

부딪치는 두 개의 검에서 굉음이 터져 나왔다.

쩌어어엉!

추영의 눈앞에는 어느새 청풍의 굳건한 등이 나타나 있었다.

백호검에 온 신경을 집중하고 있던 터라 다른 이의 접근을 전혀 모르고 있었던 그녀다. 기적처럼 나타난 조력자는 그저 놀라움일 따름이었다.

"이제부터는 제가 상대하지요."

청풍의 목소리는 나직했다. 예(禮)를 갖춘 한마디. 외인(外人)의 말투가 아니었다. 추영의 두 눈이 의아함으로 가득 찼다.

'누구……?'

그녀는 청풍을 알아보지 못했다.

매화검수로서 청풍과는 다른 길을 걸어온 그녀였다. 혹 본산에서 마주친 적이 있다고 했더라도 일개 보무제자였던 청풍을 머리 속에 담아두고 있을 이유가 없었다.

못 알아본 이유는 또 있었다.

청풍이 구사하는 무공.

화산파의 무공이 아니었던 까닭이다. 신법도 그렇고 검법도 그렇다. 자하진기를 근간으로 하고 있었지만 그마저도 익힌 이는 화산 문하에 청풍 혼자뿐이었다.

무엇보다 다른 것은 뿜어져 나오는 기도였다.

청풍이 내뿜는 기파는 대지를 휩쓰는 웅혼한 바람이다. 날카롭고 고고한 화산 무인과는 근본적으로 다른 힘을 발하고 있었다.

"웬 놈이냐."

광혼검마의 목소리가 그녀의 의문을 대신했다.

청풍은 광혼검마의 질문에 대답하지 않았다. 대신 그가 알고 싶은 것을 되물었다. 백호검, 백호검의 무공에 대한 질문이었다.

"어디서 배웠지?"

광혼검마의 눈썹이 치켜 올라갔다.

"무엇을 말이냐?"

"몰라서 묻나."

하지만 청풍의 말투는 전에 없이 공격적이었다. 광혼검마의 두 눈에 진득한 살기가 떠올랐다.

"함부로 지껄이다니. 죽고 싶은 게로군."

광혼검마는 백호검부터 치켜들었다.

"심장을 뚫어주마. 입을 잘못 놀린 죄는 무덤에서나 후회하라."

광오한 말이었다.

말이 떨어지기 무섭게 검격이 발출된다. 백호검이 일직선으로 쏘아져 오며 살벌한 파공성을 냈다.

쿼유웅!

청풍의 눈이 번쩍 빛났다.

그렇다. 이 검격은 금강탄이다.

강력한 발검술, 누구라도 무덤에 보낼 수 있을 만한 일격이었다.

다만 그 상대가 청풍이었을 뿐.

청풍의 발이 호보를 밟았다. 튕겨서 짓쳐 쏘는 검격이다. 청풍의 손에서 주작검이 빛살처럼 뻗어나갔다.

쩌어어엉!

충돌은 거셌다. 금강탄과 금강탄의 만남이다.

같은 무공의 충돌.

결과는 자명했다.

광혼검마의 백호검이 제 길을 잃고 튕겨 나간다. 황급히 물러나는 광혼검마다. 그의 얼굴에 경악의 빛이 떠올랐다.

"……!!"

광혼검마의 자세는 흐트러질 대로 흐트러진 상태였다.

더 늦게 발검하고도 상대를 압도하는 검격이다. 완성에 이른 금강탄이 청풍의 손 안에 있었다.

그가 확인이라도 하듯, 광혼검마가 이번에는 백야참을 내쳐 왔다. 제대로 된 궤도, 확실한 구결의 백야참이었다.

'왜 이런 자에게……!'

어디선가 배워서 연마한 백야참이었다. 혼자서 이런 무공을 연성하는 것은 불가능했다.

청풍은 이해할 수가 없었다.

백야참을 얻었다면 을지백에게서밖에 없었다. 을지백이 어찌하여 살육에 빠진 광인(狂人)에게 그와 같은 무공을 가르쳐 주었을지 알 수가 없다.

자신만의 무언가를 빼앗긴 기분이 든다. 누구라도 가질 만한 감정이었다.

왜.

청풍은 그것을 알아야 했다. 사신(四神)의 진실을 알기 위해 백호검을 되찾아야 했다.

청풍의 몸이 앞으로 나아갔다.

금강호보를 밟고 주작검을 횡으로 휘둘러 홍백의 반원을 만들었다. 백야참 대 백야참이다.

정면으로 부딪친 두 개의 백야참이 무서운 경력이 흩뿌렸다.

"크윽!!"

광혼검마의 몸이 휘청, 옆으로 튕겨 나갔다.

청풍을 돌아보는 광혼검마의 두 눈에 불신의 빛이 가득했다.

육신에 입은 충격보다 정신에 입은 충격이 더 큰 모양이었다. 넘치던 광기가 줄어들고 있었다.

진정한 주인과 그렇지 못한 자.

광혼검마의 앞에 이른 청풍이 마침내 오랫동안 품어왔던 의문을 입 밖으로 풀어놓았다.

"을지백, 그분은 어디에 있나."

광혼검마가 몸을 곧추세웠다. 일그러진 얼굴로 백호검을 비껴든다. 그가 씹는 듯한 어조로 되물었다.

"그게 누구냐?"

'모른다……?'

청풍의 눈이 크게 흔들렸다.

광혼검마의 목소리에 거짓은 담겨 있지 않았다. 광기에 차 있기에, 더 더욱 다른 수작을 부리지 않을 자였다.

"그 무공을 가르쳐 준 이를 말함이다."

청풍은 설명을 덧붙였다.

더불어 대화를 나눌 만한 자가 아니긴 해도, 지금은 그런 것을 따질 계제가 아니었다. 풀 수 없었던 수많은 의문들이 지금 이 순간 그 앞에, 그들 앞에 있었다.

"네놈도 들었다는 말이냐? 그 목소리를?"

'목소리?'

교차하던 의문들이 마침내 파국을 향하여 치닫고 있었다. 광혼검마의 입가에 광기 어린 웃음이 떠올랐다. 기괴할 정도로 비틀린 미소를 지으며 놀라운 말을 뱉어놓았다.

"크크크. 그럴 리 없지. 그것은 내 목소리였으니까."

청풍의 얼굴이 크게 굳었다.

뭔가로 머리를 세게 얻어맞은 느낌이었다.

내 목소리다.

내 목소리였다.

아찔한 기분이 들었다. 무공을 배워왔던 순간들, 수많은 광경들이 청풍의 눈앞을 주마등처럼 스쳐 갔다.

"그럴 리가……!"

청풍의 입에서 신음과도 같은 목소리가 흘러나왔다.

해답에 가까워지면 가까워질수록 혼란이 더욱 커져 간다.

그를 둘러싼 세계가 무너지고 있었다.

흐트러진 눈빛, 그것을 본 광혼검마가 악독한 표정을 떠올리며 땅을 박찼다.

쿼유우웅!

필살의 의지를 담은 백호검은 엄청나게 빨랐다.

검을 늘어뜨린 채 무방비 상태에 빠져 버린 청풍이다.

꿰뚫려 피를 뿜기 직전이었다. 청풍의 발이 부드럽게 뒤쪽으로 움직였다.

슈각!

청풍의 반응은 무의식 중에 이루어진 것이라고밖에 볼 수 없었다.

잘려 나간 것은 가슴의 옷깃뿐이었다.

물이 흐르듯 옆으로 비껴내고, 주작검을 치켜들었다. 광혼검마의 두 눈에 필사의 결의가 담겼다.

"카하아앗!"

광혼검마의 몸이 빨라졌다.

금강탄과 백야참에 이어, 백호무까지 펼친다. 백호출세였다. 뻗어 나오는 기세가 엄청났다.

"위험!!"

누군가의 경호성이 사위를 가르고 울려 퍼졌다.

어느새 멈춰진 싸움으로 장내의 모든 사람들이 주목하는 그곳에서.

청풍의 무공이 상상 이상의 광경을 보여주기 시작했다.

콰아아아아!

움직인 것은 현무검이었다.

등 뒤에 묶어두었던 현무검이 저절로 날아올라 청풍의 앞을 가로막았다. 넓은 검신이 지고(至高)의 방패가 되어 막강한 일격을 차단하고 반격의 길을 열어놓는다.

파라락! 스각!

그 다음은 주작검이었다.

위로 올라가는 염화인.

사선으로 움직여 광혼검마의 가슴을 베어버렸다. 피를 쏟는 광혼검마다. 그가 이를 악물며 백호탐천의 이격을 올려쳐 왔다.

치리리링! 쩌어엉!

현무검이 움직였던 것처럼.

손도 대지 않은 청룡검이 뽑혀 나와 그의 왼손에 잡혔다. 용보를 밟으며 내리치는 용뢰섬이 올라오는 백호검을 튕겨내며 막대한 충격파를 흩뿌렸다.

광혼검마는 마지막 백호금광을 펼쳐 보지조차 못했다.

내력이 진탕된 까닭이다.

청풍의 주작검이 올라갔다 휘어져 내려왔다.

쐐애액! 쩌어엉!

불꽃을 그리며 백호검의 검신으로 짓쳐들었다. 광혼검마의 손아귀
가 찢어지고 백호검이 공중을 날았다. 떠오른 백호검을 본 청풍이 주
작검을 손에서 놓았다.

뻗어내는 팔.

쫘악.

백호검이 날아와 청풍의 오른손에 잡혀들었다.

손에 감겨드는 감촉이 새롭다.

오랜만에. 실로 오랜만에 질주하는 백호검 금강탄.

짓쳐 나간 일격이 광혼검마의 중단을 꿰뚫어 버렸다.

순식간에 벌어진 일이다.

공중에 떠 있던 주작검과 현무검이 가볍게 선회하며 청풍의 몸으로
되돌아왔다.

눈으로 보고도 믿을 수 없다.

전설 속에서나 듣고 볼 만한 광경이다.

경탄과 경악으로 얼룩진 사람들의 시선 한가운데.

쓰러지는 광혼검마의 육신만이 이 놀라운 싸움의 마지막을 장식하
고 있을 따름이었다.

"믿을 수 없어. 저자를…… 그렇게…… 간단히……."

옥녀화검 추영은 망연자실한 표정을 짓고 있었다.

광혼검마는 강자다.

그 스스로 상대를 해보았기에 안다.

청풍은 그런 강자를 십여 합 만에 죽였다. 죽이기까지는 십여 합이라지만 실제로 압도하기 시작한 것은 첫 일격부터다. 특히나 마지막에 보여준 연쇄적인 검격은 말 그대로 다시 볼 수 없는 신기(神技)였다.

'청홍무적검의 이름…… 그것이 진짜였다니.'

청풍이 누구인지는 싸움을 보면서 어렵지 않게 깨달을 수 있었다.

그가 지닌 검이 그를 뜻하고, 그가 지닌 힘이 그를 뜻한다.

상상을 초월한 무위였다. 무적이라는 이름이 그처럼 어울릴 수가 없었다.

"청풍입니다."

이름을 밝히는 청풍의 표정은 과히 좋지 않았다. 싸움을 끝낸 직후, 아직도 그 엄청난 힘의 여파가 그의 주변에 남아 있었다. 추영이 자신도 모르게 고개를 숙이며 답했다.

"청풍 사제였군……."

추영은 말을 함에 있어 곤란함을 느꼈다.

사제라고 해도 선뜻 하대가 나오지 않았다.

매화검수가 아닌데도 매화검수 이상으로 생각된 까닭이었다. 화산파, 매화검수가 다른 제자들의 위에 설 수 있는 것은 그들이 다른 제자보다 뛰어나기에 가능했던 일이다. 그녀로서는 그 반대의 경우를 겪어본 적이 없었고, 그럴 때 어떻게 해야 하는지도 잘 몰랐다.

"다친 곳은 없으십니까."

그나마 다행인 것은 청풍 스스로가 깍듯한 예를 갖추고 있다는 사실이었다. 그녀는 이곳저곳 검상을 입은 자신의 모습을 돌아보며 지닌 바 그릇의 격차를 실감했다. 무공의 그릇, 마음의 그릇, 청풍은 모든 것이 그녀보다 훌륭했다.

"이 정도 부상이야……."

추영은 입술을 깨물었다.

세상은 넓고 천하에는 놀라운 자들이 이처럼 많다.

추영은 일순간 철혈련과의 전쟁을 떠올렸다.

무당파와 함께했던 철혈련과의 전쟁. 무당에는 같은 연배임에도 도저히 넘어설 수 없는 고수들이 있었고, 놀라운 병법을 구사하던 천재들이 있었다. 매화검수가 무림 최고의 후기지수라는 자부심은 예전에 버렸을 수밖에 없었다.

그래도.

그렇다 해도 화산에서는 그들이 최고였다. 하지만 그것도 이제는 아니다. 눈앞에 있는 청풍은 매화검을 들고 있지 않음에도 그녀보다 훨씬 강했다. 위축되지 않을 도리가 없었다.

"그보다, 그 검은 어떻게 할 생각이지……?"

착잡함을 감추지 못하면서도 그녀는 받은 바 임무를 잊지 않았다.

그녀가 여기에 온 것은 광혼검마를 물리치기 위함이며, 또한 백호검을 얻기 위해서다. 그녀가 말을 이었다.

"우리는 바로 본산으로 되돌아갈 텐데…… 신검을 회수할 것이라면 함께 가는 것이 어떨까?"

그녀의 말은 결국 완곡한 권유의 뜻을 담고 있었다.

입 밖으로 내지는 않았지만 백호검을 넘기라는 말이나 다름없다. 임무 완수를 위하여 그녀 쪽으로 건네라는 의미였다.

"회수라 하셨습니까."

청풍은 작은 목소리로 그녀의 말을 되받았다.

청풍이 천천히 발을 움직여 광혼검마의 시신으로 다가갔다. 쓰러져 있는 광혼검마의 허리춤에서 그가 지니고 있던 검집을 풀어냈다. 장식이 되어 있기는 해도 신검(神劍)의 위용에는 어울리지 않는 검집이었다.

그것을 들고 그녀를 돌아보는 청풍이다. 그가 그녀를 똑바로 쳐다보며 말했다.

"신검들의 회수는 처음부터 제가 맡은 임무입니다. 제가 끝마치겠습니다."

치리링.

청풍이 백호검을 검집 안으로 되돌렸다. 추영은 청풍의 말에 대답할 말을 찾지 못했다. 그때였다. 굵직한 남자의 목소리가 들려온 것은.

"자네는 그 검들을 들고 바로 돌아가는 것이 아닌가?"

진운이라는 매화검수였다. 그가 덧붙여 물었다.

"어차피 본산으로 갈 것이라면 함께 가는 것이 훨씬 좋을 텐데?"

그는 추영과 달랐다. 광혼검마와 검을 섞어보지 않았기에 그런지, 청풍을 대하는 태도에 그녀와 같은 조심성이 없었다.

"달리 들러야 하는 곳이 있습니다."

"화산 제자에게 있어 사문의 명보다 중요한 일은 없을 것이다. 정 그렇다면 검을 우리에게 맡기는 것이 어떻겠나. 책임지고 장문인께 전해 드리지."

단도직입적인 말이었다.

내미는 손에 강압적인 어조가 묻어나고 있었다. 청풍은 그런 그를 보며 알았다. 아무것도 모르는 사람만이 할 수 있는 행동을, 무지(無知)가 초래하는 곤란함을 다시 한 번 깨달을 수 있었다.

"백호검에 대해 아무것도 듣지 못했습니까?"

"무슨 이야기를?"

"백호검을 어떻게 운반하려고 하셨습니까."

"운반이라니?"

역시나 모르고 있다. 청풍의 눈빛이 깊게 가라앉았다.

"장문인께서는 아무런 것도 알려주시지 않은 겁니까?"

"지금 무슨 말을 있는 것이냐!"

신경질적으로 반문하는 매화검수다.

과거와 단절되는 순간이었다. 예전 그가 지녔던 매화검수에 대한 기억과는 다른 모습이었다.

매화검이 그렇게나 빛나 보였던 어린 시절.

매화검수는 어떤 적에게도 승리할 수 있고, 어떤 고난이라도 헤쳐나갈 수 있는 이라고 생각했다.

하지만 그들에게는 한계가 있고, 부족한 것이 있다.

누가 그 한계를 만들었는가.

누가 그 부족함을 부추겼는가.

장문인의 의도를 알 수가 없다.

백호검을 다룸으로서 생길 수 있는 위험에 대해 아무것도 가르쳐 주지 않은 이유가 무엇인지. 장문인에 대한 의혹이 점점 더 깊어지고 있었다.

"이 검은 위험한 물건입니다. 누구나 다룰 수 있는 검이 아닙니다."

청풍의 대답은 가감없는 진실이었다.

그러나 매화검수 진운은 그것을 곧이곧대로 듣지 않았다. 그가 눈썹을 치켜 올리며 말했다.

"저자도 다루던 검이다. 위험하다니, 무슨 말인지 모르겠다. 납득할 수 없어."

진운의 시선이 광혼검마에 이르렀다가 청풍에게 돌아왔다.

복잡한 눈빛이다. 그것을 본 청풍은 마침내 알 수가 있었다.

진운이 이렇게 반응하는 이유를.

매화검수도 어쩔 수 없는 인간인 것이다. 인간인 이상 경쟁심이 있고, 시기심이 있을 수밖에 없다.

청풍을 바라보는 진운의 눈이 그랬다.

청홍무적검이란 칭호를 얻은 자. 광혼검마와 같은 고수를 단숨에 쓰러뜨리는 자.

진운의 두 눈에는 청풍을 향한 질투심이 깃들어 있었던 것이다.

"이해할 수 없는 일이군요. 내가 아는 매화검수들은 이렇지 않았습니다."

"이렇지 않았다? 무슨 뜻으로 하는 말인가."

"스스로 잘 아실 겁니다."

청풍은 진운의 들끓는 눈빛을 마주하고 싶지 않았다.

그의 눈이 먼 하늘과 그 하늘 아래를 훑었다. 싸움으로 인해 큰 피해를 입은 연공사가 그 아래 있다. 흙더미로 무너진 전각이 있는가 하면 아직도 불이 붙어 있는 전각도 있었다.

오래전, 화산파가 습격당하던 날의 전경이 피어오르는 검은 연기 속에 겹쳐졌다.

유자서.

화산의 긍지를 이야기하며 죽어가던 매화검수 유자서의 얼굴이 검은 연기 속으로 피어올랐다.

매화검수의 용맹을 증명하기 위해 나섰고, 스스로의 실책에 책임을 졌었던 하운도 떠올랐다.

모든 것을 잃은 후 큰 것을 되찾았던 매한옥도 있다.

지금 눈앞에 있는 매화검수와는 다른, 숭고하고 고결한 매화의 향기가 그들의 삶 안에 있었다.

"네 말 안에 불손함이 있다! 무슨 의도로 한 말인지 당장 설명하라!"

먼 곳에서 들리는 것 같은 목소리다.

그의 목소리를 듣고 그의 얼굴을 보고 있되 청풍이 보는 것은 매화검수 진운이 아니었다. 청풍은 그의 모습에서 화산파의 잘못된 현재를 보았다. 무엇이 화산을 이렇게 만들었을까. 청풍의 두 눈에 슬픔이 깃들었다.

"대답조차 하지 않다니! 무공이 강하다 하여 사람을 업수히 여기는 것인가! 우리는 이 싸움에 도움을 청하지 않았어!!"

"진운 사제, 그만 해!"

보다 못한 추영이 진운을 말렸다.

"엉뚱한 데 울분을 풀지 마! 그는 화산 제자다. 무당파가 아니야!"

그렇다.

청풍의 눈에 또 한 가지 깨달음이 스쳐 지나갔다.

진운의 눈에는 질투심만 있었던 것이 아니었다. 청풍이 진운에게서 그 모습보다 화산파 전체를 보았다면, 진운이 보고 있는 청풍도 청풍만이 아니었던 것이다.

진운의 심중에는 질투심보다 더한 것이 깔려 있었다.

짙고도 어두운 패배감이 그것이다.

그런 패배감은 어제오늘에 이루어진 감정이 아니었다.

무너진 자부심, 전부터 이어온 상실감이었다.

무당파 고수들에게 바라지도 않았던 도움을 받았고, 그들의 지원을 받으며 살아남았다. 진운은 청풍의 모습에서 무당파 고수들의 모습을 함께 떠올렸던 것이다.

"청풍 사제도 말이 심했어. 하지만 그래, 매화검수는 예전 같지 않아. 본산으로 함께 가지 않을 것이라 했지? 청풍 사제가 해야 할 일이 있다면 그렇게 하도록 해. 우리는 관여하지 않겠어."

자포자기한 듯 한 번 편하게 시작하자 술술 이어지는 말이다. 그러면서도 그 안에는 역시나 진운의 그것과 같은 패배감이 담겨 있다.

매화검수 추영.

매화검수는 더 이상 승리의 대명사가 아니었다.

밖에서뿐이 아니라, 그들 스스로의 정신도 무너지고 말았다. 그리고 그것은 곧, 화산파가 뿌리부터 흔들리고 있다는 말에 다름이 아니었다.

*   *   *

"비검맹의 광혼검마가 죽었대."

"비검맹의?"

"그래. 장강이 또 한 번 발칵 뒤집혔어."

"대체 누가 그런 일을 해? 수로맹주 백무한이라도 다시 나타났나?"

"아니, 그가 아니야."

"그럼 누구지?"

"청홍무적검."

"청홍무적검?! 화산파의?"

"그래. 그 광혼검마가 다섯 합 만에 쓰러졌다는군."

"광혼검마가 다섯 합 만에 쓰러져?"

"과장이 섞였다고 해도, 엄청난 거지. 지닌 바 무공이 정말 대단하다더군."

"무적이라는 이름을 달았다더니, 허명이 아니었구먼!"

장강에 머물러 있던 청홍무적검의 이름이 이제는 온 강호로 뻗어나가고 있었다.

암암리에 퍼져 나갔던 사신검(四神劍) 분실에 대한 이야기들이 새록새록 되살아났고, 그가 가진 청검과 홍검이 사실은 그 사신검들 중 청룡검과 주작검이라는 것도 알려져 버렸다. 혹자는 그가 그 사신검 모두를 얻었다는 말을 퍼뜨리기도 했다.

온 천하가 청홍무적이라는 강호신성(江湖新星)으로 들끓고 있을 때다.

하지만 정작 그를 키워냈다는 화산파와 그의 이름이 알려지게 된 빌미를 제공했던 비검맹은 이상하리만치의 침묵에 휩싸여 있었다.

화산파는 청홍무적검이 행해 온 어떤 일에 대해서도 특별한 반응을 보이지 않았다. 겉으로 보기에는 마치 청홍무적검이 무슨 일을 했더라도 화산파와는 관련이 없다고 보일 정도였다.

비검맹도 크게 다를 바는 없었다.

심지어 비검맹에서는 청풍에 대한 추격은 고사하고 연공사에 있었던 화산 제자들에 대한 추격까지도 시도하지 않았다. 주축 중의 주축을 잃은 문파로서 도무지 이해하기가 힘든 처사였다. 강호인들의 관심이 그런 두 문파에 집중되었다.

"이번엔 그럼 화산과 비검맹이야? 또다시 피바람이 불겠는걸!"

"또 모르지. 그런 큰 싸움을 누가 하려고 하겠어? 당장 뒤엎지 않는 것을 봐. 서로가 위험 부담이 너무 크다고."

"그럴까? 그렇다고 그냥 넘어가기엔 너무 큰일이지 않아? 게다가 청홍무적검은 저번에도 비검맹에 일을 쳤잖아."

"그야 그렇지. 근데 이야기를 들어보니까 아주 일방적인 것도 아니었더라고. 광혼검마가 실은 화산파 집법원의 고수들을 몇 명 죽인 일이 있다더군!"

"그래? 청홍무적검이 움직인 것이 그 복수 때문이다?"

"일단은 그렇게 보여. 뒤에서 무슨 이야기가 오고 가는지는 모르겠지만, 여하튼 두 곳 다 섣불리 움직이지는 않을 거야."

"글쎄, 아주 단정 지을 수도 없지 않겠어? 내일 당장 전쟁이라도 일어나는 거 아냐?"

"그거야 알 수 없지. 강호인들의 머릿속을 우리가 어찌 알겠나?"

민초들의 잡담이라기엔 무척이나 예리한 평가들이었다.

두 문파 모두 함부로 움직일 일이 아니라는 말.

그것은 정확한 판단이라 할 수 있었다.

두 문파가 큰 싸움을 시작해도 이상할 일이 아닌데, 그렇지 않고 있다는 말은 그럴 만한 이유가 있다는 뜻이다. 화산파도 비검맹도 섣불리 움직이기 어려운 무언가가 있다. 그렇지 않고서야 그만한 일이 터졌는데 침묵만을 고수할 리가 없었다.

수많은 사람들이 구구한 억측을 내놓았다. 개중에는 상당히 사실에 가까운 이야기들도 있었다.

그렇게 소란스러운 강호.

그 와중에서도 장본인인 청풍은 오직 진실을 찾는 것 하나에만 여념이 없었다.

청풍은 장강을 벗어나 인적이 없는 심산(深山)으로 들어갔다.

깊숙한 산속 어딘가였다.

골짜기들을 날듯이 뛰어넘으며 맑은 물이 흐르는 계곡에 이르렀다.

'이런 곳이라 해도……'

청풍의 움직임은 빨랐다.

누구도 찾아올 수 없다. 따라오는 자도 없었다.

'그들은 올 것이다.'

아무리 인적이 드물어도 나타난다. 확신에 가까운 믿음이었다.

을지백.

백호검을 풀어내고 을지백을 기다렸다.

꿈결 같은 시간이었다. 마치 한 식경이 지난 것도 같고 찰나의 시간이 흐른 것도 같다.

어느 순간에 이르렀을 때.

"오랜만이로군."

청풍은 마침내 그의 목소리를 들을 수가 있었다.

고개를 돌리자, 계곡 서쪽의 자갈밭이 눈에 들어오고 그 가운데의 한 사람이 비쳐들었다.

을지백이 걸어오고 있었다.

전혀 달라지지 않은 모습, 처음 보았던 그대로 백관 백포를 갖춘 채 거친 기상을 자아내고 있었다.

"대체…… 어떻게 되셨던 겁니까."

청풍의 첫마디는 밑도 끝도 없는 질문이었다.

을지백이 되물었다.

"무엇을 말이냐."

"육극신을 막아주셨던 때 말입니다."

육극신을 막아주던 마지막 순간, 거기서 벌어졌던 일이 어떤 것이었던가.

왜 백호검은 광혼검마의 손에 들어가 있었던 것인가.

그것을 묻는 것이었다. 또한 그 질문은 궁극적으로 을지백이라는 존재에 대한 근원적인 의문과 맞닿아 있었다. 그들이 누구이며 어디에서 왔는지, 와도 따로 생각할 수 없는 의문이라는 말이다.

"역시나 늦다. 이제까지도 깨닫지 못하다니."

을지백은 예전과 똑같았다.

만족을 모르는 성정이다. 그가 바라는 기준은 항상 닿을 수 없는 높은 곳에 있었고, 그가 원하는 것은 범인(凡人)이 구할 수 없는 성질의 것이었다.

청풍은 백호검으로 펼치는 무공의 성질을 떠올렸다. 을지백의 성품이 곧 그 무공과 같다. 청풍이 고개를 끄덕이며 말했다.

"예. 깨닫지 못했습니다. 어디까지가 진실이고 어디까지가 거짓인지 알 수가 없었습니다."

"거짓은 없다. 보이는 모든 것들이 실재(實在)요, 천리(天理)이다. 이미 천하를 향하여 걸음을 내딛고 있는 이가 그것조차도 모르고 있나?"

"보이는 모든 것이 실재하는 것이라 한다면 을지 공은 어떻게 이런 곳에도 나타날 수 있는 것입니까?"

"네가 불렀지 않느냐."

"그것을 말하는 것이 아닙니다. 이 앞에 있는 데에도 어찌하여 아무런 기척이 없으며, 또한 어찌하여 사람으로서의 생기(生氣)가 느껴지지 않는 것입니까?"

예전부터 그랬다.

기척이 느껴지지 않았던 것. 그것은 을지백이 그만큼 강해서였던 것으로만 생각했었다.

하지만 실상은 그런 것이 아니었다.

아무리 강해도 가까이 있다 보면 인간으로서의 생기가 전해지기 마련이다. 그러나 을지백에게서는 그 어떠한 생기조차 느껴지지 않는다.

사람이라면 그럴 수 없다.

오랫동안 묻어두었던 의문. 을지백을 똑바로 쳐다보는 두 눈에 진실을 향한 깊은 갈구가 있었다.

"좋은 눈빛이다. 반드시 알아야만 하겠는가?"

을지백이 웃음을 지으며 말했다.

"예. 이제는 알아야만 하겠습니다."

청풍은 망설임없이 대답했다.

고개를 내젓는 을지백이다. 그가 말했다.

"알아야 한다면 어쩔 수 없겠지. 하지만 그 대답은 내가 아니라 다른 이에게 듣도록 하라."

을지백이 고개를 돌렸다.

동쪽이다. 오른쪽, 계곡 옆의 숲이었다.

"알아도 그만, 알지 않아도 그만인 것을……."

모습보다 목소리가 먼저 들려왔다.

언제나처럼 잔잔한 목소리, 친숙함을 품고 있는 목소리였다.

"굳이 진실을 원한다고 함에야 어쩔 수 없겠지."

청관 도포의 노인이 천천히 걸어 나오고 있었다.

뜻밖의 인물이다?

아니었다. 청풍은 전혀 놀라지 않았다.

천태세.

용갑 안에서 청룡검이 은은한 진동을 발했다.

"쉬운 것을 꼬아서 말하는 그 말버릇은 여전하오, 영감."

다가오는 천태세에게 말하는 을지백이다.

서로를 쳐다보는 시선이 곱지 않았다. 천태세가 웃음을 지으며 말했다.

"네 녀석도 도통 달라진 것이 없구나. 지난 세월이 얼마이거늘……."

"세월을 운운하다니 웃기는 일이오. 그나저나 어떻소, 미숙한 놈 가르치느라 고생이 심하지는 않으셨소?"

을지백의 말은 묘하게도 도발적인 어투를 품고 있었다. 천태세가 고개를 내저으며 대답했다.

"우문(愚問)이다. 어느 누구는 일보(一步)를 내딛는 때가 없었던가? 재능이 있을 뿐 아니라 선한 품성까지 갖춘 아이니라."

"선한 품성, 그것이 문제였지. 도통 늘지를 않더이다."

"문제라니 우습다. 하기사 너와 같이 폭급(暴急)한 성정으로서는 잴 수 없는 천품이겠지. 자신을 망치고 남을 망치는 흉살의 기운으로 제대로 볼 수 있는 것이 무엇일까."

을지백이 괜한 도발을 해온다 했다면, 천태세의 어조도 그에 못지않았다. 천태세답지 않게 신랄한 어투다. 그의 말을 들은 을지백이 검미(劍眉)를 치켜 올렸다.

"말조심하시오, 영감. 나이를 겉으로만 먹었소?"

을지백은 필요 이상으로 열을 내고 있었다.

앙숙이란 말이 절로 떠오른다. 서로를 향한 감정이 묘하게도 격했다.

'설마……'

청풍은 그 순간, 그토록 섞이지 않았던 백호기와 청룡기를 떠올렸다.

을지백과 천태세.

금기(金氣)와 목기(木氣)가 상극(相剋)이었던 것처럼. 처음부터 융화되기 힘들었던 백호기와 청룡기의 성정이 그들의 대화 속에 고스란히 드러나고 있었다.

"아직도 그런 식이라니, 강홍이만도 못하다. 수양이 덜되었다는 증거이니라."

"점입가경이군. 남가 녀석하고 비교를 하다니, 그놈은 수양 자체가 불가능한 놈이었소."

을지백의 얼굴에 생생한 분노가 떠올랐다.

그때였다. 갑작스런 목소리가 들려온 것은.

"을지 형님. 형님이 나를 그렇게 보고 있었는지는 미처 몰랐습니다."

햇빛이 비쳐드는 곳.

홀연히 나타난 적색 무복의 젊은이가 있었다.

신법이 아니었다.

말 그대로 그냥 나타났다. 땅을 밟고 있지만 그림자조차 생겨 있지 않았다.

"오호라. 너까지 나왔나? 벌써 셋이나 구현이 될 정도인가?"·

"셋이 아니지요. 넷 모두입니다."

남강홍의 대답이었다.

불현듯 드는 느낌이 있어 시선을 뒤쪽으로 돌린 청풍이다. 계곡 위쪽, 흐르는 물 가운데 커다란 바위가 있었다.

언제부터였을까. 육중한 검은색 갑주가 그 위에 보인다.

창백한 얼굴도 있다. 눈이 마주치고도 말이 없는 남자. 북진무였다.

"공명결을 쳤습니다. 그 정도는 해야지요."

남강홍의 목소리에는 강한 자신감이 담겨 있었다.

청풍을 돌아보는 을지백이다. 그의 얼굴에도 비로소 감탄 어린 표정이 떠오른다.

"실로 놀랍군. 성장한 것은 알았지만 이 정도였을 줄은 몰랐다. 이 정도라면 우리가 어떤 이들인지는 충분히 알고도 남을 텐데…… 어찌 그것을 모를까?"

"그런 것이 아니지. 그는 모르는 것이 아니다. 알고 있지만 이해하지 못할 뿐이다."

느릿느릿 들리는 목소리는 북진무의 그것이었다.

저음으로 깔리는 목소리에 대지의 웅혼함과 북방의 냉엄함이 함께하고 있다. 귀기(鬼氣)와 광기(狂氣)가 서려 있었던 그때와는 사뭇 달랐다.

천태세가 한 발 앞으로 다가오며 북진무의 말을 받았다.

"진무의 말이 옳다. 그저 아는 것과 받아들이는 것은 다른 문제이니라. 보았던 모든 것, 느꼈을 모든 것들이 우리들을 말하고 있었지만 그것을 온전히 이해하는 것은 또한 어렵고도 어려운 일이었겠지."

말을 멈추고 청풍을 바라본다.

말보다 많은 것을 가르쳐 주는 침묵이었다.

비로소 이해하기 시작한 것, 그리고 아직도 이해하지 못한 것들이 거기에서 갈라졌다.

"역시나 그렇군요……."

청풍이 입을 열었다.

그의 세계를 무너뜨렸던 생각이 결국 밖으로 뛰쳐나오고 있었다. 억눌러 두었던 진실, 오래전에 이미 알고 있었지만 차마 떠올릴 수 없었던 진실이 뚜렷한 목소리로 울려 퍼졌다.

"천 노사, 을지 공. 네 분 모두는…… 이 세상에 살아 있는 사람이 아닙니다. 그렇지 않습니까?"

흑림과의 싸움.

쿠루혼의 흑창에서 잡았던 실마리였다.

다른 장수의 혼(魂)이 깃들었던 기병이다. 그것을 보며 느꼈던 위화감이 청풍의 질문 속에 있었다.

청풍의 시선이 사방을 돌아 움직였다.

동, 서, 남, 북.

네 방위에 그들이 서 있는 것은 우연이 아니었다.

그들은 그렇게 있도록 약속되어진 이들이었다.

거친 기상의 을지백.

화려한 불꽃의 남강홍.

단단한 바위의 북진무.

그들은 아무 말이 없었다.

지혜롭고 현명한 천태세만이 엷은 미소로 화답할 뿐이다.

그가 천천히 고개를 저으며 입을 열었다.

"네 말은 반만 맞고 반은 틀렸다."

"반이 틀렸다 함은……?"

"네가 말하고자 하는 것이 무엇인지는 잘 알겠지만, 그것은 온전한 답이 아니다. 답을 알기 위해서는 먼저 알아야만 하는 것이 있느니라."

"그것이 무엇입니까."

"사신검의 근원, 그 실체(實體)를 말함이다."

"사신검의……."

"사신검이 어떻게 만들어진 물건인지부터 말해 주마."

천태세가 청풍의 검들을 훑어보았다.

그 시선에 뜨거운 무엇인가가 있다. 그의 입이 강렬한 그리움을 품었다.

"사신검을 주조한 것은 동방 용사들의 뜨거운 심장이었다. 사신검의 검신에는 그들의 붉은 피가 흐르고 있으며, 그들의 붉은 피는 승리를 위한 함성으로 불타고 있었느니라. 천하를 위한 강철 같은 의지가 검을 쥐는 검자루에 함께했다. 빛나는 검날에는 적들을 베는 날카로움이 함께하고 있었다. 그들이 바라는 것, 그들 마음속에 있는 염원이 거기에 있었다는 말이다."

"염원이……."

"그렇다. 염원이다. 검들은 곧 그러한 염원의 상징이 되었다. 신검들은 그 자체로 사람들의 염원을 들어주는 신비한 힘을 지니게 되었고, 제왕은 결국 그 검들을 통하여 그 염원을 실현시켰다. 광활한 대지를 꿈꾸었고, 마침내 그 대지를 마음껏 내달릴 수 있었다."

"……."

"사신(四神)의 신검들은 사람이 마음 깊이 바라는 것을 이루어주는 힘을 가지고 있다. 하지만 그 힘은 누구나 불러낼 수 있는 힘이 아니니라. 그것은 동방의 혈통만이 온전하게 얻어낼 수 있는 힘이다. 검에는 동방의 피가 담겨 있고, 그 피는 언제나 그들의 혈맥을 부른다. 순혈(純血)의 혈맥(血脈)이 우선되는 것은 그래서다. 네가 검을 다룰 수 있었던 이유가 거기에 있다."

청풍이 사신검의 주인이 될 수 있었던 이유.

동방 고묘에서부터 알고 있었던 사실이다.

다른 이들이 검을 잡고 광기에 빠져들었던 것도 그것으로 설명할 수 있다.

동방의 혈맥으로 만들어진 신검(神劍).

중원 한족(漢族)의 피는 받아들이지 않는 것이다. 몸에 흐르고 있는 더운 피가 곧, 신검의 힘을 열어낼 수 있는 열쇠였다.

"그러나……."

이제 문제는 어떻게 검들을 다룰 수 있었는지가 아니었다.

소망하는 바와 그 실현이 문제였다.

그 검들은 곧 사람이 염원하는 바를 이루어주는 물건이라고 하였다. 청풍은 그 사실에 또 다른 의문을 느끼고 있었다.

"저는 이 검들에 어떤 소원도 빌지 않았습니다."

청풍은 사신검에 그런 힘이 있다는 것을 오늘 처음으로 알았다.

청풍에게 사신검은 어디까지나 무공을 가능케 하는 검이었을 따름이다. 그런 검에 무언가를 기원한 바는 아무것도 없었다.

천태세는 청풍의 말에도 단호히 고개를 저을 뿐이었다. 그가 두 눈에 신묘한 빛을 떠올리며 말했다.

"그렇지 않다. 너는 빌었느니라. 충분히."

청풍은 부정하려 했으나 그러지 못했다.

마음속 어딘가가 그에게 외치고 있었다.

천태세가 옳다고. 청풍은 단지 기억하지 못할 뿐이라고.

천태세가 걸어와 그의 옆에 섰다. 처음 보았을 때처럼, 천태세의 얼굴은 어딘지 익숙하면서도 또한 어딘지 낯설었다. 천태세가 흐르는 계곡, 고여 있는 물을 가리켰다.

"보여주마. 네가 무엇을 빌었는지."

계곡의 물은 거울처럼 맑았다.

비추고 비추어 마음속까지도 드러낼 것 같다.

천태세가 손짓하며 물었다.

"보아라. 무엇이 보이는가."

천태세의 말에 따라 물 위로 얼굴을 내민 청풍이다.

반사된 푸른 하늘 아래로 청풍의 얼굴이 수면 위에 떠올랐다.

흔들렸다가 다시 잠잠해지는 거울이다.

뭔가 다른 조화가 생기려는가. 아니다. 한참을 들여다보아도 똑같았다. 보이는 것이라고는 청풍 자신의 얼굴뿐이었다. 청풍의 미간이 가볍게 좁아졌다.

"제 자신이 보입니다. 다른 것은 보이지 않습니다."

"그렇겠지."

천태세의 대답은 그처럼 간단했다.

당연하다는 어투. 그를 돌아보는 청풍의 두 눈에 의아함이 가득 찼다.

"어찌 된 일입니까?"

"보이는 그대로다."

"무슨 말씀이신지……."

"네가 소망한 것, 그것이 거기에 있지 않느냐."

틀을 깨고 나오는 데에는 반드시 그에 상응하는 대가가 동반되는 법이다.

청풍의 눈이 다시 한 번 수면 위에 이르렀다.

"나의……."

거기에 비친 것은 청풍의 얼굴이되, 어딘지 모르게 다른 모습을 하고 있었다.

실제로 비치는 것은 변하지 않았지만 그 자신의 얼굴에 다른 사람의 얼굴이 겹쳐 보인다.

닮은 사람.

변한 것은 느낌이요, 닮은 사람은 그가 보아왔던 사람이다.

청풍이 조금 더 나이를 먹고, 세월의 흐름이 그의 얼굴에 새겨진다면.

그리고 그 목 아래에 백포를 입고, 머리카락 위에 백관을 쓴다면.

"설마……."

황급히 고개를 돌려 서쪽의 백호, 을지백을 바라보았다.

"그럴 수가……!"

청풍은 커다란 충격을 느꼈다.

그렇다.

을지백의 얼굴이었다.

그 자신의 모습이 그와 같았다. 을지백 안에 청풍이 있고, 청풍 안에 을지백이 있다.

청풍은 을지백에게서 스스로의 천품을 찾을 수가 있었다.

"이제야 알겠는가? 신검은 염원을 이루어주는 신물(神物)이며, 소망하는 것을 비추어주는 거울이다. 너가 백호검에서 원했던 것이 바로 그라는 말이니라."

명확해지는 진실이다.

을지백을 처음 만났을 때.

그때 청풍이 원했던 것이 무엇이었던가.

강인함과 거친 기상이었다. 그가 원했던 것은 혼자서도 험난한 강호를 헤쳐 나갈 수 있는 힘이었다.

'그랬다. 나는 강하지 못했어.'

백호검을 처음 얻고서 어떻게 써야 할지 몰랐다.

그래서 그는 원했다.

을지백을.

망설임없이 나아갈 수 있는 스스로의 모습을 원했던 것이다.

"천 노사께서는 다릅니다. 제 모습이 아니지 않습니까?"

을지백이 그런 존재라고 한다면 천태세는 또 어떤 존재인가.

단순히 긴 세월을 더한다고 하여 을지백이 천태세가, 청풍이 천태세가 되지는 않을 터다.

천태세가 웃으며 대답했다.

"내 모습이 네가 원했던 것과 그토록 다른가? 잘 생각해 보아라. 그러면 알 수 있을 것이다. 나 역시 네 염원의 실재일 따름이니라."

만나던 때로 돌아갈 수밖에 없다.

아무것도 모른 채 비검맹으로 뛰어들었던 시절.

백호검마저 잃어버린 채, 목숨만을 건지고 돌아왔던 그때의 기억을 되살렸다.

갈 길은 막막했고, 청룡검도 어디에 있는지 몰랐다.

무지(無知)와 만용(蠻勇)의 위험함을 처음으로 실감한 것이 그때다.

청풍은 그것을 극복하길 원했다.

지혜가 필요했다. 길을 이끌어줄 이가 필요했다.

사부가 필요했었다.

'사부님……!'

천태세가 누굴 닮았었나.

청풍은 그의 얼굴을 다시 한 번 돌아보며, 그 해답을 얻을 수 있었다.

사부, 선현 진인의 향기였다.

그가 그토록 다시 보길 원했던 사부의 모습이 천태세에게 함께하고 있었다.

"그 다음을 볼까?"

지금도 마찬가지다.

그를 가르치고, 그에게 진실을 보여주는 이는 다름 아닌 천태세다.

천태세가 남강홍을 가리키며 말했다.

"백호검과 청룡검을 얻었지만, 그때까지도 너에겐 부족한 것이 있었느니라. 생사의 치열함과 전장의 비정함이 그것이었다. 강홍이 너를 그 영역까지 이끌어주었지."

그렇다.

청풍은 무의식 중에 이미 알고 있었다.

백호의 웅혼함과 청룡의 신묘함이 지니게 되었지만, 그에겐 그것을 과감하게 풀어낼 만한 격렬함이 없었다. 힘이 있다면 그 힘을 마음껏 표출할 수 있는 과단성도 갖추어야 하는 법이었다.

청풍이 원한 바다.

남강홍은 그래서 젊었다.

화려하고 독특했다.

그러면서도 청풍과 가장 닮은 외모를 지니고 있었다. 그가 필요했던 모습 그대로였다.

"너는 그에게 무공의 살상력을 배웠다. 망설이지 말아야 하는 과감함도 배웠지. 그것은 한편으로 너의 무공이 지녀야 할 완성형이라 할 수 있었다."

천태세의 말이 끊어졌다.

그가 이번에는 청풍 본인을 가리켰다.

"그리하여 세 가지 기운을 얻은 너는 많은 혼란을 느꼈다. 강력한 힘을 얻었지만 그것으로도 모든 것을 이루지는 못했던 것이다. 천하로 나아가는 발걸음에는 힘이 가득했으나 너는 그 힘이 무색하게도 네가 가야 할 길을 온전히 알 수가 없었다."

천태세는 모든 것을 꿰뚫어 보고 있다. 완벽하게. 더할 나위 없을 정도로.

'당연한 일인가.'

그럴 수밖에 없는 것인지도 모른다.

천태세는 곧 청풍의 다른 모습이었기 때문이다.

자신이 자신을 아는 만큼, 천태세도 청풍을 알고 있다.

천태세의 목소리는 곧 청풍의 목소리였으며 청풍이 바라던 사부의 목소리였다.

그가 느끼는 것, 그가 원하는 것을 누구보다 정확히 알고 있었다.

"북진무는 네 혼란스러웠던 마음이 그대로 투영된 상대였다. 본디 제왕의 방패로서 군건한 마음의 표상이었던 그였다만, 마도(魔道)의 사악한 주술에 의해 마기(魔氣)를 흘리는 흉장(兇將)으로 변해 있었지. 너는 그와 맞섬으로서 너 자신을 극복할 기회를 얻었고, 사신검의 진실에도 한 발 더 다가갈 수 있었다. 또한 그것은 네 자신이 바라왔던 소망일지니, 너는 비로소 얻고자 하는 모든 것에 이를 수 있었던 것이다."

청풍이 북진무를 돌아보았다.

강철처럼 단단한 모습이었다. 하지만 그렇게 강인한 성정으로도 귀기(鬼氣)의 늪을 피해 가지 못했다.

마음의 투영이라 했던가.

그렇다. 북진무가 보여준 귀기는 곧, 청풍의 내면이라 해도 과언이 아니었다.

제아무리 강한 힘을 가지고 있더라도, 인간의 마음이란 언제든 흔들릴 수 있는 법. 그것을 극복하여 온전한 자신을 찾아가는 길이 곧 무인으로서, 사람으로서 해야 할 일이었다. 무도(武道)의 길, 구도(求道)의 길. 북진무의 가르침이 곧 그것과 맞닿아 있었다.

"모두가 제 마음의 다른 모습이라 하셨습니다. 그렇다면 어찌하여 저는 스스로 전혀 모르고 있던 무공들을 배우고 익힐 수 있었던 것입니까? 저는 그런 무공에 대한 어떤 기억도 지니고 있지 않았습니다."

중요한 이야기였다.

청풍은 남아 있던 의문을 이야기하던 바로 그 순간, 화안리에서 오극헌과 나누었던 짧은 대화를 떠올릴 수가 있었다.

"그 정도까지 무형기를 뽑아낼 수 있는 구결은 무척이나 드문데 어디서 배웠나?"

"검으로부터 배웠습니다."

그때는 무심코 했던 말이었다.

하지만 다시 돌아보니, 마음속에 알고 있었던 것을 그대로 말했던 것이었다는 생각이 들었다.

그가 스스로 익힌 것이 아니라, 검에게서 배운 것이 맞다.

그것은 또한 한 가지를 의미한다.

을지백, 천태세, 남강홍, 북진무 네 사람이 청풍의 내면으로만 만들어진 것이 아니라는 뜻으로 해석할 수 있었다. 천태세는 그 의문까지도 마저 풀어주었다.

"넌 지금 기억에 대하여 말했다. 기억, 그러하니라. 세상 만물은 서로가 서로에게 영향을 주면서 존재하기 마련이며, 그들은 그들이 스쳐간 존재들을 기억한다. 그들은 그들이 있었던 순간들을 스스로의 기억속에 새겨 나가는 것이다. 너는 네 마음의 모습을 비추어 우리를 보았지만, 우리는 근본적으로 신검이 가진 기억 속에 존재하는 이들이다. 우리가 너와 다른 이름을 가지고 있는 이유도 그래서이니라."

"결국, 이 세상의 분들이 아니라는 말이시군요."

"그렇다. 우리는 과거의 기억이자, 이미 진토(塵土)된 육신의 영(靈)이다. 하지만 그것만으로 온전한 것이 아니니라. 네 영성(靈性)을 빌리지 않고서는 세상에 나오는 것이 불가능하다. 너의 일부로서만이 존재할 수 있다는 말이다."

반만 맞고 반은 틀렸다는 말.

그것이 그 뜻이었다.

그들은 청풍이 원했던 현재였으며, 또한 오랜 영혼이 흘러보냈던 과거라 할 수 있었다.

맞추어지는 조각들.

청풍의 머리 속에 단편적으로 흩어져 있던 것들이 하나로 합쳐지며 큰 그림을 그려냈다.

'구자산…… 산속 고대 승려의 동굴…… 동방의 고묘…….'

오래된 사물들.

그들에게서 긴 세월의 부침을 느꼈던 것도 그래서다.

측량할 수 없는 선기(仙氣), 놀랍도록 뛰어났던 무공의 수준도 모두 다 이해가 갔다.

"그래도 한 가지 의문이 남습니다. 을지 공. 그때, 육극신을 막아주신 것은 어떻게 가능했던 것입니까?"

모든 것이 설명된다 하여도 하나만큼은 쉽게 받아들이기 힘들다.

육극신.

청풍의 거울로서, 영(靈)만 남아 있는 이로서 어찌 육극신 같은 자를 막을 수 있었던 것일까.

청풍의 시선이 을지백에게 머물렀다.

"영감이 그렇게까지 설명을 했는데도 못 알아먹다니…… 쯧쯧……."

을지백이 고개를 설레설레 흔들었다.

그가 손가락을 들어 자신의 머리를 가리켰다.

"핵심은 여기다. 여기."

머리를 가리킴은 다른 뜻이 아니다.

그것이 의미하는 바를 깨달은 청풍이다. 그가 침음성과 같은 한마디를 흘렸다.

"상…… 단전……!"

"그렇다. 신검은 근본적으로 그것을 쥐는 자의 상단전과 감응하는 능력을 지니고 있다. 네가 눈앞에 우리를 보는 것도, 네가 우리의 목소리를 들을 수 있는 것도 결국은 상단전의 힘 때문이다. 두뇌(頭腦)의 조화라는 이야기지. 아무것도 없는데 볼 수 있고 들을 수 있다면, 그것이 뇌력(腦力)의 움직임이 아니고 무엇이겠는가."

상단전은 곧 혼(魂)의 그릇이다.

상단전은 모든 것을 통괄하는 뇌(腦)와 맞닿아 있다. 신검(神劍)의 사신기(四神氣)가 상단전에 흘러들면, 그것은 곧바로 두뇌(頭腦)에 영향을 미칠 수밖에 없다는 것이다.

신검을 잡고 광기를 드러냈던 여러 인물들도 그렇게 설명할 수 있었다.

청풍은 상단전이 올바르게 반응했지만 다른 이들은 그렇지 못했다. 도리어 신검은 상단전의 힘을 어지럽혔고, 그것은 신검을 잡은 자로 하여금 그릇된 욕망을 드러내도록 하는 계기를 만들었다. 석가장, 석대붕이 그 대표적인 예였다.

"그렇다면 육극신과는 직접 싸우지 않으셨던 것이군요."

"그것은 또 다른 문제지. 나는 싸웠다. 직접."

청풍의 눈썹이 치켜 올라갔다.

환영(幻影), 환시(幻視), 환청(幻聽).

결국 그러한 존재라는 이야기인데, 직접 싸울 수 있었다는 것은 또 무슨 말인가.

청풍은 금세 답을 얻을 수 있었다.

을지백이 회상이라도 하듯, 그때의 일을 천천히 늘어놓은 까닭이다.

"대단한 놈이었다. 엄청나게 강한 상대였지. 육체가 없는 원영신(元靈身)이라는 것이 그렇게 한스러울 수 없었다. 게다가 끌어 쓸 수 있는 힘도 현격하게 제한되어 있었으니 어쩔 도리가 없더구나. 살아 있던 때였다면 한판 시원하게 겨뤄볼 수 있었을 텐데 말이다."

"끌어 썼다 함은…… 설마 상단전의?"

"그렇다. 이제야 알겠나? 처음부터, 아주 처음부터 백호검을 움직였던 것은 네 상단전의 힘이었다. 거기에 더하여 검이 지녔던 신기(神氣)가 있었지."

"그래서…… 어떻게 되었습니까?"

백호검의 향방을 묻는 말이었다. 을지백이 되물었다.

"승부 말인가?"

"…예."

"졌다."

을지백이 씁쓸한 미소를 지으며 말을 이었다.

"자연히 질 수밖에 없는 싸움이었다. 아니, 싸움이라 볼 수도 없었지. 승패? 우스운 말이다. 그 당시 네 상단전의 힘은 그야말로 미약한 수준이었다. 그나마 버틸 수 있었던 이유는 놈의 변덕 때문이라 할 수 있을 것이다."

"변덕이라니요."

"변덕이라기보다는 흥미가 옳겠다. 생각해 보아라. 놈은 날 볼 수 없어."

"……!!"

청풍의 두 눈이 기광을 발했다.

을지백을 볼 수 있는 것은 청풍뿐이다. 그 자신의 거울이기 때문이었다. 다른 사람들이 있을 때 나타나지 않았던 것은 달리 이유가 있었던 것이 아니다. 청풍 스스로가 무의식 중에 그렇게 만든 것이다. 그들은 그만이 느낄 수 있고, 그만이 볼 수 있는 존재들이었다.

"검이 제 스스로 움직인다면 그것을 어떻게 보았겠나? 그는 그것을 네가 발동한 어검(御劍)의 비술로 보았다. 어검, 딱히 틀린 말도 아니지만, 그것을 진정한 어검이라 하기에는 너무도 미숙한 수준이었지. 놈은 그러한 사실에 지대한 흥미를 보였다. 그리고 결국 알아챘다. 내 존재까지도."

을지백이 한순간 말을 끊었다.

숨 막히는 정적.

청풍의 머릿속에 육극신의 신위가 그려졌다. 그 무위, 그 힘, 이길 수 있을지 알 수가 없다.

그래도 싸워야 한다. 싸워서 이겨야 했다.

청풍의 두 눈에 산중대왕 큰 범의 장대한 투지가 새겨졌다. 을지백의 두 눈에도 동시에 같은 빛이 떠오르고 있었다.

"놈은 날 보지 못했지만, 내가 거기에 있다는 것을 알고 있었다. 놈이 물었지. 누구냐고."

"그곳에 있는 자, 누구인가."

청풍은 마치 그때 그곳에 있었던 것처럼, 육극신의 목소리를 환청처럼 들을 수가 있었다.

대답없는 백호검, 백광을 수놓을 뿐이다. 을지백의 기억이 청풍의 기억이 되어 눈앞에 그때의 광경을 보여주고 있었다.

"나를 느낀다는 것은 그만큼 지닌 바 영성(靈性)을 갈고닦았다는 것을 의미한다. 놈의 힘은 육신에만 머물러 있지 않다는 말이다. 영육(靈肉)의 완성체, 그것이 그다. 이미 스러져 버린 육신이 그토록 아쉬울 수가 없었다. 내 육체가 살아 있고, 내 생령이 완전한 상태였다면 한판 좋은 승부를 펼쳐 볼 수 있었을 텐데 말이다."

을지백의 마지막 한마디는 한탄과도 같았다.

잠시의 침묵이 지난 후다. 청풍이 백호검의 검자루를 쥐며 물었다.

"광혼검마가 이 검을 쥐고 있었던 것은 어떻게 된 것입니까."

"그것은 간단하다. 흥미를 잃어버렸기 때문이다."

"흥미를 잃었다니……."

"놈은 그런 자다. 내 공격이, 네 어검 아닌 어검이 막혀 버리고, 놈이 백호검을 잡았을 때, 나는 너와의 교감을 잃어버렸다. 대신 일순간이나마 놈의 혼백(魂魄)을 접할 수가 있었지. 놈의 상단전은 광대한 위용을 자랑하고 있었으며 또한 높은 성벽으로 철저하게 방어되고 있었다. 백호기의 접근을 조금도 허용하지 않을 정도였다."

"그렇다면 그는 검이 주는 광기에서도 자유로울 수 있었겠군요."

"그렇다. 놈은 백호기의 부름을 듣지 않았다. 원천적으로 신검의 힘을 차단하고 있었지."

"염원하는 것이 없었다는 말입니까?"

"정확하다. 이미 완성된 자였기 때문이다. 설령 원하는 것이 있다고 하더라도 검의 힘을 빌리지 않은 채, 스스로의 힘으로 얼마든지 구할 수 있는 자였다. 그러니 백호검과 나에게 느낀 흥미도 잠시뿐이었을 수밖에 없었다. 심지어 놈은 백호검을 부러뜨리려고까지 했었다."

기가 막힐 일이었다.

파검존.

제아무리 보검을 부순다는 이름이라 해도, 백호검과 같은 신물은 감히 파괴할 만한 물건이 아니다. 누구라도 품고 싶고, 휘두르고 싶을 만한 검이다. 없애 버리려는 마음이 들었다는 것 자체가 이미 그릇의 다름을 나타내 주는 증거였다.

"하지만 검은 이렇게 무사합니다."

"그래서 변덕이라는 말이 나온 것이다. 백호검을 부숴 버리려던 놈은 갑자기 무슨 생각이 들었는지, 놈의 부장(副將)이었던 한 명의 검사에게 신검을 넘겨 버리고 말았다. 부러뜨리려고 했던 것도 모자라 자격도 없는 놈에게 신검을 줘버리다니! 백호검을 그렇게 가벼이 다루었던 놈은 지금까지 한 놈도 없었다."

을지백의 목소리에는 분노가 담겨 있었다.

청풍의 마음 깊은 곳.

청풍은 알 수 있었다. 그것은 을지백의 분노뿐이 아니었다. 그것은 곧 청풍 자신의 분노, 바로 자신이 발하는 마음이었다.

"우습게 보였다는 말이군요."

"그렇다. 우습게 보인 거다."

그렇게 된 것은 청풍 자신의 탓이다.

청풍이 고개를 움직여 네 방위, 각기 다른 자신의 모습들을 돌아보

있다.

청풍이 입을 열었다.

강한 의지를 담은 목소리가 흘러나왔다.

"그렇게 되어서는 안 되지요. 다시는 그런 일이 없을 겁니다."

청풍의 다짐은 을지백 한 사람에게만 하는 말이 아니었다.

을지백이 아니라 모두다.

모두가 아니라 청풍 본인에게였다.

치링. 스르릉.

청풍이 네 개의 검을 검집에 회수했다.

좌우 허리에 청룡검과 백호검을, 등 뒤에는 주작검과 현무검을 십자로 비껴 메었다.

"만검지련자, 검이 부끄럽지 않은 무인이 되어드리지요. 이젠 지지 않습니다."

듣는 이가 없는 산중, 듣는 이가 여럿인 계곡.

청풍이 몸을 돌렸다.

남겨진 네 사람의 그림자.

성장하는 남자의 거울로써 그 역할을 다한 그들의 모습이 변화한다.

청풍이 보던 얼굴과 조금씩 달라진 그 얼굴들.

더 거칠어진 얼굴, 백포 대신에 고대의 백색 갑옷을 입은 을지백이.

군사(軍師)의 전포(戰袍), 청색 투구의 노장 천태세가.

날카로운 주작 문양, 홍색 전갑의 젊은 장수 남강홍이.

육중한 흑갑(黑鉀)에 대제의 팔만 사천 병사들을 통솔하던 북진무가.

그들이, 고대의 대륙을 내달리던 그때의 그 모습으로 청풍의 뒤를 바라보며 서 있다.

신검의 힘을 뛰어넘어, 진정한 자신의 모습을 찾아가는 발걸음이다.

함께해 온 길, 앞으로도 함께할 길이다.

청풍 스스로도 느끼고 있을 사명의 길을 지켜줄 그들이었다.

〈6권 끝〉

FANTASTIC
ORIENTAL
HEROES

청 어 람 신 무 협 판 타 지 소 설

신비로운 세계관 속에 동방의 영물과
독창적인 무공의 절묘한 만남!

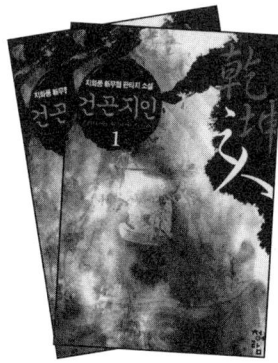

건곤지인(乾坤之人) / 지화풍 지음

우리가 바라고 운명이 내린
소년 영웅의 가슴 벅찬 이야기!

『건곤지인』
(乾坤之人)

신비로운 세계관 속에 동방의 영물과
독창적인 무공의 절묘한 만남!

정말… 미치게 하죠!!
요즘은… 정말 건곤지인 보는 맛으로 컴퓨터를 한답니다! ^_^
—검무혼

도가에서는 신선, 불가에서는 부처!
하지만 무인들은 건곤지인(乾坤之人)이라 부른다.

절대를 꿈꾸는 무인들의 위대한 도전기!!

제1회 신춘무협 공모전에 『보표무적』으로
금상을 수상한 작가 장영훈의 신작!!

일도양단(一刀兩斷) / 장영훈 지음

한 겹 한 겹 파헤쳐지는
음모의 속살을 엿본다!

『일도양단』
(一刀兩斷)

그의 이름은 기풍한.

**천룡맹(天龍盟) 강호 일급 음모(一級陰謀) 진압조(鎭壓組)
질풍육조(疾風六組)의 조장이다.**

임무를 위해 출맹한 지 사 년이 지난 어느 겨울날 새벽,
돌아온 그에게 천룡맹 섬서 지단 부단주가 말했다.

"질풍조는 이미 해체되었네."

그리고…
그의 존재를 알던 모든 이들이 죽었다.